JN079801

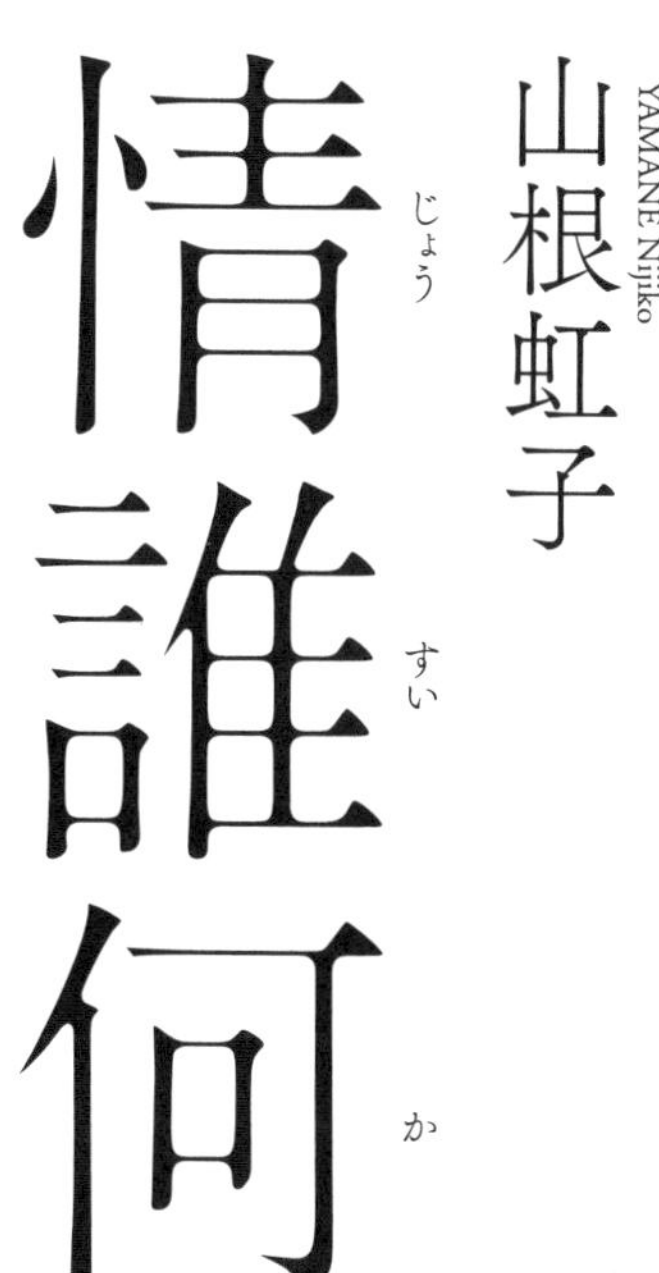

文芸社

新生児室のガラス越し。一列に寝かせられた赤ん坊たちを、多くの家族が見つめていた。

その輪に入るのは少しきまりが悪い。俺は二、三歩離れてそこを眺める。

名札だけを見て探す。どちらに似てる、なんて会話が耳に入ってきた。顔なんかみんな同じにしか見えないけど。自分の子供なら、見分けが付くんだろうか。

一目見て帰ろう。そう思っていた。

列の真ん中の、ひときわ人が集まっている場所に名前を見つける。視線を少しずらし、そこを見た。

目が合った。

えっ、と俺は細い目を見開いて驚く。

目の前に、こんなに人がいるのに。

なのにその子は、少し遠い場所に立つ俺の目だけを、真っ直ぐに見つめていた。

そして、ふわっと笑う。

花の束から広がる、やさしくて甘い香りのように。

その瞬間、心が一色に染まった気がした。

近づいて手を伸ばす。小さな体が、ガラスに張り付いた俺の手のひらの中にすっぽりと収まって見えた。

この子を大切にしたい。目いっぱい可愛がって、傷がつかないよう、守ってやって。

親でも家族でも、何でもないけれど。

いつまでも彼の傍に居たいと、泣きたくなるほど思った。

1

放った拳に、グッとはまる感覚が返ってくる。そこに力の全てを乗せ、打ち抜いた。

黒革のサンドバッグが、ぐわんと揺れる。揺り返しを避け、すかさず二、三発パンチを打ち込んだ。

揺れるそれに対戦相手の姿を重ねる。ステップを踏み、間合いを測りながらフックを放つ。固い手応え。人間なら、脇腹の位置か。

いや、考えるな。俺は自分に言い聞かせる。頭はのろい。攻撃、防御、その全てのパターンを体で覚えろ。

言葉を忘れて、ただ殴る。

カンカンカン。

ゴングの音が鳴り響いた。それに反応して体がピタリと止まった。

周りの喧噪と熱が、むわっと押し寄せるように戻ってくる。

呼吸を整えながら壁の時計に目をやると、針は七時半過ぎを指していた。しまった、もうこんな時間か。俺は慌ててグローブを手から剥がす。

シャワーを手早く済ませ、荷物を雑に鞄へ詰め込むと、歩きすがら周囲に挨拶をしてボクシングジムを出た。

そして足早に歩きだす。

早くしないと、遅れてしまう。

六月の夜のぬるい空気が頬を通り過ぎた。濡れたままの頭が冷える。俺は片手で髪を掻き乱し、タオルで拭いきれなかった水気を散らした。まあ、ジム終わりのまだ火照った体には涼しくてちょうどいい。

十分ほど歩いて、駅前の学習塾が見えてきた。その路肩に、送迎に来た親たちの車が列をなしているのも目に入る。

腕時計を覗く。七時五十五分。なんとか間に合った。

二十時を過ぎた頃、塾から小学生くらいの子供たちが一斉に出てきた。そしてそのまま各々、親の待つ車へと乗り込んでいく。よくある塾終わりの光景。

その集団の中から男の子が一人、抜け出した。

「ダイゴ！」

俺の名を呼び、背負った塾鞄を揺らしながら彼はこちらへと駆ける。まだ子供らしさの強いその顔は、満面の笑みに染まっていた。

「お帰り、ナオ」

「ただいま！」

声を掛けると、ナオは俺を見上げながらその倍は大きな声で返事をした。週末の塾終わり。ずいぶん機嫌がよさそうだ。

「ていうか、何でこんなとこに立ってんの？」

塾の二つ隣のビルの前に立っていた俺に、ナオは怪訝そうに尋ねる。

「いや、この間塾の目の前で待ってたら、下のクラスの子供たちに怖がられたから」

どうやら、やたら大きなこの図体と、目つきの悪い顔が不気味に思われたらしい。同時に塾の受付スタッフにも怪しそうな視線を向けられ、だいぶ居づらい思いをした。

「気にすんなよ、そんなの！」

ナオが屈託なく言い捨てる。

「それよりさ、お腹空いたんだけど」

「え？　家に帰ったらご飯があるから、それまで我慢しろ」

「嫌だっ！　今食べたい！」

彼は大げさに地団駄を踏む様子を見せた。まあ、腹が減る時間なのは確かだ。

「しょうがないな。それじゃあ、駅のコンビニに寄るか」

「いぇーい！」

ナオと並んで歩き始める。歩幅の小さい彼に合わせ、俺はゆっくりと足を進めた。

程なく到着した駅には、俺たち同様、帰宅の途に就く人々が溢れ、ごった返す。

コンビニに向かおうとする手前で、ナオが別の方向を指さした。

「ハンバーガー」

「……いや、家に飯あるから。コンビニって言っただろう？」

俺たちはハンバーガー屋の扉をくぐった。

トレイを持って席に着くと、ナオはすぐさまハンバーガーを頬張り、ジュースを飲み始める。俺はその様子を、コーヒーを飲みながら眺めた。

またやってしまった。

胸の中に淡い後悔が渦巻く。よりによって新作のボリューミーなバーガーを選びやがった。これはもう、晩飯を食い残すパターンだ。

帰宅後のことを思って、俺は一人憂鬱になった。叱られる。俺が。

苦いコーヒーが、より苦く感じる。

「これ超うまい！」

そんな気を揉む俺のことなどつゆ知らず、ナオは美味しそうに頬張りながら笑顔を見せた。

全く、その顔を見せられると困る。

おのずと自分も口角が上がるのを感じた。先ほどまで湧いていた反省の気持ちも霧散していく。

「ダイゴ、明日は休み？」

ハンバーガーをあっという間に食べ終え、セットのポテトをつまみながらナオが言った。

「ああ。今日が夜勤明けだからな。明日は休みだ」

「明後日は？」

「日勤。月曜からまた夜勤で、水曜が休み。それから木、金と夜勤だよ。来週の日曜はちゃんと休みだ」

「ふーん、夜勤多いね」

「今月は夜勤月だからな」

そっか、と彼は納得する。

「僕、明日出掛けたいんだけど、ダイゴ一緒に行ける？」

「ああ大丈夫だ。どこに行くんだ？」

「ショッピングモール。お母さんの誕生日プレゼント買いたくて」

その言葉に少し驚いた。

「何も言ってこないと思ったら……今年はプレゼント手作りしないのか？」

例年、母親の誕生日には何か手作りした物をプレゼントするのが習わしだった。去年は陶芸教室の体験で作ったコップ。その前は手作りのケーキ。どのプレゼントも、彼女はとても喜んでいたが。

「もっとちゃんとしたのを贈りたいんだよ。手作りとか、子供っぽいし」

「そんなことないぞ。大人だって手作りするし、もらえば喜ぶ」

「子供がやったら子供っぽいんだよ！」

ナオは鼻息荒く言う。

「とにかく、今年のプレゼントは買った物にする。サプライズにするから、お母さんには内緒にしててよ」

「分かった」

何やらませたことをしようとしているな。

気持ちが空回りしなければいいがと心配しながらも、俺は承知してやった。

「だったら明日は、朝いつまでも寝ているわけにはいかないぞ」

俺はちらりと時計を確認しながら言った。

「分かってるって。ごちそうさま！　帰ろ！」

ハンバーガー屋を出て、駅構内へと入った。電車待ちの列に並び、数分後にやってくるはずの車両を待つ。

「ダイゴはお母さんの誕生日プレゼントどうするの？　いつもと同じ？」

「まあ、そうだな。いつものにするつもりだ」

話していると、電車がホームにやって来た。すでに混雑している車内に、自分たちもろとも人が流れ込む。

俺は乗ってすぐにナオと共に車体の外側へ身を寄せた。壁に腕を突っ張り、体の正面にわずかな空間を保つと、そこへナオを立たせる。それでもすし詰め状態の車内では窮屈に変わりないが、背中に感じる群衆の圧力は十分に阻める。

そのまま二十分ほど電車に揺られ、下車した。

上り線側のホームに設けられた改札口へ出るため、一度階段を上がる。駅舎内はここ一年近く改修工事のためシートが張り巡らされており、だいぶ殺風景だ。

そんなシート沿いの通路の脇に、初老の警備員が一人立っていた。目が合って、俺は会釈をする。

向こうも同じように会釈を返してきた。

「同じ会社の人？」

少し通り過ぎてから、ナオが俺に尋ねた。

「ああ。今はあまり組まないけど、前は結構一緒に現場に立ってた」

「ふーん」

改札を出てからすぐ停留所の列に並ぶと、間もなく到着したバスへと乗り込む。

窓越しに見える景色は明るい。中核都市であり、ベッドタウンでもあるこの街の繁華街は、まだこれからと活気にあふれている。そんな駅前を抜けると、周囲は住宅街へと変わっていった。家々に灯る温かい光が、窓の外を流れていく。

目的の停留所に着いてバスを降りた。川沿いの閑静な住宅街。俺はようやくほっと息をつく。車内でも結局立ちっぱなしだった。

家までの道のりをナオの歩幅に合わせてゆっくりと歩み始めた時、彼が口を開いた。

「ねえ、警備員ってどんな仕事？」

「えっ、警備員の、仕事？」

突然の質問に俺は戸惑う。

「うん。楽しいの？」

「いや、楽しくは……ない、けど。まあ……」

警備員がどんな仕事か？　俺は脳みその中をぐるりと見渡す。ずっと続けてきた仕事だが、改めて問われると悩むな。

「そうだな……必要なさそうで、意外と大事な仕事、って感じかな」

考えながら、ぽつぽつと言葉にする。

「よく、立ってるだけって思われるけど、それは見守りって言って、悪い人が出てこないように、誰かが怪我をしないように見張ってて……。警備の仕事は、誰にも何も起きないように、何の変化もないように、そういうことを目指す仕事だから……」

ナオの方を見ると、少しつまらなさそうな顔で正面を向きながら「なんか、地味そう」と呟いた。

「まあ、警備員にも色々あるけどな」

とはいえ、小学生が目指したいと言い出す職業じゃないのは間違いない。

「やっぱボクサーって名乗った方がいいよ。その方がカッコイイ」

彼は確信した様子で言った。

「まあ、それ一本だと食えないから警備員してるんだけどな」

「でもＡ級ライセンスでしょ？　超強いじゃん」

「十年近くはかかってるけどな……」

正直、才能もないのによくここまでやってきたとは思う。

「あ、そういえばショウタがさ、中学上がったらボクシング始めたいって言ってたよ」

「ショウタが？　そうか」

「ダイゴのボクシングジムに入りたいんだって」

「俺のジムに？」

ショウタはナオが小学校に入学して以来の彼の親友だ。体が大きく気が強い、まさにガキ大将のような少年だが、一方で働く母親を支える、健気でしっかり者の少年でもある。

「俺のとこだと通うのが大変だろう。この辺りのボクシングジムでもいいと思うけどな」

「そうだけどね。でも将来ダイゴみたいなボクサーになりたいからって」

「誰かの目標にされるほど、いい成績でもないんだけどな……」

俺は自嘲気味に呟く。ナオの友達ということで、俺も彼のことはよく知っていた。三人で遊びに出掛けることもあるし、自分の試合に招待したこともある。あんまり格好いい姿を見せたことはないが。

「ダイゴのボクシングスタイルが好きなんだよ。絶対にＫＯ負けしないところが」

「頑丈ってだけだぞ」

「それがいいんじゃん。どんなに殴られても倒れないの、格好いいよ。僕も好き」

崩れた相好を隠すのに俺は上を向く。時々ある、ボクサーでいてよかったと思う瞬間の一つ。

そんな会話をしているうちにマンションの前に着いた。戸を押し開いてエントランスに入ると、暗証番号でドアを開け、郵便受けの受け取り口へと回る。

八〇五号室を覗くと、中は空だった。

「エミが帰ってるな」

「マジでっ」

ナオがあからさまに慌てた顔を見せる。

エレベーターで八階に上ると、廊下を抜けて玄関の戸を開いた。

「ただいま」

ナオに背を押され先に入った俺が声を上げる。

するとすぐにリビングにつながる扉が開き、どしどしと床を鳴らして彼女が迫ってきた。

「遅い！　食べて帰ってきたでしょ！」

ナオの母、エミが怒声で出迎えた。

「すまん」「ごめん」二人同時に謝る。「もう！」とエミは苛立った声を上げたが、すぐに「いいから入って！」と家に上がるよう急かした。

「このままお風呂に入りなさいナオ。着替えはお母さん持っていくから」

「はーい。あ、パンツ。ボクサーのにしてよ」

「はいはい」

息子の荷物を受け取りながら彼女はナオを浴室へと送り出し、次に俺を見た。

「ダイゴ、今日は？」

「泊めてくれ」

「じゃあ洗濯物出しておいて。一緒に洗うから」

「ああ」

俺は先に廊下を抜け、リビングに出た。扉のすぐ左にはキッチンが続き、カウンターには夕食のチキンライスが三人分、すでに冷めた状態で置かれてあった。

ばつの悪い思いでそこも過ぎ、隣接された和室に入って荷物を下ろす。泊まりの時はいつもここが寝床だ。押し入れを開き、下段に設置されたプラスチック箪笥から、寝巻用のTシャツを取り出し、袖を通す。

着替え終わり、洗濯物を持って洗面所へと行こうとした時、リビングにやって来たエミと鉢合わせた。彼女はキッと、きつい目で俺を見上げる。

「何食べたの?」

「コーヒー」

「怒るよ」

「……ハンバーガー。新作の」

自白すると、エミは大仰なため息をついて見せた。

「何で食べさせちゃうかなあ。分かってたでしょ、家にご飯があるのは」

「悪かった。頼まれて、つい買ってしまった」

「またそれ?　もう、あんまり甘やかさないでよ」

不機嫌なまま、彼女は俺の脇を通り過ぎてキッチンへ行く。

「食べ残したら、俺が食うから」

「体重はいいの?」

「まだ――」

「試合まで一カ月以上あるからって?　先週も同じこと言ってたわよ」

幼少の頃からの幼なじみである彼女は、見透かしたように俺の言葉を継いで言った。次に続ける言葉が思いつかず、俺はそそくさとリビングを抜け、廊下へ続く扉に手を掛ける。

「それと頭！　ナオが真似しちゃいけないからちゃんと乾かして！」

「はい……」

洗面所で洗濯かごに脱いだ服を詰め込み、生乾きの髪を乾かす。

再びリビングへと戻ると、エミは皿洗いをしていた。

「何かしようか？」

俺が尋ねると、彼女は部屋を見渡しながら「うーん」と考える。

「あ、テーブルの上、綺麗にしてくれる？」

「分かった」

雑然と物が放られたダイニングテーブルを、俺は片付け始める。

「そうだ明日、ナオと出掛けてくるよ」

封筒や書類などをキッチンカウンターへと除けながら、俺は帰りにナオと決めた予定を彼女に話した。

「そうなの？　二人で？」

「ああ。二人で行く」

「ほんと仲良いわね、あなたたち。まあ明日は夜勤だし、来週お母さん来るのに部屋の片付けもしておきたかったから、助かるわ」

「ああ、おばさんも来るのか、来週」

「うん。ちょうど仕事が休みだって言うから。ナオにも会いたいって言ってたし」

「そういや正月から会ってないもんな」

食器を片付け終え、三人分のチキンライスをレンジで温め直した頃に、ナオがリビングへとやって来た。

「あ、チキンライス」

好物を目の前にしては大人しい反応だ。

テーブルにそれぞれ座る。ナオの向かいにエミが座り、俺は彼の隣に座った。

「いただきます」合掌して食べ始める。

少ししっとりとして、生姜味の濃い、いつものチキンライス。

インスタントの中華スープとともに、十分美味い晩飯だったが、ナオは半分も食べ終わらないうちに「もうお腹いっぱい」と完食を諦めた。エミはため息をつく。

「帰りにハンバーガーなんて食べるからよ」

「だってお腹空いてたし」

「塾行く前におにぎり食べたんじゃないの？　作って置いてたでしょ？」

「学校から帰ってすぐ食べた」

「どうして？　今日の給食、嫌いな物入ってた？」

「ううん。別にそうじゃなかったけど、おにぎり美味しそうだったからつい」

何それ、と息子の言い分に母親は肩を落とした。

「まあ半分くらいは食べたんだからいいじゃないか。ほら、後は俺が食べるよ」

「うん」

ナオから皿を受け取ると、俺は残りの飯を勢いよくかき込む。

「ナオ、来月はそれできないからね。ダイゴ試合あるから」

「分かってるよ」

母親の小言に少し不貞腐れながら彼は返事をする。

「食べ終わったんだったら、もう寝なさい。明日ダイゴと出掛けるんでしょう？　あ、お母さんに見せないといけないプリントがあったらちゃんと出してよ」

「分かってるってば。ごちそうさまでした」

ナオは不機嫌そうに席を離れると、真っ直ぐ自分の部屋へと戻る。それを見送ってから、食べ終えていたエミも席を立った。

「後、お願いしていい？　ケンジ帰ってくる前にお風呂入らなきゃ」

「ああ」

エミが浴室へ行き、ナオの食い残しも食べ終わって俺はシンクに残る食器を片付ける。浴室からかすかにシャワーの音が漏れ聞こえ始めた頃、ナオがリビングへと戻ってきた。彼は俺の傍まで近づくと、声を抑え気味に話しかける。

「言った？」

母親への誕生日プレゼントのことだろうと、すぐに合点がいった。

「言ってない。ただ出掛けるとだけ言った」

「ならいいや」彼はホッとした顔を見せる。俺は水道の蛇口を閉め、食器乾燥機の電源を入れた。

「歯、磨こうか」

「オッケー」

共に洗面所へと行き、鏡の前に並んで歯を磨く。そのあと彼の部屋へ行くと、ランドセルの中を一緒に漁った。

「あ、修学旅行のプリントだ」変な折れ目の付いた書類をナオが取り出す。

「大事なやつじゃないのか？　それ」

「たぶん」

そう言いながらもぞんざいにそれを床に放る。

「東京か」書類に書かれた行き先が目に入った。

「そうだよ。ま、この辺の小学校はみんな東京でしょ」

「俺とエミは京都だったぞ」

「へー。まあ僕は東京の方がいいな。あ、そういえば今日さー」

プリントを確認しながら、ナオは話し続ける。彼はお喋りだ。今日学校であったこと、友達のこと、ゲームや漫画のこと。思いついたことを片端から言葉にしていく。

俺はそれを、ただ聞く。相づちは打つが、話は遮らない。それはそもそも俺が話下手で、話題も特に思いつかないからという理由もあるが、単純にナオの話を聞くのが好きだからだ。

ナオが話したいと思うのと同じだけ、俺も話を聞いていたい。

楽しそうに話す彼を見ているだけで、不思議と疲れが癒える。夜勤明けで眠たいはずの体も、なぜか起こしていられる。

そのうちに時計が十一時を指した。

「もうこんな時間か。そろそろ寝ないと」

俺はナオをベッドに上がらせた。

「寒くないか?」布団をかぶせてやりながら尋ねる。「全然!」と快活な返事が返ってきた。

「あ、ピョ吉取って!」

彼はそう言って勉強机を指さした。俺は机上に置かれていた、白い兎のぬいぐるみを手に取る。毛足が長く、手触りのいいぬいぐるみ。幼い頃から可愛がっているため、少々薄汚れ、くたくたになったそれを、ベッドのナオに渡してやる。すると彼は嬉しそうに布団の中で抱きしめ、ぬいぐるみに頬ずりをする。

可愛らしい、と言うと、この場合親バカになるのだろうか。

「それじゃ、また明日な。おやすみ」

「うん、おやすみ」

電気を消して俺は部屋をそっと出た。

リビングに戻り、ソファーに座りながら適当にテレビを見ていると、エミが長風呂から上がってきた。

「ナオ寝た？」

「ああ」

まだ濡れた髪をタオルでまとめ上げた状態で、彼女は冷蔵庫の冷えたお茶を飲む。

「もしかして、ケンジ待ってる？　いいわよ別に。最近遅いし。夜勤明けで本当はもう眠いんでしょう？」

「ああ、まあ……大丈夫」

ふっと襲ってくる睡魔に抗いながら俺は頷く。確かに眠気は強いが、堪えられないほどじゃない。

と、ちょうどその時、玄関の戸が開く音がした。

「あ、帰ってきた」

そう言ってすぐ、リビングの扉が開く。

「お帰り」

「ああ、ただいま」

ネクタイを緩めながらエミの夫、ケンジが現れた。

「ご飯は？」

「食べてきた」

そう断って、ケンジは早速冷蔵庫の中から缶ビールを取り出す。

「お帰りケンジ」

「おう、来てたか」

俺の声に気付いて、ケンジは冷蔵庫からもう一本ビールを取り出した。

「お前も飲む？」

「ああ」

気だるそうな足取りでソファーまで歩いてきたケンジから一本を受け取り、彼がソファーに腰を下ろしたタイミングで蓋を開けた。

「お疲れ」

「おう」

缶の尻を軽くぶつけ合い、俺は十七年来の親友と乾杯する。上を向いてビールを流し込むと、冷えたそれが喉を爽やかに刺激した。

「遅かったな」

一口目を飲み終えて俺は言った。時計は十一時半を越えている。「今日はまだ早い方だ」ケンジは怠そうに答えた。

「デスクが馬鹿みてえに次から次へと取材を押し付けてこなけりゃ、もうちょっと早く帰れるんだが……」

深いため息をついて彼はソファーに沈み込む。

ケンジは新聞社に勤める記者だ。その中でも社会部の記者を去年から務めている。激務のようだが、ようやく上り詰めた花形部署だ。

「それだけ期待されてるってことじゃないか」

「はっ、そんなわけあるか。どれも取るに足らないネタばっかだよ」

なだめたつもりが、意外にも彼は苛立った表情を見せた。

「まあ、まだ異動して一年だろ？　研鑽を積む時期ってことじゃないか？」

「違うよ。俺が余計なことしないよう、忙殺させてんだ」

「余計なこと？」

「俺が書きたいのはさ、世の中に伏せられた真実なんだよ。都合の悪い誰かが蓋した事実を曝きたいんだ。それがどんなに臭いものでも、誤魔化して、目を逸らし続けた先に得るものなんて何もない。真実を受け止めてやっと、人も社会も次に進める。少なくとも俺はそう信じてる」

「えーっと、うん。そうだな」

話が難しい。なんとなく頷く俺の隣で、ケンジがやけくそ気味にビールを仰いで飲む。

「それなのに上のやつらときたら揃いも揃って日和りやがって。全く、一体何のために社会部に来たんだか……」

独り言のように呟いて、彼は項垂れた。

洗面所のドライヤーの音が遠く聞こえる。

「まあ、あまり根詰め過ぎるな」

彼の言わんとしていることはよく分からなかったが、俺は気遣うように声を掛けた。

ふと、テレビの横に置かれた写真立てが目に入る。

つい一カ月前のゴールデンウィーク。俺とナオとエミとの三人で、テーマパークに行った時の写真。三人が景色をバックに並んで写っている。

「体壊してからじゃ、遅いからな。休むのも大事だぞ。なんだかんだ、俺たちもいい歳だ」

本当はケンジも一緒に来る予定だった。しかし直前になって急な取材の仕事が入り、来られなかったのだ。それでナオが少し拗ねていたっけ。

「それを言ってくれるなよ」

彼は力なく、ははっと笑う。

空になった缶をローテーブルに置いて、ケンジは思い切り伸びをし、脱力した。

「ナオはもう、寝たんだっけ？」

天を仰ぎながら彼が言葉をこぼす。俺もあくびを漏らした。

「ああ。明日、エミの誕生日プレゼントを買いに行くって、張り切りながら寝たよ」

「へえ……」ケンジの目が写真立てに向く。

「なんか、お前が父親みたいだな……」

彼がボソッと呟いた。

「……え？」

酔いと眠気が迫る頭に、言葉の意味が遅れて届いた。

「あっ！　もう寝ちゃってる！」

ダイニングに戻ったエミが慌ててソファーの方へやって来た。ふと隣を見ると、ケンジがソファーに深く沈み込み、目を閉じていた。

「ちょっとケンジ！　お風呂は！」

彼女は夫に強く呼びかける。ケンジは眠そうに「うーん」とまどろんだ声を上げた。

「もー。来週のこと話したかったのに」

寝息を立て始めてしまった彼に、エミはやれやれとため息をつく。

「悪い、俺がよく見てなかった」

自分の眠気は振り払わんとして俺は立ち上がった。

「いいわよ。昨日も帰り遅かったのに、朝早かったから。仕方ないわ」

ソファーをケンジの寝床に明け渡し、俺は和室から掛け布団を一枚持ってきて彼にかぶせる。

「来週、ナオ迎えに行ける日ある？」

ダイニングテーブルへ座り直し、エミと手鏡越しに対面した。

「水曜日だけだな。月曜も金曜も、夜勤が入ってるから」

いくつもの化粧品を顔に塗りたくる彼女を眺めながら俺は答える。

「あー、金曜ダメなんだ。私も金曜夜勤入ってるのよねえ。最近一人辞めたばっかりだし、今は患者さんも多いから休むの難しいなあ。そうなるとケンジに頼むしかないけど、大丈夫かしら？」

看護師として病院に勤めるエミは、頼りなさそうに横目でケンジを見る。

「ま、最悪塾休ませるしかないわね。じゃあとりあえず水曜日、お願いしていい？」

「分かった」

話がまとまったところで、あくびを噛み殺しながら俺は立ち上がった。

「そろそろ寝るよ。おやすみ」

「うん、おやすみ。明日はナオお願いね」

「ああ」

和室に戻り、襖を閉ざす。

お前が父親みたいだな。

ケンジの呟きが、なぜかまた頭をよぎる。

考え過ぎ、だな。

そんなはずないのに。

布団にもぐり、目を閉じる。まどろむ間もなく、眠りに落ちた。

次の日。ナオとの約束通り、昼前には二人でショッピングモールに足を運んだ。

休日ということもあり、人の多さが尋常ではない。人より一つ高い視界では、うごめく頭髪は黒い川のようにも思わせる。

ああつい、仕事の感覚になりそうだ。

目の端で通り過ぎる人々の特徴を捉えている自分に気付き、我に返る。

「ダイゴ！　何突っ立ってんだよ！　こっち！」

ナオに呼ばれ、俺は彼が品定めをするアクセサリー店へと足を向けた。

「ねえ、これどうかな」

彼は店に並んでいたブレスレットの一つを手に取り、俺に見せる。

青色が基調の、大粒なビーズのブレスレット。

「うん、いいんじゃないか？」

「さっきから同じことしか言わないな」ナオが怪し気に俺を見る。「適当に言ってない？」

「そんなことはない」

「じゃあ何がいいのか言ってみて」

「キレイ」

「やっぱ適当じゃん」役立たずと言わんばかりにため息をつかれた。

そう言われても。アクセサリーなんて分からない。

彼は少し悩んで、手に持っていたブレスレットを元の場所へと戻した。

「うーん、なんかちょっと子供っぽいかなあ、お母さんには。ここは微妙だから、次の店行こう」

再び店巡りに精を出す。真剣なナオの横で俺はただ彼に付いて歩き、時々意見を求められては「いい」と答えて呆れられた。

途中、通りかかった宝石店の前で彼の足が止まる。ウィンドウに並べられた宝石付きの指輪に目を落として、ナオが言った。

「やっぱり、女性を喜ばせるにはこういうヒカリモノかな？」

「馬鹿、何ませたこと言ってんだ」

得意げな顔の彼に俺は顰め面で返す。一体どこで覚えてくるんだ、そんな言葉。

「それにこれは婚約指輪だ。結婚の約束をする時に贈るやつだよ。ただのプレゼント用じゃない」

ウエディング用という文字が品札に書かれているのを見て俺は言った。ナオはふーんと声を漏らしながら、それでもウィンドウの向こうの店内を眺める。

「ちょっと見ていこうか」

「やめとけ。どれも大人でも手が出せないくらい高い物ばかりだ。お前みたいな子供が親に贈るプレゼントじゃないよ」

とそんな問答をしていたら、店員の一人がこちらに気付き、近づいてきた。

「何かお探しでしょうか？」

愛想のいい顔で店員が尋ねる。参った、こういう展開は苦手だ。早々に断って立ち去らないと。

「お母さんの誕生日プレゼントを探してるんだ」

ナオが答えてしまった。

「まあ、それはよろしいですね」

店員は笑顔のまま、同じウィンドウに飾られていたネックレスを指し、俺に向かって説明を始める。

「こちらのネックレスは最近女性に人気のデザイナーがデザインしたものの最新作となっております。

奥様の誕生日プレゼントなどにはピッタリかと」

店員の勘違いに、二人ともすぐ気が付いた。

「へえ〜。たまにはこういうのを贈るのもいいんじゃない？　お父さん」

ナオはそのままいたずらっぽい顔でこちらを見上げて言った。

胸がギクリと揺れる。

「あ、いや、違います、すみません違うんで！」

俺は慌ててナオの腕を取り「行くぞ」と強引に店の前から離れた。「えっ、ちょっ、何？」少し足をもつれさせつつ、驚きながら彼も歩きだす。

「ねえ、もういいだろ」

店から十分離れた所で、ナオが不満げな声で訴えた。

「あ、ああ。ごめん」

俺は腕から手を離す。彼は握られていた腕を一度擦って、それから不機嫌な目でこちらを見た。

「なんだよ急に。親子に間違われるなんてよくあるじゃん」

確かに間違われることはよくある。訂正するのが面倒で、勘違いをそのまま押し通すこともよくやっているが……。

「いや……いやそこじゃない。あのネックレスの値段見たか？」

俺は首を振って、そうナオに問い返す。彼が思い出そうと視線を宙に巡らせた。

「えーっと、ゼロが四つ付いてたから、二十五——」

「万だ。ひと月の給料が吹き飛ぶ」

「買わなきゃいいじゃん」

「そこを買わせるのが仕事なんだよ、彼女たちの」

押しに弱い性格なのは自覚している。だからあの手の店は苦手だ。

ナオは今一つ理解しきれないのか、ふーん？　と鼻を鳴らした。

「……とにかく、そろそろ飯を食いに行こう」

俺たちはいったんプレゼント探しを中断し、混み合う前のフードコートへと足を運んだ。

「お前、またハンバーガーか？」

「美味しいじゃん、ハンバーガー」

昨夜に続きまた同じ物を食べるナオに眉を顰(ひそ)めつつも、俺も彼と同じ物を選んで食べる。

「まあ、確かに美味しいな」

ナオがリピートするのも分からないでもない。

「そういや、もう父の日のプレゼントコーナーできてたね」

彼の言葉に、俺も特設コーナーが設置されていたのを思い出した。

「ああ、そういえばそうだったな。今年は確か、再来週だったたか？」

「うん。どうしよっかなー。今年は」

ジュースを吸いつつナオが思案する。

母親の誕生日と父の日が近いこの時期、ナオは贈り物の準備に難儀する。父の日も毎年何かしら作って贈っていたが、今年はどうするつもりだろう。また何か買おうなどと言い出さないだろうか。あまり金を使うようなことはさせたくない。

「ていうか、父の日にお父さん居るかな？　最近仕事ばっかだし、居ないんじゃ意味ないよね」

「確かに忙しいみたいだが、意味ないことはないだろ。ちょっとした物でもいいから贈ってやれ。喜ぶぞ」

「うーん、考えとく」

ずぞぞぞ、とストローの先が空気を巻き込む音が鳴った。

昼食後に再開したプレゼント探しは、程なくして決まった。

プレゼントの選考に俺が役立たないと判断したナオは、大人用のアクセサリーを揃えた店舗で、その店員にアドバイスを求めた。

店員は親切に応え、最終的に花をモチーフにした淡い紫色の髪留めに決まった。値段を見た時は物の割に高い気がしたが、ナオは納得して購入した。

無事買い物を終えて、余った時間はモール内にあるゲームセンターで過ごす。レースゲーム、シューティングゲーム、格闘ゲーム。どのゲームもナオは上手で、俺は下手だった。レースゲームには勝機があると思ったのに。俺が唯一成果を出せたのはクレーンゲームだけだった。

プレゼントと、戦利品のぬいぐるみなどを携え、俺たちは帰路に就く。

「今日は帰るの？」

家に着いて早々に帰り支度を始めた俺に、ナオが尋ねた。

「ああ。明日は朝から仕事だからな。次来られるのは火曜日だ」

そう言うと、ナオはつまらなさそうに「ふーん」とこぼす。

「ダイゴ、これ」

半日仕事を終え帰宅していたケンジが、俺に昨日洗濯に預けた服を差し出した。

「もう乾いてた」

「ああ、助かる」

それを受け取って、俺は玄関に移動する。

「それじゃあな、ナオ。また火曜日に」

「うん」

「またなダイゴ」

ナオとケンジの二人に見送られ、俺は彼らの家を後にした。

バスと電車を乗り継ぎ、ナオと帰ってきた道のりをまた戻る。そのままボクシングジムへと足を運んだ。二時間かけてトレーニングメニューをこなし、疲労がうごめく体を引きずって、ようやく本当の帰路へ就く。

日はもうとっくに落ちていた。夏至前の日の長い時期だが、自宅への帰り道は、いつも暗い夜の闇の中だ。

大通りを外れ、住宅街の道を歩く。ジムから二十分ほどで一軒のアパートに着いた。少し線路に近い、四部屋二階建てのひっそりとしたアパート。その二階の一室の扉を開ける。

「ただいま……」

誰も居ないことは承知だが、勝手に言葉が漏れた。

キッチン、バストイレ、それと六畳のシンプルな間取り。台所には一人暮らし用の小さな冷蔵庫と電子レンジ。部屋にはベッド、カラーボックス、テレビがそれぞれ壁際に。真ん中には、折りたたみ式の低い円卓が一つ。

荷物を放り投げてすぐ、俺は冷蔵庫から作り置きの惣菜を取り出した。皿にあけ、レンジで温める。出来上がったそれを持って卓の前に座ろうとした時、カラーボックスの上にある物が視界に入った。

並んだ二基の位牌。

沈もうとする腰を踏ん張って持ち上げ、位牌の前に置かれた空のお鉢を手に取った。少し埃をかぶったそれを洗い、冷凍室から凍らせた飯を取り出してレンジに突っ込み解凍する。炊きたてに戻った飯をお鉢に少し、残った分を惣菜の上へ品なく乗せた。

「いただきます」

飯の盛られたお鉢を位牌の前に戻し、ようやく座って飯を食べ始める。特別美味くも不味くもない。惣菜と飯が混ざっただけの味。それを黙々と食べ続ける。しばらくしてリモコンに手を伸ばしテレビをつけると、バラエティ番組が映った。

誰かの笑い声が延々と部屋に響く。

食後、食器を片付け、歯を磨いたらすぐベッドへ転がった。

風呂は例によってジムで済ませたからもういい。明日は朝から仕事だし、もう眠ろう。テレビと電気を消し、布団をかぶる。隣が空き部屋なのもあって、夜は本当に静かだ。聞こえてくるのは電車の走る微かな音と、時計の秒針の音。

自分の呼吸の音。それだけ。

まどろみの中で小さなざわめきたちが耳に残る。

夜は、一人だといつもより少しだけ、長い。

目を開けると、薄ぼんやりと部屋が暗闇の中に浮かぶ。その中でひときわ黒い二つのそれがまた視界の端に映った。

背けるように瞼を伏せる。

十五で父が死に、母も後を追うように十八の頃死んだ。

兄弟はいない。親戚もかなり遠方にいるらしく顔を合わせたことがない。高校を卒業し、今の警備会社に就職してから、ずっとここに一人で暮らしてきた。

友達と言える人間も、エミとケンジの二人を除けばほとんどいないし、恋人なんかも——もうずいぶんいない。

他人に言わせれば、不幸で寂しい人生なのだろう。実際にそう言われたこともある。

でも。

壁に向かって寝返りを打ち、今度こそ背を向けた。

俺は自分を不幸だとは思わない。

確かに不運は多かった。辛くて自棄になりそうな時期もあった。けれど俺には兄妹みたいな幼なじみもいたし、人の好過ぎる親友もいた。そして心血を注げるボクシングもあった。

それに今は、ナオもいる。

昼間の風景が瞼に蘇った。胸が温かい。

だから、誰の息遣いも聞こえないこんな夜も平気だ。

陽だまりの下で昼寝をする時のような穏やかさで、俺は眠る。


この日の業務は、郊外の大型ショッピングモールでの施設警備だった。

珍しい現場だ。普段は常駐の警備員で回しているため、俺が出向くことはほとんどない。ただ今日はどうしても欠員が補充できないということで、出動を命じられた。

とはいえ。

俺は到着してすぐ、警備員用の控え室へ迷わず向かう。昔しばらくここで勤めたこともあった。不慣れな現場じゃない。

「おはようございます」

制服に着替え警備室に入ると、一人の男性警備員に目が留まった。

「え……モトさん？」

呼びかけると彼もこちらを見て目を丸くした。

「ん？　お前、ダイゴか？」

そして気怠げに座っていた椅子から勢いよく立ち上がると、きっぷのいい笑顔を見せながら俺の前に立つ。

「ダイゴ！　久しぶりだな！　こんな所で会うとはよ！」

「お久しぶりですモトさん。お元気そうで何よりです」

俺は頭を下げた。顔を上げると、同じ位置にモトさんの顔がある。

「まあな。しかし何年ぶりだ？　俺がジム辞めて以来、だよな？」

「そうですね、五年ぶりぐらいじゃないですか？」

もうそんなになるかと、彼は腕を組み、わずかに伸びた無精ひげを触りながら呟いた。

モトさんは元プロボクサーで、かつてジムに所属していた時は俺の先輩だった。

階級は俺より一つ下だったが、背丈がほとんど同じくらいなのでスパーリング相手としてお互いによく練習し合った。それもあってか、当時は食事や遊びに誘われたことも多く、俺にしては珍しく、付き合いの深い人物でもある。

「でも何でお前がこんな所に――」

疑問を口にしかけたところで、モトさんは察した様子で俺を見た。

「今日来る本社の応援って、お前のことか！」

「あ、はいそうです」

頷くと、モトさんは嬉しそうな顔を浮かべて俺を小突いた。

「なんだよ、出世してんじゃねえかお前」

「いやあ、それほどでもないですよ」

そんな会話をしているうちに始業時間となった。

モトさんとはいったん離れ、午前中は主に警備室での業務に就く。午後もしばらく同じ業務に従事し、控え室で休憩を取り始めた時、突然呼び出しを受けた。

「悪いんだけど迷子。探索行ってくれる？」

この施設の警備隊長が、申し訳なさそうに言った。

「ええ、もちろん。特徴は？」

「男の子、五歳。名前はコミヤコタロウ。上は水色、下は緑。二階の婦人服売り場の辺りでいないことが発覚したそうだ」

二階婦人服……確か真上は、おもちゃ売り場か。

「了解しました。三階から探してきます」

装備を整えて俺はショッピングモールのフロアに出る。日曜の午後。人は最高潮に多い。これは難儀しそうだ。思った通り行く先々で客に呼び止められる。その度に迷子の探索中だと断りを入れるが、捗らない。

五歳か。親と離れてだいぶ時間も経った。心細いだろうに。

「三階、南側トイレ付近、探索中の迷子と思われる子供を発見」

無線が入った。南側トイレ。思っていたのとは少し違う場所だ。パターンを読み誤ったか。しかし発見という言葉を聞いて、俺はほっとする。

「ただ怯えて保護に応じない。応援を頼む」

「すぐに向かいます」

間髪を入れず無線に向かって言った。そして連絡のあった場所へと足を向ける。ここから近い。何分もせずに俺は現場に着く。そこには水色のシャツと緑のズボンを穿いた男の子がしゃがみ込んでいて、その傍で困ったように立ち尽くすモトさんが居た。

「あ、お前か」

俺の姿を見てモトさんは期待外れな様子を匂わせた。

「声は掛けたんだけど、全然動こうとしねえ。女の従業員呼ぶか、親にここまで迎えに来てもらうしかなさそうだわ」

手に負えないと、モトさんが首を振る。俺はその場にしゃがみ込み、目線の高さを男の子に寄せた。

「大丈夫？　どこか痛いの？」

男の子は顔を伏せたまま首を横に振る。

「お父さんとお母さんが君のことを探してるよ。おじさんたちと一緒に二人のところへ行かない？」

強く首が振られた。モトさんがほらな？　という顔で俺を見る。

「それじゃあ、二人にこっちへ来てもらおうか。それでいい？」

男の子はぎゅっと身を縮める。いいとも駄目とも取れないリアクション。

「仕方ねえ。もう親をこっちへ来させるか」

モトさんがしびれを切らして無線で連絡を取った。俺は男の子の前にしゃがんだまま考える。

どうも怯えている感じはしない。というよりは、拗ねているように見える。

今まで経験した迷子のパターンと比較しても、どこか違う感じがした。

何か事情があるんじゃないか？

「おじさんたちが怖い？」

俺はそう尋ねてみた。男の子は首を振る。

「お父さんとお母さんからはぐれて、寂しかった？」

首を振る。

「……もしかして、自分から傍を離れた？」

少し間を空けて、頷いた。やはりそうか。俺は優しい声色に努めながらさらに尋ねる。

「どうしてか、教えてくれる？」

そこで初めて男の子は顔を上げ、上目遣いで俺を見た。俺はすぐに笑顔を作る。

「……新しいパパって言うから……」

新しいパパ。その言葉でこの子の背景が見えた。「そいつはつまり……」モトさんも事情を察する。

「パパは、パパがいい。新しいパパは違う」

そう口にした途端男の子はぐずりだした。「そっか。パパがいいんだね」そう言いながら俺は彼の背中を撫でる。

「おいダイゴ」モトさんが俺の耳元で囁いた。

「親もうすぐ来る。変に首突っ込むな」

「ですが……」

必死に泣くまいと堪える様子の男の子に目を落としながら、俺も小声で答える。

「この状態で親御さんに帰しても、また傍を離れるかもしれません。少し落ち着かせてやらないと」

モトさんはやれやれと言った表情で、それ以上は何も言わず俺の傍から一歩離れた。俺は男の子へ向き直る。

「今日はママと、新しいパパと一緒に来たの？」

「うん。でもパパとも来たことある」

「そうなんだ。新しいパパとは楽しくない？」

「……楽しくない」

「新しいパパのこと、嫌い？」

「嫌い、じゃないけど……」

そう呟いて彼は口ごもる。「そっか……」この小さな体の中に、言葉にできない歯がゆい気持ちが詰まっているのだろう。どうにかしてやれないものか。

肩を小突かれ、モトさんが通路の向こうを指さした。係員に誘導され、二人の男女がこちらに駆け寄ってくるのが見えた。

「分かった。じゃあ、おじさんからママに、僕の気持ちのことをお話ししてみるよ。だから、もうママたちの傍から離れないって約束してくれるかな？」

男の子は明快な返事はしなかったが、俺は微笑んでから立ち上がり、到着した彼の両親を迎えた。

「コタロウ！」

いの一番に母親が息子の前に駆け寄った。

「もう、どこ行ってたの！　心配したじゃない！」

「すみません、お手数をおかけしました」

男性の方は俺たちに向かい頭を下げた。「いやあ、仕事ですんで」モトさんが愛想よく答える。俺は男性の姿をざっと眺めた。だらしなくもなく、特別派手に着飾ってもいない、至って普通な装いに、人のよさそうな柔らかい表情の顔。

優しそうな人だ。そう感じた。

「ダメでしょ、コタロウ。パパとママから離れたら」

目線を息子に合わせ、彼の両腕を掴みながら母親がそう叱る。すると男の子は母親の腕を振り払い、俺の足下に隠れた。

「なに、どうしたのよ」

息子の拒絶に母親が戸惑う。

「あのすみません、お母さん。少し私からお話しさせていただいてもいいですか？」

「え？　はあ……何でしょうか……」

急な申し出に、母親は怪訝な顔をしつつも頷いた。

「息子さんから少しご事情を伺いました。立ち入ったことを言うようで申し訳ないのですが、コタロウ君は、まだ少しお父さんに戸惑っているところがあるようでして……」

母親がはっとした表情を見せる。事情に突っ込み過ぎないよう、言葉を選びながら俺は話を続けた。

「さみしい気持ちもあるみたいです。でも彼も受け入れようと努力しています。ですから、叱り過ぎないであげてください」

母親は男性と目を合わせる。

もうこれ以上は、何も言うべきじゃないだろう。

「ほら、パパとママの所へ行って。二人に僕の気持ちをちゃんとお話しするんだ。二人とも絶対に聞いてくれるから」

隠れていた男の子の背に軽く触れ、送り出す。男の子は母親に抱きついて、彼女は息子を抱き上げた。

「お世話になりました」

両親が頭を下げ、モールの人混みの中へと三人は戻っていく。その後ろ姿を、俺は安心して見送った。

「さすが本社の社員だな。対応完璧」

モトさんが感心した様子で言う。「いや、そんなことはないですよ」俺は首を振った。むしろだいぶ余計なことをした。子供が関わってくるとつい、出過ぎた対応をしてしまうことがある。反省点だ。

「家でもあんな感じなのか？　顔に似合わずいい父親してるな」

「え？　ああ、いえ、子供はいませんよ。結婚もしてないです」

モトさんが驚いた。

「にしちゃずいぶん子供の扱いがうまくないか？」

「友人の子供とはよく遊びますので。それで」

「はあー？　そんな程度であんなにできるか？　おかしいだろ」

何気ない言葉なのに、なぜか胸がギクリと動いた。

「ま、それじゃ俺は巡回に戻るぜ。また後でな」

モトさんはそう言ってモール内をのしのしと歩きだす。その背中を少し見送ってから、俺は帽子を目深くかぶり直し、静かにその場を後にした。


ナオはその日、午後から親友のショウタと共に自宅でゲームに興じていた。

二人で対戦ゲームに熱中している途中、どこからか音が鳴りだす。

「あ、母ちゃんだ」

ゲームを一時停止させ、ショウタはポケットから携帯電話を取り出した。

「もしもし、母ちゃん？　うん、ナオん家居るよ。うん、分かった。……分かってるよ、それじゃあね」

電話を切り、ショウタはナオの方を見た。

「晩飯できるって。俺、もうそろそろ帰らなきゃ」

「そっか」

ショウタが帰り支度をし始めた横で、ナオが彼に尋ねた。

「ショウちゃん、携帯電話持ってたの？」

「うん。最近母ちゃんに持たされた。俺ん家一人っ子で母子家庭だから。どこ居ても連絡できるようにって」

ショウタは先ほど使っていた携帯をナオに見せる。手のひらより少し大きいサイズの、数字のボタンが付いた携帯電話だ。

「へえー。いいなあ」

ナオは目を輝かせた。

「いいか？　持ち歩くのめんどくさいぞ。忘れるとすげー怒られるしな」

対してショウタはうざったそうに手元のそれを見る。それでもナオはうらやましそうに携帯電話を見つめた。

「それじゃあな、ナオ。また明日学校で」

荷物を持ってショウタは立ち上がる。

「うん」

「おじさん、おばさん、お邪魔しました！」

ダイニングテーブルに座るケンジと、キッチンに立つエミに向かってショウタは元気よく挨拶した。

「ああ、気を付けて帰るんだよ」

「お母さんによろしくね」

ケンジもエミもにこやかに返事を返し、ショウタは帰っていった。

「さ、うちもそろそろ晩御飯にするわよ。ナオ、ゲームしまいなさい。あなたも仕事はおしまいにして、テーブル片付けて」

エミの指揮にしたがって二人は動く。夕食の準備が整うと、家族三人はテーブルに着いた。

「いただきます」

家長の号令で合掌し、食事を始める。

時折会話を挟みながらも静かに食事は進み、それも終わろうかという頃。

「ねえ、僕も携帯電話欲しいな」

ナオがそう言いだした。

「えー？　必要ないでしょ？」

突然の発言にエミは驚きとともに、しかしそれを否定した。

「何で？　お父さんもお母さんも持ってるじゃん」

「あなたにはまだ早いから」

「でもショウちゃんは持ってるよ」

「ショウタ君のお家はお母さん一人しかいなくて働いていらっしゃるからでしょ。うちとは事情が違うじゃない。小学生が携帯電話なんて早すぎ」

「ショウちゃん以外でも同じクラスで持ってる子はいるよ」

「うちはうち、よそはよそ。お母さんは認めません」

母親の説得が難しそうだと判断したナオは、父親に顔を向けた。

「ねえお父さん」

「え、うーん、そうだなあ……」

息子の懇願する目に、ケンジは迷った様子を見せる。

「まあ……別にいいんじゃないか？　持ってて困る物じゃないし」

「ほんと！」

「ちょっとケンジ！」

ナオは喜び、エミは怒った。

「ダメダメ！　受験だってこれからが本番よ？　携帯電話なんて持って、勉強に集中できなくなっちゃうじゃない！」

「あ、うん。それも、そうだな」

妻の怒りにケンジはしり込む。

「大丈夫！　ちゃんと勉強もするから！」

旗色を変えまいとナオが必死に訴えた。

「ダメです！　携帯電話だってタダじゃないのよ」

「じゃあお小遣い減らしてもいいからさ！　お願い！」

「持ってもしょうがないでしょう。誰と電話するの」

「ショウちゃんとか、ダイゴとか」

「ダイゴは携帯電話持ってないでしょ」

「ほら、塾の迎えの時とかに連絡できたら便利でしょ？」

「必要ありません。なくても迎えには行けます」

エミはぴしゃりと言い放ち、食べ終わった食器をまとめて流しへと持っていく。

「お父さんも何か言ってよ！」

ナオはケンジに迫った。

「そう言われてもなあ。お母さんの言うことももっともだし……」

煮え切らないケンジの態度に見切りをつけ、ナオはキッチンで洗い物を始めたエミの元に行く。

「ねえお母さん！」

「ダメなものはダメです」

「学校の行き帰りとか、何かあったらすぐ助けを呼べるでしょ？」

「学校に持って行ったらダメでしょ」

「大丈夫！　持ってる子はみんなこっそり持ってきてるから！」

「ダメじゃない、ばれたらどうするのよ」

「ばれなきゃいいんだよそんなの――」

「ナオ！」

突然ケンジが大声を出した。二人とも体をビクつかせて黙り、彼に視線を向ける。

「お前、その考え方はダメだ」

ケンジは険しい顔をしてナオを見据えた。

「ばれなきゃいい？　みんなやってる？　そんな自分に都合の良い解釈で悪いことを誤魔化そうとするな」

父親の怒声にナオは固まったままだった。

「携帯はダメだ。そんな使い方するなら無い方がいい。お前がそんなずるい考えをするなんて、俺はがっかりだ」

その場が静まる。

エミが洗い物の手を止め、ナオに向き合おうとした時だった。

「なんだよ！」

ナオの激高が響いた。

「なんだよ急に、ダメって！　さっきはいいって言ってたじゃんか！」

彼は父親を睨み付けた。

「いいじゃんか携帯こっそり持っていくぐらい。それで人が死ぬわけでもないし！」

「そういうことを言っているんじゃない」

「自分くらいと言って不正をすることは、正しいことをする人の妨げになる。それが分からないのか！」

ナオは何も言い返せずに、黙ったまま拳を握った。そんな彼の腕を取り、目線を下げてエミが諭す。

「ナオ、お父さんの言うこと、分かるわね。携帯電話のことは、今は諦めなさい。あなたにはもっと他にやるべきことがあるわ」

それに答えず、拗ね切った顔をしたナオはぼそりと呟いた。

「ダイゴだったら、いいって言ってくれるのに」

部屋の空気が変わる。

「お父さんは、仕事ばっかりで僕のことなんて興味ないから。……ダイゴがお父さんだったらよかったのに！」

ケンジの表情が引きつった。

「こらナオ！　謝りなさい！」

今度はエミが口調を荒げて言った。ナオは母親の腕を乱暴に振り払う。

「お母さんも！　受験とか勉強とか、いちいちうるさいんだよ！」

ケンジが立ち上がり、ナオの元へ向かうと、彼の頬を平手で叩いた。

「いい加減にしろ」

父親の声が、再び沈黙をもたらす。

「……もういいよ！　二人とも嫌いだっ」

ナオはそう絞り出すように叫ぶと、止める間もなくダイニングを飛び出していった。

ベランダで電話機を持ちながら、俺は受話器に向かい相づちを打った。電話機のコードがのびる先、部屋の中では、不貞腐れた様子のナオが俺のベッドの上で小さく丸まって寝転んでいる。

「なるほどな。そんなことがあったのか」

夜、仕事とジムを終え自宅に帰ると、玄関先にナオがうずくまっているのを見つけた。

びっくりして事情を聞くと、家出したとだけ言う。帰りたくないと強情に言うので、仕方なく俺は自分の家に上げ、彼の家に電話をした。

そして電話に出たエミから、先の時間にあったことを聞いたのである。

「自分の部屋に籠もってたと思ったら、いつの間にか居なくなってて……。ダイゴの所に行ったんじゃないかとは思ってたけど、よかったわ見つかって」

声からも、彼女が相当な心配をしていたことが察せられた。

「ああ。今日が日勤で本当によかったよ」

もし夜勤の日だったら確実にすれ違っていた。そんなことになっていたら、どうなっていたことか。想像するだけで肝が冷える。

「とりあえず今日はもう遅いし、意地もまだ張ってることだから、こっちに泊めるよ。それで明日の朝、学校まで送ろう。周到にランドセルも持ってきてることだしな」

ちゃんと明日の教科分の教科書を入れたランドセルをナオは背負ってきていた。本人もそのつもりで来たのだろう。突発的にしてはなかなか冷静だ。

「ありがとう、助かるわ」

エミは申し訳なさそうに言った。

電話を終えて部屋に入り、俺はナオと向き合った。

「飯はもう済んでるんだよな？」

「うん」

「じゃ、行くか」

「えっ？　どこに？」

「銭湯」

ナオを連れ、俺は近所の銭湯を訪れた。

家にも風呂はあるが、浴槽が小さくて俺には窮屈だった。普段はそれでも使うが、時々足を伸ばして湯船につかりたい時は銭湯に行く。

「着替えとパジャマまで持ってきてるとはな」

更衣室で服を脱ぎながら俺は言った。準備の良さに驚きを通り越して感心する。

「家出だから」

ナオは未だに不機嫌そうな様子だった。

しかしそれも浴室に入ると吹き飛んだ。

彼と二人、並んで体を洗った後、湯船に入る。滅多に銭湯へ来ることのないナオは、いつの間にか楽しそうな表情で巨大な浴槽に浸かっていた。

「それでさ、夏休みの自由研究もさ、受験に役立つ内容でした方がいいって言うんだよ？」

「へえー。そりゃ効率がいいな」

「効率はいいけどさ、つまんないじゃん。僕ちょっと歴史系苦手だから、年表とか作ってみたらって言われたけど、テンション上がんないよね」

「他に何かやりたいことがあるのか？」

「数の数え方について調べたいんだ！　前に算数の本でね、億以上の数の単位のことが書いてあって、全部は覚えてないけど、最後は無量大数っていう単位で、一の後にゼロが六十九個も並ぶんだ！　でも調べたら、もっといろんな単位があるらしくってさ」

生き生きと話すナオ。

「それをやりたいんだけど……ってダイゴ、分かってないでしょ」

呆れた様子の彼の視線を受け、俺はゆっくりと頷いた。

「全然分からない」

「ダイゴは馬鹿だな」

その時、湯船の対面に座っていた中年の男性が声を掛けてきた。

「おい坊主、父親に向かって馬鹿はないだろ。それに、名前で呼び捨てにするのもよくないぞ」

叱られたのに驚いてナオが固まる。

「ああすいません、違うんです。俺とこの子は親子じゃなくて。だから呼び捨てなんです。あとまあ、俺が頭が悪いのも事実なんで」

俺はそう説明した。

「そうなのか。まあ、俺も坊主が何言ってんのか正直分かんなかったわ」

男性は快活な笑い声を上げ、ナオに「ビビらせて悪かったな」と謝った。「ビビってないから大丈夫」とナオは返す。

「でもダイゴはボクサーだから。強いんだよ」

「へえ、どうりで体がしっかりしてると思ったぜ。階級は何だい？」

「スーパーウェルターを。でも成績は奮ってなくて」

「でも、今まで一度もＫＯ負けはしたことないんだよ」

ナオが自慢気に言った。

「はーっ！　そりゃすごいじゃないの！　大したもんだね」

男性が強く感心する。気恥ずかしくなって、体を少し湯に沈めた。まあ、打たれ強さだけは人一倍ある。と言うより、それぐらいしか誇れるところはない。

「それで、坊主とボクサーの兄ちゃんはどういう間柄なんだ？」

「僕のお父さんがダイゴと友達なんだ」

「なるほど。兄ちゃん、奥さんは？」

「いえ、俺は独り身なので。家族はいません」

「まあ、ほとんどうちの家族みたいなものだけどね、ダイゴは」

ナオの言葉にまたギクリとする。

「そうか、そりゃあいいいな」

男性は微笑ましそうに頷いた。

「ナオ、そろそろ上がろう」

きりのよさそうなところでそう言って、俺は立ち上がった。ナオも付いて立ち上がり、男性に別れを告げてから更衣室へと戻る。

「風邪ひくから、髪乾かせ」

「えー。暑いじゃん」

嫌がるナオにドライヤーを持たせ、髪を乾かさせている途中、先ほど湯船で話した男性がこちらへとやって来た。

「なあ兄ちゃん」

呼びかけに反応すると、彼は軽く手招きをして耳打ちに招いた。顔を寄せると、ドライヤーの音に消されない程度の声で、男性が言葉を発した。

「兄ちゃんもしかして、あっちの人？」

彼は下品な笑顔とともに自身の手の甲を反対の頬に触れさせる。俺はぎょっとして男性を見た。

「これ、俺の連絡先」

続けて男性は紙きれを差し出す。俺はその手をすぐに押し戻した。

「違います。いりません」

「なんだよ。独身のくせに違うのかよ」

男性はつまらなさそうに言って、紙きれを握り潰し立ち去った。

「さっきの人、どうしたの？」

髪を乾かし終えてナオが尋ねる。

「何でもない」

いささか雑に誤魔化す。「ふーん？」とナオは不思議そうに首をかしげた。

「ほら、早くパジャマに着替えて。湯冷めしないうちに帰るぞ」

未だ視界にちらつく男性を警戒しつつ、俺はナオを急かして銭湯を後にした。


帰宅後、俺は後回しにしていた夕食にありついた。その間ナオは、ベッドの上に寝転がりながら持参した携帯ゲーム機で遊んでいた。

「ダイゴ」

目をゲーム機に向けたままのナオが俺を呼ぶ。

「なんだ？」

「あっちの人って何？」

危うく飯を吹くところだった。

「さっき話してたじゃん。どういう意味？」

「大した意味はない」

そう言って飯をかっ食らう。

「意味もないのに連絡先渡してくる？」

「……お前、どこまで話聞いてた？」

「全部。普通に聞こえるから」

俺はナオの様子を横目で確認した。視線はゲームに留まったままなところを見ると、興味津々というより、なんとなく気になったから聞いただけのように見える。となると、これは下手に誤魔化すよりあっさり答えてやった方が得策か。

「あっちの人ってのは、男が好きな人って意味だ」

「男？　男が男をってこと？」

「そう。そんな人もいる」

「へえーっ。不思議。てことは、あのおじさんはダイゴのことが好きだったってこと？」

「いや、それはどうか分からないけど……」

なんにせよ、いい歳した独身男だが、あいにくそういったきらいはない。

「そんなことよりナオ。明日は家に帰るんだぞ」

ナオは一瞬こちらを見て「ヤダ」と不機嫌に言い、またゲームに視線を戻した。

「そんなこと言っても、着替えも教科書も明日の分しか用意してないだろう」

「学校終わったらいったん家に戻る。荷物まとめたらダイゴん家行く」

「俺は明日の夜仕事だ。一人でここに寝るようになるぞ」

「別に平気」

軽快な操作音が部屋に響く。

「お父さんと顔合わせるより、全然マシ」

やれやれ困ったな。

俺は食器を下げると、ゲームをし続けるナオに向かって腰を据えた。

「ケンジに父親じゃなきゃいいのにって、言ったんだってな？」

「……そんなふうには言ってないけど」

なおもゲーム機に視線を合わせたまま、彼は唇をとがらせて答える。

「そんなに欲しかったのか？　携帯電話」

「……うん」

「それ、ケンジが本当に父親じゃなくなったとしても、欲しい物か？」

手が止まった。

「そんなこと……」

「あるわけないと思うか？　離婚して父親が変わるなんてよくある話だぞ。それに変わらなくても、居なくなることだってある」

そう言ってカラーボックスの上に目を向ける。ナオもつられるようにそこを見た。

なんとも言えない空気が部屋を包む。

「お前は何のために、携帯電話が欲しかったんだ？」

俺は静かな声で尋ねる。返事に悩む様子のナオを見つめながら、口を閉じた。

これだけ言えば、ナオは必ず自分で答えを出す。

そう信じて、俺は言葉を待つ。

ナオはしばらくしてゲーム機の電源を落とすと、深刻そうに曇った表情でこちらに向き直った。

「僕、お父さんに酷いこと言った……よね？」

「そうだな。ちょっと言い過ぎたな」

すると彼は泣きそうな顔になって、親とはぐれた迷子のように不安げな声で呟く。

「嫌われちゃったかな。お父さん、僕のこと許してくれるかな」

そんなナオの頭を、俺は微笑みながらそっと撫でた。

「大丈夫。ケンジがお前のことを嫌いになるはずない。ちゃんと謝れば、絶対に許してくれる」

少し安心した表情を浮かべ、彼が頷いた。

それから、明日は家に帰ることを約束して、俺たちは寝る準備をする。

「もう寝るの？」

「明日はここから学校に行くんだ。いつもと同じ時間に起きてちゃ遅刻するだろう？」

「そっか。分かった」

「と言ってもな、俺の家にはこのベッド一つしかないんだ。ここに二人で寝るしかない。いつもより狭いと思うけど、我慢してくれよ」

まあナオは小柄だし、ギリギリいける。

「うん。全然いいよ」

彼はランドセルからいつものぬいぐるみを取り出した。

「なんだ、ちゃんとピョ吉も持ってきたんだな」

「まあ、ね。でも学校には持って行けないから、明日ゲームと一緒に先に家に持って帰って」

「分かった」

ナオを壁側に寄せて、俺たちは同じ布団に入る。

「それじゃ、おやすみ」

「おやすみ」

電気を消した。ナオは壁に向かい体を丸めて横になる。俺も彼に向かって横向きの体勢を取り、目を瞑った。

今日もこの部屋の夜は静かだ。

ふと目を開ける。暗闇に慣れた目に、彼の輪郭が映った。

人の香りがする。

「……寝た？　ダイゴ」

しばらくして、ナオが小さな声で話しかけてきた。

「起きてるよ」

同じように小さな声で返事をすると、ナオは体の向きを変え、ピョ吉と共にこちらを向いた。

「あのさ」

「うん」

「将来の夢って、どうやったらできるの？」

薄暗がりの中で、彼は真っ直ぐに俺を見つめながら言った。

「将来の夢？」

「そ。僕今、将来の夢がなくってさ」

「え？　あれ……お前、前にボクサーになりたいとか言ってなかったか？」

「昔はそうだったけど、今は違う」

ため息交じりにナオが言った。確かにそういえば、ここ最近は積極的にボクシングの話はしてなかったな。前は選手の話とか技術の話とか色々していたのに。

「僕みたいなチビでひょろひょろじゃ、ボクサーになんかなれないし」

「そんなこと気にしなくても。今から大きくなるかもしれないし、体の小さいボクサーだっていっぱいいるの、知ってるだろ？」

「でも、無理だよ僕には。運動神経ないし。ショウちゃんみたいな子じゃないと、ボクサーにはなれないよ」

「そうかなあ……」

「そうだよ。でも、じゃあ他に将来何になりたいかって言われても、何も思いつかないんだ」

ナオに自分と同じボクサーになってほしいとは、今も昔も思っていないが、目標を失い思い悩む姿には胸が痛む。

が、適当な言葉が浮かんでこない。

「ダイゴは、いつからボクサーになろうって思った？」

「えーと……確か、小四くらいだったかな。父親にボクシングの試合に連れていかれてからだ。それまでボクシングなんて全然興味なかったんだけど、でもその時ボクサーが戦ってる姿を見て、格好いいって思ったんだ。それでボクサーになろうって」

今思えば、ボクシング好きだった父の思うつぼだったのだろう。それから、家族サービスと称しては俺を連れ、度々ボクシングの試合観戦に行く父を、母は呆れた様子で見ていたっけ。

「そっか。結構早いね」

「まあそうかもな」

ナオがまた、ため息をついた。

「僕、何がやりたいんだろう。中学受験だって、やった方がいいってお母さんも塾の先生も言うからやるだけだし。勉強は嫌いじゃないけど、別に受験がしたいわけじゃないんだよなあ」

「受験か……」

自分なんかは高校に入る時の一回しか経験がないが、勉強しろととやかく言われて辟易した記憶がある。いっそ就職しようと本気で思ったほどだ。そんなことをこんな幼いうちから経験するなんて……。いや、ナオはケンジ譲りで頭が良いから、俺とは違うか。

そんなふうに考えを巡らせた先、俺はふと思い出した。

「……そういやケンジのやつも昔、似たようなこと言ってたな」

そうだ。進路に迷っていた頃のあいつも、同じことで悩んでいた。

「え？　そうなの？」

「ああ。高校生の頃な。あいつも、あの頃は夢とか目標とかがないって悩んでた」

俺もエミもやりたいことがさっさと決まっていたせいだろう。一人、何の目標もないことに焦っていた。成績がよかったから大学進学を勧められていたが、進学に意味を見いだせない、社会に出て働いた方がいいのではないかと、頭の悪い俺にはできない悩みを抱えていた。

やっぱり、ケンジの子だな。

「お父さんに相談してみるといい。将来の夢のこと。きっといいアドバイスをくれるさ」

「うーん……してくれるかな……」

「してくれるよ。さ、もう寝よう。今は寝て見る方の夢を見ないとな」

そうだね、とナオが小さく笑った。

翌朝、俺は予定通りナオと共に最寄り駅から電車に乗り、彼を小学校まで送った。校門前まで行くと彼の親友のショウタが待っていて、そして二人は仲良く校舎の方へと走っていった。

その後ろ姿を見送って、次にその足で俺はナオの家に向かった。

立ち話に興じる主婦たちの横を軽く挨拶して通り過ぎ、マンションの中に入る。

「ああダイゴ、ごめんね昨日は急に」

玄関に上がると、エミが謝りながら出迎えた。

「気にするな。ほらこれ、ナオの服」

昨日着ていた服を彼女に渡す。「ありがとう」と言ってエミは受け取った。

「昼ご飯食べるなら作るけど、どうする？」

「いや、今日はすぐ帰るよ。夜仕事だし」

「そっか。ごめんねこっちまで来させて。でもお茶くらいは飲んでいって。ちょっと話もしたいし」

「分かった」

エミに促され、俺は家に上がった。彼女が昨日のナオの服を洗面所へ持っていく間に、俺はナオの部屋にゲーム機とぬいぐるみを返す。

「あの子、それ持っていったんだ」

部屋を覗いてきたエミが、ぬいぐるみに視線を向けながら言った。

「ああ。いつも通り、後生大事に抱えて寝てたよ」

「そう。もう来年は中学生だっていうのに、大丈夫かしら？」

「まあ、いいじゃないか」

ピョ吉がナオの元へ来たのは、彼が四歳の頃だ。初めて動物園で兎と触れあった時、連れて帰りたいとだだをこね両親を困らせたので、見かねた俺が代わりにぬいぐるみを買ってやったのだ。可愛らしさと手触りのよさにナオは大層気に入って、その日から枕元に欠かさなくなった。以来、両腕いっぱいに抱えていたのが、片腕の中に収まるようになった今日に至るまで、大切にしている。

ナオの心優しさを象徴する存在のようで、俺はピョ吉をあまり無下にしたくなかった。それに本人がもういらないと思ったら、そのうち自分から手放す。無理に取り上げる必要はないだろう。

「それで、昨日はあの後どうだった?」

ダイニングに移り、キッチンで紅茶を淹れるエミが俺に尋ねた。

「とりあえず銭湯に行って、帰ってから少し話をしたよ」

「話?」

淹れ立ての紅茶が目の前に置かれる。

「ああ。あいつも、ケンジが父親じゃない方がいいなんて、本気で思って言ったわけじゃない。自分が言い過ぎたってこと、ちゃんと分かってた。それでなんとか、家には帰るって約束させた」

そっか、と安心した様子で呟いて、エミが対面に座る。それから少し顔を曇らせて口を開いた。

「こっちはあの後ケンカしちゃった。ケンジ、ナオに言われたことが相当効いたみたいで、俺なんかが父親になるんじゃなかったって。それ聞いて私、すごく腹が立っちゃって」

「そうか」

「私もさ、ナオに受験受験うるさいって言われて、ああ言い過ぎてたかもしれないって気付いたの。

あの子、私なんかより全然頭が良いから。塾の先生にも、レベルに合った学校に行かせてあげた方がいいって、その方があの子のためになるって言われてたから」

彼女は紅茶を一口飲み、憂鬱そうなため息を吐いた。

「別に成績が悪くなってたわけでもないのに、私ってば一人で焦って。あの子の気持ち、無視してたのかなあって」

カップ越しにエミは上目遣いで俺を見る。

「ダイゴはどう思う?」

俺も紅茶を一口飲んで、それから答えた。

「エミがナオのこと思って考えてるのはよく知ってる。私立の学校の方がナオに向いてるというのなら、そっちに進学した方がいいと俺も思う」

彼女の表情が少しだけ和らいだ。

「ナオは、勉強は嫌いじゃないって言ってた。ただ、私立へ行く理由がないとも言ってた。そこをお前がよく話してやったらいいんじゃないか? お前の言う通り、ナオはすごく頭が良い。ちゃんと分かってくれるさ」

「うん。そうね」

エミは清々しそうに背筋を伸ばす。どうやら、気持ちの整理はついたらしい。

「ダイゴは、昔っから私を助けてくれるわね」

そう言って、彼女はにっこりと俺に笑いかけた。

「え？　なんだよ急に」

突然のことにどぎまぎしつつも、努めて平静に返す。

「私のお父さんが死んじゃった時もすごく励ましてくれたし、お母さんとかケンジとか、誰かとケンカした時は必ず間に入ってくれるし、ナオのことも、すっごく面倒見てくれる。私、ダイゴが幼なじみで本当によかったなって」

彼女は真っ直ぐに俺を見つめて言う。照れ臭くなって目を逸らした。

「そんなこと、俺はただ――」

「ただ？」

「……ただ、力になりたいと思ってるだけだよ。持ちつ持たれつ、お互い様、な」

「それ、ダイゴのお父さんがよく言ってたの」

エミは嬉しそうに笑って、それから「ありがとう」と言った。

力になりたい、それも嘘じゃない。

でも本当はただ、約束を守っているだけなんだ。

五歳くらいの頃か。遊園地で迷子になっていたエミに、「俺が助けてやる」と言ったのが出会いだった。近くに自分の両親が居たのだが、格好つけたくて、エミを連れて二人で迷子センターに行き、彼女の両親を呼んでもらった。結果エミは無事に両親と再会できたのだが、今度は俺が親とはぐれた状態になり、ミイラ取りがミイラになるかのごとくそのまま親を呼び出してもらった。迎えに来た両親にしこたま叱られた後、別れ際に、「何があっても俺がお前を助けてやるからな」とまた酷く格好つけた約束をした。両親たちは笑っていたが、エミは嬉しそうに頷いてくれた。

仕事なんかで迷子を見つけたりすると、たまにその気恥ずかしい思い出が蘇ったりして、決まりが悪い心地になったりもするが。

紅茶を飲むエミを、俺はそっと見る。

彼女はもうそんなこと、忘れてしまっているだろう。

それでいい。

「あ、そうだ。今度の金曜ね、お母さん来てくれるって」

「えっそうなのか。じゃあ、おばさん泊まり?」

「うん。日曜まで居てくれるって。それで、実は前から考えてたんだけど……お母さん、こっちに呼ぼうかなって思ってるんだ」

「それって……同居するってことか?」

うん、とエミは頷いた。

「まだ考え中なんだけどね。お母さん、元気だって言ってるけど、向こうで一人だし、一緒に暮らせたら安心だなって」

「それは、まあそうだな」

「ケンジもいいよって言ってくれてるし、ナオもおばあちゃん大好きだから、うまくやっていけるとは思ってる。それで、早ければ夏くらいにでも来てもらおうかなって」

「まあ、悪くないと思うけど、また急な話だな」

「……もう一個理由があってね」

カップを仰ぐ視界の端、彼女のもじもじとした表情が見えた。

「なんかちょっと、ダイゴに甘え過ぎかなって、思ったの。昨日のこともそうだけど、塾のお迎えさせたり、休みの日に遊びに連れてってもらったり……」

「なんだそんなこと。気にするな。俺も好きでやってるんだ」

「でもダイゴだって、仕事もボクシングもあって、自分の生活があるじゃない。邪魔になりたくないの」

「邪魔だなんて、これっぽっちも思ったことない」

この生活を負担に思ったことは一度もない。むしろ楽しいし、何ならもう少し時間を割いたっていいとさえ思っている。

「そう言ってくれるのは、嬉しいけど……」

それでもどこか遠慮した様子のエミが口ごもる。戸惑ったり困ったりした時の顔は、ナオにそっくりだ。

「俺のことは本当に気にしなくていいから」

飲み終えたカップを置いて俺は立ち上がった。

「何かあったら、何でも言ってくれていい。ナオのことでも、それ以外でもさ。協力する」

「うん。本当にありがとう」

見送る彼女を背に、玄関の戸を開いてナオの家を後にした。

カン。

ゴングが鳴ると、ステップを踏み始める。

間合いを測る足運び。誘うようなジャブ。

牽制をいなしながら、俺は相手をじっと見続けた。

夜勤明けのタイミングを使った練習試合。実戦を意識して、対戦相手も次の試合で戦う予定の選手と似た体格の人を用意してもらった。

足に返るマットの弾力。鋭い呼気の音。グローブに籠もる熱。

リングの外がボクシングジムであることを除けば、ほとんど試合のそれと同じ。

集中力を高める。

仕事終わりで少し体がしんどいのも、それらしい。

素早いパンチが数発。避け損ねが体を掠めたが大丈夫。

重心は揺れている。まだ強い一撃は来ない。

軽く打ち合いつつ、俺は観察を続ける。

「相手をよく見ろ」と、父はいつも俺に言っていた。

気が早くて豪快。いわゆる江戸っ子気質というやつだろう。そんな父に、俺と母はよく振り回された。

お互い様だからと言って、近所中の大工仕事を無償で請け負って生活に困ったり、祭りの時はひと月前からはっぴを着て町内を練り歩いたり。小学生の頃、上級生相手に取っ組み合いのケンカ騒ぎを起こした時には、相手の親の前で「よくやった」と俺を褒めて、母にせめて相手が帰ってからにしろと叱られていた。

俺がボクシングに興味を持ったと知ると、子供の俺に大人用のグローブを買い与え、練習させた。

「これが手に合う頃には、お前はボクサーになってるぞ」

そう笑って、頭をぐるぐると回すように撫でられたのを、今もよく覚えている。ただ、そんな生き急いだ性格が災いしてか、その前に病気で、これまたあっという間に逝ってしまったが。

顔面に向けて放たれたフックを躱す。動きが見えてきた。

あとはもう、タイミングを見計らい、体に染み込ませた動作を解放するだけ。

その時ほんのわずか、相手の体が、それまでより深く沈む。

重心が定まった。軸足の踏み込みが強い。

来る。

強力な一発が放たれるのを察し、体は言葉より早く反撃の衝動を起こす。

正直、父から学んだことはほとんどない。だけど。

向かってくるストレートに対し、カウンターのストレートを返す。

ボクシングをしている間は、自分は父さんに似ている気がする。

拳が顎の辺りにヒットした。相手が膝をつき、すぐに背中がマットに落ちた。

カウントを待たずにゴングがかき鳴らされる。

勝った。ほっと息を吐く。

「豪快にいったな！　いいカウンターだったぞ！」

ジムの会長が嬉しそうに俺の肩を叩いた。

少しだけ高揚が胸に迫る。

「ありがとうございます」

俺はグローブを外し、相手を助け起こすと、健闘を称え合ってからリングを降りた。


練習が終わり、ジムのドアを開けると目の前の道端にモトさんの姿があった。

「おっダイゴ！　奇遇だな」

モトさんも俺に気付くと、満面の笑みを浮かべて片手をあげた。

「モトさん、どうしたんですか？　こんな所で」

「いや、この間お前と会って、なんか懐かしくなってな。今日ちょっと近くまで来たから寄ってみたんだよ。まさかお前が出てくるとは思わなかったけどな。会うときは会うもんだな」

そう言われて、俺もなんだか懐かしい気分になった。ここで彼と顔を合わせていると、一緒にトレーニングした頃のことを濃く思い出す。

「お前もう終わりか？　時間あるならちょっと話さねえ？」

予定と時間を逆算するのに一瞬、唇を閉じる。それから「はい」と俺は頷いた。

モトさんとジムの前の喫煙所に腰を下ろす。

「この間はあんまり話す時間なかったからな」

たばこの火をつけつつ、モトさんが言う。先日の業務では結局、朝礼前と迷子探索の時にしかモトさんと話す機会はなかった。

「お前、今成績どのくらい？」

「Ａ級までいきました」

「へえ～」煙がぽっと吐き出される。「頑張ってるじゃねえか、もうすぐベルトだな」

「いやいや、最近は負けが続いてるんで、正直しんどいですよ」

「あれはまだ続いてんのか？　連続ノーＫＯ記録」

「ええまあ、一応」

「マジか。ほんっと頑丈だな」

「それだけが取り柄なんで」

「まあお前首がしっかりしてるからな。昔練習試合してて、割とヤバいのをお前の顔に入れたことあったけど、サクッと起き上がられて俺ちょっと自信なくしそうになったもん」

「ああ、ありましたねそんなこと。ちゃんと痛かったですよ、あれ。顔腫れましたから」

そうか、とモトさんはちょっと得意そうに笑う。それからも思い出話に花が咲いた。お互いのベスト試合の話、体重がギリギリだった時の話、当時の上位ランカーのことや、ジムの会長への文句も小声で少し。

「懐かしいなほんと。俺も、目をやってさえなきゃな」

言葉の端に、名残惜しさがまだ香る。五年前の試合で網膜剥離を起こしかけたモトさんは、ボクシングを続けることができなくなり、引退となった。俺にしても悔しいことだった。モトさんは俺なんかよりよっぽどセンスがある。続けていれば、とっくにチャンピオンになっていてもおかしくなかっただろうに。

「まあ、言ったところで仕方ねえよな」少し間が生まれてしまった会話を埋めるようにモトさんが呟き「ほら」とたばこを一本俺に差し出した。

「あ、すいません。俺吸ってないんですよ」

「え？　前は吸ってたろ？」

「子供が……友人のですけど、よく一緒に居るんでやめたんです」

「友達の子供って、この間もそんなこと言ってたな。そんなに頻繁に会うのか？」

「はい。塾の迎えに行ったりしてるので、普段からけっこう。仕事が休みの日にはよく友人の家に泊まったりしてます。赤ちゃんの頃から見てるので、可愛くてつい――」

　ふと隣に目を向けると、モトさんが怪訝な顔でこちらを見ていた。

「お前それ、ちょっとおかしくねえか？」

「えっ……そう、ですか？」

「だって塾の迎えとか、普通親がやることだろ。いくら友達だからってなあ……。お前、いいように使われてるんじゃないか？」

「そんなことは！」

思わず強い口調になった。はっとして、誤魔化すように言葉を続ける。

「二人とも昔から家族ぐるみで付き合ってきた友達で、俺も自分から好きでやってることなんで……」

「まあ、仲が良いのは悪いことじゃねえけどよ」

モトさんは気にした様子もなく、たばこの煙を吹かした。

「もうちょっとケジメつけた方がいいんじゃねえか？　友達ったって家族とは違うんだ。あんまり他人の家に首を突っ込み過ぎるのも、どうかと思うぜ」

二の句が継げない俺に、モトさんが優しい口調で諭す。

「お前は、お前の人生をちゃんと歩けよ。ダイゴ」

駅を出ると、スーツ姿のケンジが足早に駆け寄ってきた。

「お疲れ、ダイゴ」

空は夕焼けの残光でまだ染まる。腕時計をちらりと確認すると、待ち合わせの時間には少し遅れていた。

「悪い、待たせたか？」

「いやそんなに。いつもの居酒屋でいいか？」

「ああ」

誘いがあったのは今朝。仕事から帰ってすぐに鳴った電話で、いの一番にエミが、ナオとケンジが仲直りしたことを嬉しそうに報告してくれた。一件落着といったところで、続けて電話口に出たケンジが、今夜飲みに行こうと、俺を誘ったのだった。

俺たちは駅近くの店に移動する。カウンターだけの、屋台のように狭い店内に並んで座ると、早速ビールと、名物のおでんをいくつか頼む。

「それじゃ、お疲れ」

「お疲れさん」

お互いに労って、ジョッキをぶつける。

「一昨日は悪かったな、迷惑かけちまって」

「迷惑なんてそんな……思ってねーよ」

俺はビールを大きく一口飲み込んで言った。

「昨日帰ってからさ、ナオと話して。もちろん、ごめんって謝った後にな」

ケンジも喉をしっかり潤し、それから語り出す。

「あいつ俺に、将来の夢がなくて悩んでるって相談してきたんだ。ボクサーに憧れた時もあったけど、今は何がしたいか自分でも分からないんだって。それ聞いてさ、正直、ちょっとほっとした。似たようなこと考えたことあったからさ俺も。だからナオに何か、導くじゃないけど、そういうことを俺もしてやれるんだなって思って」

　そう言う親友の横顔は本当に嬉しそうで、俺も自然と笑みがこぼれた。

「それで、何て言ってやったんだ？」

「別になくてもいいって」

「えっなくても？」

「ああ。無理して夢を見つけようとしなくていい、それはそのうち分かるって言ってやった。俺は、やりたいことがない人間は、やるべきことがある人間なんじゃないかって思ってんだ」

「やるべきことがある？　どういうことだ？」

「自分がやりたいと思うものじゃなくて、自分がやるべきと思うものがある。使命って言ったら、大げさだけどな。でもそんなふうに、これまでの人生を振り返った時、俺はこれをやるべきだって、強く感じるものが出てくる。少なくとも、俺はそうだった。だからナオにも、そういうものがそのうち見つかるだろうって」

　ビールを飲み干したケンジが、日本酒を頼む。

「……さすが、ケンジだな。俺にはそんなこと、思いつきもしない」

「俺の勝手な信条だぞ。まあ、ナオはそれで納得してくれたけどな」

「そうか。いい父親だな」

　徳利と、お猪口が二つ並べられた。俺もジョッキを空け、徳利から一杯、ケンジへと注ぐ。加減して注いだつもりだったが、勢い強く、少し溢れそうになった。

「そんなわけない」

ケンジが俺のお猪口へと適量を注ぎ返す。徳利が静かに俺たちの間に置かれた。

「お前ほどじゃない」

彼は手の中の酒に視線を落として呟く。そして意を決したように、中身を一気に仰いで飲んだ。

「俺さ、自分の父親と仲悪かったんだ」

堪えていたものを出すように、彼が吐息とともにそう言った。

「仲悪いなんてもんじゃないな。憎んでた、父親のこと。消えてほしいって、ずっと思ってた」

俺も続いて酒を仰いだ。冷えたそれが、喉を締めつけるように刺激して通り過ぎる。

ケンジとは、高校のクラスメイトとして出会った。

地元の人間がほとんどの学校で、ケンジは県外からの入学者という珍しい人間だった。顔も良ければ頭も良く、性格は明るく社交的でリーダーシップも抜群。当然クラスの中心人物で、教師からも信頼が厚い。人気者という型から生まれたような人間だった。

反面、俺は不良だった。いや不良行為は何もしてなかったのだが、体がデカく目つきも悪い上に、時折顔を腫らしたまま登校していたので、そんなイメージが付いたらしい。おまけに頭も悪かった。顔が腫れていたのはボクシングの試合のせいで、ケンカのケの字もない生活だったのだが、教師からは目をつけられ、友達もおらず、いつも一人だった。

水と油、とたとえるのがぴったりだと思った。

周りを和ませるあいつが水で、周囲から浮いた俺が油。水は必要不可欠な存在だが、油は嫌われ、汚れだと言われる。俺はケンジが苦手だった。勝手にケンジのことを避けていた。

それが変わったのは、高校一年の秋。忘れ物を取りにジム終わりに学校へ寄った際、教師に持参していたグローブを没収されたのがきっかけだった。いくら説明しても取り合ってもらえず途方に暮れていたところを、事情を知ったケンジが教師に掛け合い、取り戻してくれたのだ。そこから打ち解けて、今に至る。

二杯目の酒も一気に飲み干し、ケンジはぶっきらぼうに語った。

「父親のことが嫌い過ぎて憎み過ぎて、とにかくもう一緒に暮らすのも耐えられなくて、それで高校へ上がる時に実家を出てこっちに来たんだ」

「実家を出た？」

思わぬ言葉に、俺は目を見開いてケンジの顔を見る。

「まあ仕送りは受けてたから自立してたわけじゃないけどな。幸い金に困る家庭じゃなかったし。子供一人、独り暮らしさせても問題ないくらいにはさ。ま、成人してからはそれも断ったけど――」

「ちょっと待て。お前、まだ親がいるのか？　そんな話は初めて聞くぞ」

自分と同様、ケンジも親がいないと、そう昔聞いていたはずだが。

「……両親亡くしたお前の手前、本当のこと言い出せなくてさ……黙ってて悪かった」

ばつの悪そうな顔でまた彼は酒を注ぐ。

「……ちょっと複雑な気持ちだ」

彼も同じ境遇であると思い、それを励みにした身としては。

「……ごめん」

「でもまあ、今更そんなことで怒ったりはしねえよ」

少し煮崩れした大根をかじる。中まで染み渡ったいつもの出汁の味が、口に広がった。

「うん……ありがとな」

ケンジは少し安心した様子で、注ぎ足した酒に口をつけた。

「とはいえ、母親はずっと昔に蒸発したきりだし、父親とは家出して以降、ほぼ一切連絡は取ってない。元々、仕事ばっかりで家に帰ってくることなんてほとんどなかったから、やっぱり居ないようなもんだったよ。……今の俺みたいに」

最後は吐き捨てるように付け足された。

「お前の親父さんがどんな人だったかは知らないが、お前とは違うよ」

「そうかな」

「そうだろ。だって同じなら、エミが蒸発してることになる」

一瞬驚いた顔をした後、彼はひときわ大きな声で笑った。

「あはは、そうか、そうだな。すごいなお前」

「何がすごいのか分からん」

当然のことを言ったと思うのだが。そしてエミが本当に蒸発するようなことがあれば、俺はお前の顔を形が変わるくらい殴るぞ。

ケンジはひとしきり笑って、それから天井を仰いだ。

「決めた。会社、辞める」

「これからはもっと家族との時間を大事にする。俺は、自分の父親と同じことはしない」

「ええっ？」

「えっでも、いいのか？　せっかく希望の部署に行けたところなのに……」

「いいよ。ちょっと仕事に限界を感じてたし。別の会社か、フリーでもいいな。そういうもっと自由な場所で、俺が書くべき真実を書きたい」

「真実か……そういやこの前もそんなこと言ってたな」

確か、真実を曝いて次に進むとかなんとか……難し過ぎてあまり覚えていないが。

そんな俺の様子を、彼がふと懐かしそうに見つめる。

「俺がさ、記者を目指そうと思ったのは、お前がきっかけなんだ。ダイゴ」

「えっ俺？」

思わず大きい声が出た。先ほどの親についてのこと以上に、ここ最近で一番の驚きだ。

「お前のお母さんが亡くなった後、高校にそのことを報告しに行った時のこと、覚えてるか」

「あー……覚えてる」

「酷かったよな、先生たちの態度。母親が亡くなったって言うお前に、『あっそ』って。いくらお前が不良だからって、いや本当は違うけど、それでもあの態度は本当に酷かった」

今思い出しても腹が立つな、と、まるで昨日の話のようにケンジは怒りを顕わにする。その様子に俺も当時のことをはっきりと思い出した。教師が心ない一言を発した瞬間に、ドン引きするほどブチ切れしたケンジの姿を。

「その時分かったんだ。人は知らないことには残酷になれるんだって。あの教師がお前の本当の姿を知ってたら、もう少し思いやりのある言葉を掛けたと思う。そんなふうに、真実ってのを皆が正しく知ることができれば、世界はもう少しマシになるんじゃないかって。俺は、それをするべきなんじゃないかって思った」

俺の目を見ながら、彼が言った。

「だから記者になろうって。口下手で、仲間が少なくて、誤解されやすい誰かさんを、いろんな人に理解してもらえるようにな」

俺は鼻を鳴らして笑う。

「お節介なやつが居たもんだ」

それから目を逸らして、酒を一気に飲み込んだ。

「人が好いって言えよ」

「自分で言ってりゃ世話ねえな」

二人で笑った。まあでも、そう思ってる。口下手だから言葉にはしないけど。

「でも、それなら政治家とかの方がいいんじゃないか？　そっちの方が似合ってそうだし」

「やめろよ、俺、政治家嫌いなんだ」

不愉快そうにケンジはぐしゃっと顔を歪める。

「下手に権力なんかあると、人は腐っちまうから。俺には記者がちょうどいいよ。それこそ何の肩書きもない記者ぐらいが。一番フラットにものを見られる。会社辞めたら、そういうふうに仕事したいな」

「そうか……まあ、お前が決めたことなら、応援するよ」

清々しそうな様子に、決心の強さを感じた。そしてその決意を記念するように、俺たちはもう一度静かに乾杯する。

「そういや、何でこっちに来たんだ？」

先ほどから少し疑問に思っていたことを俺は尋ねた。当時は意識しなかったが、中学を卒業したばかりの彼が、どうして都会ではなく、こんな地方都市に住もうと決めたのだろう。

「ああそれは……本当にずっと昔のことだけど、旅行で一度来たことがあったんだ。その時の飯がすごく美味くてさあ。それで」

「はあ？　そんな理由かよ」

拍子抜けして笑った。それだけの理由で縁もゆかりもない土地に住もうと決めるとは、胆力があるというのか、無鉄砲というのか。

その時ふと、リビングの写真が思い浮かんだ。

「そうだ旅行。行ってみたらどうだ？　家族でさ。最近そういうのないだろ？」

「旅行、か……」

「二人ともきっと喜ぶぞ」

そうだなあ、とケンジも納得する。

「いいな、行ってみるか。でもどこがいい？」

「遊園地とか、普通にテーマパークに行けばナオは喜ぶよ。ジェットコースターとかけっこう好きだし。ただ修学旅行が東京だから、行くなら西の方がいいんじゃないか」

「修学旅行って、そうか……もうナオも、そんな歳か」

酔いが回ってきたのか、ケンジは眠たげな表情でぼんやりと虚空を見つめる。

「早いよな。来年は中学生だなんて」

「そうだな……。俺、今からでも、ちゃんとした父親になれるかな……」

「何言ってんだ。もう十分なってるだろう」

「全然だよ。お前と比べると……」

ケンジは酒を直接徳利から仰いで飲み干すと、もう一本と頼む。そして、来た酒を彼はまたそのまま口に流し込み始めた。

「ナオは、可愛いけど……でも俺、たぶんお前ほどナオを可愛いって、思えてない。もちろん、エミにも敵わない。何でだろ、自分の子供なのに……」

「そんなことないって。お前ちょっと飲み過ぎだ。もうやめとけ」

へべれけになり始めたケンジから俺は徳利を取り上げる。

「お前が父親の方が、ナオも、本当は幸せだろうな……」

ギクリ。

「ケンジ、お前何言って――」

彼はカウンターに伏し寝息を立て始めた。

ため息をつく。

残った酒を飲み干し、勘定を払ってケンジの肩を担ぐと、店を出た。それから適当にタクシーを捕まえ泥酔したケンジを放り込むと、運転手に家の場所を告げ、後を託す。

きびすを返し、俺は帰路を歩き始めた。

『もうちょっとケジメつけた方がいいんじゃねえか?』

モトさんの言葉が頭に蘇る。

俺は、出しゃばり過ぎているのかもしれない。

家族の中に入り込み過ぎて、彼らの関係を、壊しているのかもしれない。

それはダメだ。

行く手に転がる空き缶を蹴って道の端に避ける。

本当の親に役目を返さないと。

温い酒の匂いが、いつまでも尾を引いた。

日曜日。

「ダイゴ!」

玄関の戸を開けた途端、ナオが出迎えた。

「やっと来た！　今週ずっと家に来ないんだもん。つまんなかったぞ！」

「悪かったよ。忙しくてな」

彼に手を引かれて俺は家に上がる。

「あのさ！　今日、お父さんが携帯電話買ってくれるんだ！」

「おお、よかったじゃないか」

「ダイゴも一緒に買おうよ！」

「え～俺も？　使うことあるか……？」

「あるよ！　僕が電話してあげるからさ！」

ダイニングに出ると、見慣れた部屋の景色が広がる。

「ダイゴ来たよ！」ナオが両親に呼びかけた。

「いらっしゃい、ダイゴ」キッチンからエミの声がする。

「おう、来たか」ケンジもそう呟いて、ノートパソコンを閉じテーブルから立った。

「ああ、邪魔するよ。エミ、これ。誕生日プレゼント」

俺は早速手に提げてきた袋から、彼女へのプレゼントを取り出し渡す。

「わあ、ありがとう！」

紫の房のような花の束が、彼女の胸元を彩った。

「まあ、毎年同じ物だけど」

「ううん、私この花大好きよ！　いつもありがとう！」

エミは花に顔を寄せ、大きく息を吸い込んだ。

「うん、いい香り！」

「僕も！」

二人が花束に顔を寄せ合う。

「まあダイゴちゃん、久しぶりね、元気にしてた？」

そう言って和室から顔を覗かせたのは、ナオの祖母でエミの母のヨウコおばさんだった。

「久しぶり、おばさん」

「ダイゴちゃんがお花持ってきてくれると、なんだか誕生日って感じがしてくるわね」

おばさんが楽しそうに言う。「そうかな？」少し恥ずかしくて鼻を掻いた。昔からの呼び名だが、さすがにこの歳になるとちゃん付けは堪えるな。

「なんて花だっけ？　それ」ケンジが尋ねる。

「ライラックでしょ！」ナオが得意げに答えた。

「そうだった。あんまりメジャーな花じゃないから忘れちまうな」

「もう、妻の好きな花の名前くらい、いい加減覚えてよね！」

エミは不満げに言って、花束を持ってキッチンへと戻る。「早速飾っちゃうね」花瓶を用意し、花の包装を丁寧に解く。その傍らにナオが立った。

「ライラックって、お母さんの誕生花なんでしょ？」

「そうよー。十歳の誕生日の時に初めてプレゼントしてくれて、それから毎年もらってるの」

「えっじゃあ……二十三年も、もらい続けてるの？」

「そうね、もうそんなになっちゃうのか。昔はライラック売ってる花屋さんもほとんどなかったのに、よくやってきたわね」

彼女がこちらを見て微笑んだ。「探せば、あるもんだ」照れくさくて目を逸らした。

「しかし何がきっかけでライラックなんてマイナーな花知ったんだ？」

「その頃園芸クラブだったから。花の本読んでてたまたま知ったんだ」

そう答えるとケンジは爆笑する。

「は？　何がおかしいんだよ」

「いや、その顔で園芸は似合わねえなって」

「小学校の頃の話だぞ」

「写真見たことあるけど、お前の顔、その頃にはもう完成してたから」

俺はケンジの肩を小突いた。

「ライラックの花びらって四枚なんだけどね、時々五枚のがあるのよ」

「本当？」

エミの言葉にナオは花瓶に生けられた花をじっと見る。

「見つけたらラッキー？　四つ葉のクローバーみたいに」

「うん、ラッキー。それでね、その花びらが五枚のライラックを見つけて、見つけたことを誰にも言わずにこっそり飲み込むことができたら、愛する人と永遠に結ばれるの」

「そうなんだ！」

「ナオちゃんは、誰か好きな子がいるの？」

おばさんの核心を突いた質問に、ナオは平然と首を振った。

「ううん。別にいないよ。まあ、好きって言ってくれる子は何人かいるけどさ」

「おお……なかなかモテるんだな……」

息子の言葉にケンジが戦く。

「ねえ、お母さんは見つけたの？」

ナオが期待に満ちた目で母親を見た。

彼女が嬉しそうに答える。

「うん。見つけた」

にやりと笑って、俺はケンジの尻に蹴りを入れた。

「いってえな！」

彼が尻を押さえて飛び上がる。

「感謝しろよ？」

「お前にか!? こんな悪人面のキューピッド居てたまるか！」

部屋に笑い声が響いた。

それから昼食と買い物のために、全員で近くのショッピングモールへと出掛けた。いつもより少し背伸びしたレストランで昼食を取り、その後、エミたち母娘はショッピングへ、残りの男三人は、携帯電話を買いにショップへと行った。

ナオは店頭に並んだサンプルの携帯電話を色々触って確かめて、悩んだ末にようやくお気に入りの一つを決めた。俺は、とりあえず使いやすそうな物を選んだ。そこからまた契約などの説明を受けたのだが、まいったことに長くて複雑で、聞いているのに全然頭に入ってこない。

「ダイゴ、大丈夫？　分かった？」

「あ。ダメだこいつ。全然頭に入ってないって顔してるわ」

ナオとケンジが口々に言う。

親友の手伝いも受けてなんとか無事に携帯電話を購入し、夕食の買い物をした後、家に戻った。帰ってすぐ、俺はおばさんと一緒にキッチンに立つ。夕食には、エミの好きな物を作るのが、彼女の誕生日でのお決まりだった。

リビングではナオが両親と一緒に、買ったばかりの携帯電話の設定を懸命に行っている。

「ダイゴちゃん、じゃがいもお願いね」

「うん」

エミが好きなのは、オムライスにポテトサラダ、きんぴらごぼうに味噌汁と、凝った物はなく、よく食卓に並ぶ料理ばかりだ。

「いつまでたっても貧乏舌ねえ、あの子」

おばさんは朗らかに、でもどこか申し訳なさも感じる様子で言った。早くに一家の主を亡くした彼女たちは、母娘二人で細々と生活を繋いできた過去がある。

「エミの舌が子供っぽいだけだよ。おばさん料理上手だから、全然貧乏な味しないって」

母が亡くなった後、俺に料理を教えてくれたのはおばさんだった。包丁の握り方も知らない俺に、丁寧に優しく、料理のいろはを教えてくれた。料理だけじゃない。洗濯の仕方も、掃除の仕方も、生きるのに必要なことは全て、ヨウコおばさんに教えてもらった。

「でもね、私も昔はそんなに料理うまくなかったのよ。ていうか、下手っぴだった。ダイゴちゃんのお母さんに教えてもらって、上手に作れるようになったの」

「え、おばさんが、母さんに？」

「そう。ダイゴちゃんのお母さん、ミツエさんね、結婚する前はコックさん目指してて、洋食屋さんで修業してたのよ。だからすごくお料理上手だったの」

おばさんは懐かしそうに話した。

「私、箱入り娘で家のことなんかなーんにもできないのに結婚しちゃったから。親の反対を押し切ってた手前、実家にも頼れなくて。全部一から教えてもらったわ。だから私の料理の味、ほとんどミツエさんのと同じなのよ」

少し恥ずかしそうに、愛嬌のある笑顔を浮かべておばさんは笑った。

「ミツエさん私より年上でしょう？　お姉ちゃんに教えてもらってるみたいで、すごく楽しかったわ」

「知らなかった、そんなこと……。母さん全然言ってなかったから……」

「そうね。ミツエさん、あんまり自分のこと話すタイプの人じゃなかったしね。ダイゴちゃんに似て」

おばさんに指南を受けた俺の料理は、当然、おばさんの味と同じ。

なんだ。俺はずっと、母さんの料理を食べていたのか。

湧き上がってきた感情を照れ笑いで誤魔化して、俺は調理に励んだ。

「ダイゴ！　ダイゴの携帯の設定も終わったよ！」

ナオがカウンターの向こうから身を乗り出して、俺の携帯を差し出してきた。

「ああ、ありがとう」

フライパンを掴む手を一度離し、ナオから携帯を受け取る。

「僕の番号と、お父さんとお母さんの番号と、家の電話の番号も登録したよ。ダイゴの家のも登録してるから。おばあちゃんの家のもね！」

ナオは祖母に目配せしながら言った。「まあ嬉しい」と彼女も笑顔で返す。

「毎日電話かけるから、ちゃんと出てよ！」

「はいはい、分かったよ」

意気込み強いナオに気圧されながらも俺は承知する。

「ご飯できた?」

続いてエミがキッチンを覗いてきた。

「ああ今ちょうど。テーブルに並べてくれ」

俺はカウンターに、盛り付けた皿を並べながら言った。「オッケー」とエミが反対側からそれを受け取る。

四人掛けのテーブルに、少し窮屈に五人分の食事が並んだ。

「ねえ、ダイゴの椅子は？」

ナオが声を上げる。

「洗面所のとこに置いてある丸椅子、取ってきて」

エミの指示にケンジが応じ、木製で四つ足の付いた丸椅子を持ってきた。

「少し低くないか？」

テーブルの端にそれを置きながら彼が言う。

「いや、それでいいよ。冷めないうちに食べよう」

そう俺は促して、みんながテーブルに着いた。

「それじゃ、いただきます」

ケンジの号令で手を合わせ、箸を持つ。

今、ナオの前には母親エミが座る。隣には祖母、斜向かいには父親。

それはどこにでもあるような、家族の団らん。

俺は、要らないな。

こうして見ているとよく分かる。彼らに一体、何が不足しているというのだろうか。

どこに俺が入る隙があるというのだろうか。

幼なじみに親友。お世話になったおばさん。俺を慕ってくれる可愛い子供。

居心地がよかった。甘えていた。

自分で居場所を見つけるべきところを、俺は居心地のよさに甘んじて、ここに居座ってしまった。

彼らの場所に、勝手に自分の居場所を作った。

四人掛けテーブルに、無理矢理作った五人目の席のように。

「誕生日おめでとう！　お母さん！」

気付けば夕食も終わり、ナオが母親に誕生日プレゼントを渡す段となっていた。

「ありがとう！　ナオ！」

エミも目いっぱいの笑顔で息子のプレゼントを受け取った。「早速開けちゃうね」そう言ってエミは小さな箱の包装を丁寧に解く。

「わあっ！」

ナオが選んだ髪留めが、エミの手のひらの上へと転がって出てきた。

「可愛い！　ナオが買ってきてくれたの？」

「うん」

少し気恥ずかしそうに、それでも誇らしげな表情でナオは頷いた。

エミは早速、結い上げた髪の結び目にその髪留めを挿し込む。

「どう？　似合う？」

そう言って、茶目っ気たっぷりにこちらへ頭部を見せびらかした。

「うん！　可愛いよ、お母さん」

「いいじゃないか。センスあるな、ナオ」

ケンジも感心して彼を褒めた。「店員さんに結構相談したけどね」照れ隠しにナオは謙遜する。

「ありがとうナオ。大事にするわね」

エミは大切そうに、全身でナオを抱きしめた。「うん」彼はぎゅっと拳を作り、直立で母親の抱擁を受ける。

本当は自分も抱きつきたいくせに。

懸命に気取るナオの様子が可愛らしくて、俺は笑った。

「じゃ、俺からはこれ」

続いてケンジがプレゼントを取り出し、エミへと贈った。

「ありがとう！」

「言ってた通り、ブランドのティーセットな」

包装を解き、ゆっくりと箱を開くと、シンプルだが緻密なデザインをあしらったポットと、おそろいのカップが五つ出てきた。

「そう！　このティーセットが欲しかったの！　素敵なデザインよねー」

「本当素敵。私も昔、このブランドのカップ集めてたわねえ」

おばさんもうっとりとカップを眺める。

ティーカップへの審美眼は持ち合わせていないが、なんとなく高級そうな雰囲気は感じた。

「あれ、結構したぜ？　紅茶飲むだけなのに何であんな高いんだろうな」

ケンジが俺に耳打ちする。

食器が下げられ、新品のティーカップと共にシンプルないちごのケーキが登場した。そして蝋燭が灯されると、祝いの歌とともに祈りを込めた吐息で火が消される。

誕生日におけるすべてのイベントが消化された後、ケンジが高らかに声を上げた。

「ここで一つ、発表だ」

全員が彼に向き、ナオだけが不思議そうに父親の顔を見上げる。

「夏休みに、みんなで旅行に行こう」

ナオは目を丸くして、それからわっと顔を輝かせた。

「えっ！　いつ？　どこ？　どこに行くの？」

「仕事の都合もあって、夏休みの終わり近くになるかもしれない。でも場所は、西にできたでっかい遊園地にしようと思ってる」

「マジで！　あそこ行くの？　僕、超行ってみたかった！」

「よかったわねえ、ナオちゃん」

ナオは興奮し、喜んだ。

「うん！　おばあちゃんも一緒に行く？」

「あら、一緒に行っていいの？」

「いいよ！　行こうよ！」

孫の言葉に、おばさんはニコニコと笑顔を浮かべる。

「ダイゴ！　一緒にジェットコースター乗ろう！」

当然のようにこちらを見る彼に、少し気が引けつつも俺は首を振った。

「ごめん、ナオ。俺は一緒には行けない」

「え？」ナオがぽかんと口を開ける。

「その頃は仕事が忙しくなるから、難しいんだ」

「えー……」

彼は消沈して黙る。

「もう少し前倒ししようか？　元々お前の案だ」

ケンジが気遣うように俺に尋ねた。

「それだとお前が大変だろ？　それに、どっちにしてもその頃は繁忙期なんだ。普段、試合のことで会社には融通してもらったりしてるから、その分働かないと」

そう伝えると、ケンジも「そうか……」と言って退いた。

「ダイゴが居ないと、つまんないよ……」

不満げに唇をとがらせてナオが呟く。

「ナオ。ダイゴにも都合があるんだから。無理言っちゃダメよ」

エミが窘(たしな)めた。「でも……」とそれでも彼は納得のいかないそぶりを見せる。

「お父さんにお母さんにおばあちゃん。みんなで行くんだ、つまらないことないさ」

俺は自信を持ってナオを諭した。ぎこちなく、彼が首を縦に動かす。

時計がバスの最終便の時刻に近づいていた。「悪いけど、そろそろ帰るよ」少し沈んだ空気を感じながらも、俺は席を立つ。

「休みに忙しくさせて悪かったな」

ケンジたちも見送りに席を立った。「そんなことない。楽しかったよ」本心を返す。「本当に今日はありがとう」エミが心からの感謝をくれた。

「ねえ明日は？」

ナオが尋ねる。

「夜勤だけど、昼に用事があるからなあ。ちょっと無理だ。というか、来週はずっと仕事が忙しいから、こっちには来られないと思う」

「日曜日も？」

「そうだな。日曜も無理だ」

彼が寂しそうに口をつぐむ。申し訳なさに少し心が揺れた。

「ずいぶん急に忙しいな」

「珍しく個人の依頼が入ったからな。しばらくは勤務時間が変則的になりそうなんだ」

「そう、大変ね」

「体には気を付けてねダイゴちゃん」

「ありがとう。おばさんも体に気を付けて」

四人に見送られつつ、俺は玄関へと足を運ぶ。

「それじゃあまた」

「ああ。また来いよ」

「ナオ、ダイゴに挨拶は？」

俯いたままのナオに、エミが促す。

「ごめんなナオ。また遊びに来るから」

彼はちらりとこちらを見ると、急にきびすを返し自分の部屋へ入った。と思ったら、すぐに何かを手に持って戻ってくる。

「これ」

そしてそれを俺に差し出した。包装紙に包まれた両手のひらほどの四角い何か。

「なんだ？　これ」

「いいから」押しつけるように手渡される。「帰ってから開けて」

疑問を浮かべたままぽかんと突っ立っていると、エミに「ダイゴ、時間」と声を掛けられた。

「あ。それじゃあ」

そそくさと玄関の戸を開けて出る。バス停に着くと、定刻より早くバスがやって来て飛び乗った。電車との乗り換えもスムーズで、俺はあっという間に自宅へと到着する。

「さて……なんだ？」

帰ってきて早速、ナオに渡されたそれの包みを解いた。現れた箱をさらに開く。

「……カップ？」

出てきたのは陶器のカップだった。一体どういうことだ？　と考えていた時、ポケットの携帯電話が突然鳴動し始めた。驚いて立ち上がる。取り出してみると、画面はナオからの着信を示していた。

もたつきながら、電話に出る。

「もしもしダイゴ？　開けた？」

「え、ああ、今ちょうど」

手に持ったままのカップに目を落としながら俺は答えた。

「これ、どうしたんだ？」

「プレゼントだよ、ダイゴへの。本当は来週の日曜に渡したかったんだけどね」

来週の日曜って――。

「父の日？」

「うん。実はお父さんのとおそろいのを買ってて、父の日に一緒にあげるつもりだったんだけど、来られないって言うからさ。でもあの場で開けて渡してたら、お父さんにばれちゃうし」

「なるほど、それで持って帰れってか」

そういうこと、ナオが答えた。

「それ、ビアカップっていうんだ。ダイゴとお父さん、よくビール飲んでるでしょ？　その時に使えたらいいかなって思って。おばあちゃんと一緒に昨日選んで買ってきたんだ」

「そんなお前……無理しなくていいのに」

「別に無理してないよ！　でも、本当は父の日にまとめるのは違うかなって思ってたんだけど、ちょうどよさそうな日がそこしかないなあって。母の日と父の日と敬老の日があるんだから、ダイゴの日もあればいいのにね」

俺の日か。突飛な発想に笑った。

「それ、誰の何ていう日になるんだ？」

「わかんね。ダイゴはダイゴだから」

屈託なくナオが言う。迷いが白けるほど、屈託がなく。

「ありがとうナオ。大切に使う。たくさん使うよ」

「うん！　いっぱい飲めよダイゴ！」

2

その知らせが入ったのは、八月も残りわずかとなったある日。ナオたちが家族旅行から帰ってくる予定の日だった。

夕方、仕事を終えた直後。珍しく携帯電話が鳴り、見知らぬ着信番号に首をかしげながら俺は電話を取った。

「は——事故?」

電話を切ってすぐタクシーに飛び乗った。

車内で何度も電話をかけた。エミ、ケンジ、ナオ。三人の携帯に繰り返し何度も。だが一向に繋がらなかった。それでも、電話をかける手は止めらない。

何かの間違いであってくれないか。

そう念じながらまた発信ボタンを押す。

目的地近く、市街に入って車の足が鈍りだした。夕暮れ時の移動の激しい時間帯。渋滞した車の列が遠くまで続くのを見て、俺は運転手に金を突き出した。

「もうここでいい。釣りは要らん」

「えっ!? でもお客さん、まだ病院まで結構ありますよ?!」

「いいから降ろしてくれ！」

運転手の言葉も無視してタクシーを降り、歩道に出て俺は走りだす。

全力で走った。

すれ違う人々の好奇の目が視界の端に流れる。

汗は滝のように噴き出すのに、暑さは全く感じなかった。むしろ、体の芯が震えて止まらない。

早くみんなに会いたい。

顔を見て、話をしたい。

安心したい。

一時間は走ったか。日も落ち切り、ロードワーク以上の距離とスピードで走ったため体力も尽きかけていたが、俺はようやく病院にたどり着いた。

「ここに事故に遭った子供が搬送されたか?!」

受付で事情を捲し立てて伝えると、すぐに看護師の案内を受ける。あの部屋だ、という言葉を聞いて、俺は残りの力を振り絞り走った。

「ナオ！」

扉を蹴破る勢いで開け入ると、病室の真ん中にあるベッドを警官三人が囲んでいるのが目に入った。

そして、そのベッドの上にナオがいた。

「ナオ！」

腰が抜けそうになるのを踏ん張って、彼の傍に駆け寄る。

「ダイゴ」

ベッドに座るナオの左腕には包帯が巻かれ、頬にも大きめのガーゼが貼り付けられていた。

「ナオ大丈夫か？　どこが痛い？　遅くなってごめんな」

俺はそっと彼の背に触れる。傷がないのを確認して、そのままゆっくりと撫でた。

「大丈夫だよダイゴ。そんなに大きな怪我してないから」

痛々しい姿ながらも、彼は普段と変わらぬ落ち着いた物腰で俺に答える。少しだけ安堵が込み上げた。

「すみません、あなたが電話の？」

警官の一人が俺に尋ねる。

「はい、そうです」

「彼のご家族、ご親戚の方？」

「いえ、あの……知人です。親しい知人」

そこで再び不安が襲いかかった。

「……あの、彼の家族は？　同じ車に乗っていたと思うんですが……。彼の母親と、父親と、祖母の三人。みんなはどこに？」

そう言うと、警官たちは一瞬押し黙る。

「その三人と思われる方は、警察署の方で引き取っています」

「それはどういう――」

「残念ですが、同乗の三名については死亡が確認されました」

「え」

急に足下の地面が崩れたような、世界に現実感がなくなった。

エミが、ケンジが、ヨウコおばさんが、死んだ？

「三人との面識がおありですか？」

「……はい」

「でしたら、本人確認をお願いしたいのですが」

「本人、確認……？」

「ご遺体を見て、改めて人物の特定をしていただく手続きです」

心が追いつかない。返答しあぐねていると、警官が続けて言った。

「もちろん辞退していただくことは可能ですが、そうなりますと、こちらとしては血縁者である彼にお願いする他なく……」

言葉を濁しながらも警官はちらりとナオを見る。俺もつられて彼を見た。

ナオは悲しそうでもなく、驚くほど冷静な顔つきで警官たちを見返すと、

「僕でもできるなら……やります」

そう返事をした。

「いやダメだ、ナオ」

俺はすぐに止め、警官たちに向かい「俺がやります」と名乗りを上げた。

「分かりました、ではあなたにお願いします。ご同行いただけますか？」

「はい」

警官の一人が出入り口へと移動する。

「ごめんナオ、ちょっと行ってくる。すぐ戻るから」

「うん。大丈夫だよ。行ってらっしゃい」

彼に見送られ、俺は警官の一人と共に病室を出た。パトカーに乗せられ向かう間、事故の詳細を警官から聞いた。

旅行先から帰る途中の高速道路。タイヤをバーストさせ、走行不能に陥ったトラックが中央分離帯を乗り越えて不運にも、対向車線を走っていた彼らの車に突っ込んだ。

車は大破。運転席と助手席、後部座席に座っていた大人三人が即死。ナオだけは、足下の隙間に挟まって奇跡的に助かった。

安置所へ続く廊下を歩きながら、俺はまだ何かの冗談じゃないかと思っていた。

蓋を開けたら、誰だか知らない他人の亡骸だった、ということはないだろうか。だってほら、ナオはあんなにも平気そうでいたし。実は別の病院に搬送されているのに、警察が早とちりして別の死体をみんなと勘違いしているんじゃないか？　ナオも、本当のことを言い出そうにも言い出せない雰囲気でそれで——。

そんなことを考えながら、安置所の扉を開けた。

入った瞬間に縛られるような冷気に包まれる。中には台が三つ設置されていて、それぞれにチャックの付いた、人間くらいの大きさの袋が置かれていた。

「確認作業を始めてもよろしいですか？」

頷きだけで俺は返答した。中が誰であろうと、今から人の死体を見るのだ。緊張と怖気（おぞけ）に口が渇く。

「では初めに、こちらが父親とみられる男性のご遺体です」

警官が淡々と言って、端に置かれた袋の顔の部分を開いて見せた。

「あ――」

例えば大好きなジュースがあったとして、飲み切った後に残された入れ物をジュースだと思うだろうか。

ケンジが居た。

いや、居るのだが、居ない。

中身のない入れ物のように、魂の抜けた彼がそこにあった。

「次にこちら、祖母と思われる年配の女性のご遺体です」

そのまま真ん中の袋が開かれる。ヨウコおばさんだった。

居るのに、もう居ない。強烈な矛盾と空虚さに、胸がかき乱される。

「最後に、母親と思われる女性ですが、こちら顔面部分の損傷が激しいご遺体となっておりますので、あらかじめご了承ください」

袋が開かれる音がひときわ大きく、ゆっくりに聞こえた。

「う」

顔の潰れた人間が出てきた。反射的に目を逸らす。その逸らした視線の先に、花をモチーフにした淡い紫色の髪留めが見えた。

「エミ……！」

ナオの贈った髪留め。一気に悲愴感が込み上げた。

どうしてこんなことに。

安置所を出た途端、俺は廊下の壁にもたれてしゃがみ込んだ。

嬉しそうに髪留めを頭に飾る彼女の姿が思い浮かぶ。それを囲んで一緒に喜んだみんなの姿も。ほんのひと月ほど前まであった、何気なく、当たり前で、どこにでもあるような、しかしかけがえのない日常。それが乾いた落ち葉を握った時のように、手のひらで朽ち果て、粉々になって流れ落ちる。

もう二度と戻らない。

座り込んだまま頭を抱えて泣いた。

悲しいのが苦しい。

憤りがある。不条理に喚きたくもある。底抜けの喪失感も、すがりたくなるような寂しさも、この心一つでは足りないほどの感情が溢れだし、苦しい。

でもナオは。

ナオはもっと苦しいはずだ。

家族という心の一部を捥(も)がれたのだから。

俺はようやく顔を上げ、腕の時計を見た。三人の死を悲しむには短すぎるが、すぐに戻るという言葉には長すぎる時間が経っていた。

ナオの待つ病院に戻り、暗い廊下を抜けて病室へと歩く。歩きながら必死に表情を整えた。狼狽えた顔も、怒った顔も、悲しい顔も、もちろん泣く姿だって今は彼に見せてはいけない。いつも通り、自然な様子でいなければ。彼に不安を抱かせてはいけない。

俺がしっかりしないと。

病室から明かりが漏れていた。扉を開くと、ベッドにはまだナオが体を起こして座っていた。

「あ、お帰り」

至って普通の調子で彼は俺を迎える。

「まだ、起きてたのか」

壁の時計は夜半を越えようとしていた。

「ダイゴ戻ってくるって言ってたから。真っ暗にしてたら僕の居る部屋が分からないかなって。朝になって知らない人の病室に居たら、まずいでしょ？」

「さすがに、そんなことはしないよ」

俺はベッド傍の椅子に腰を掛ける。

「お前が好きなお菓子、買ってきた」

手に提げたビニール袋から、スナック菓子を取り出してナオの前に置く。

「食べれるか？」

「うん、食べる。病院のご飯もあったけど、あれあんまり美味しくなかったんだよね」

袋の一つを開けてやって、備え付けのテーブルの上に置いた。ナオが嬉しそうに手を伸ばし、さくさくと音を立てて頬張った。

「ダイゴも食べなよ。晩ご飯、食べてないんじゃない？」

「いや、俺はいいよ。大丈夫だ」

言われてみれば半日以上何も口にしていなかったが、空腹は感じない。

「警察の人、帰ったんだな」

「うん。ダイゴが行ったしばらく後にね。明日も、なんか取り調べするから来るって」

「取り調べじゃなくて、事情聴取だな。……辛かったら、無理に話さなくてもいいんだぞ」

「大丈夫。できるよ」

ナオは頼もしそうな声で答える。

「怪我の方はどうだ？　痛むか？」

「全然、って言ったら嘘になるけど、擦り傷ばっかりだから。平気だよ。何なら走れるよ」

彼はベッドの上で立ち上がって見せようとした。慌てて俺は制する。

「ダメだやめろ。事故の怪我は日が経ってから出てくることもあるんだ。平気に思えても、安静にしていないと」

「なんかそれ、お医者さんも同じようなこと言ってたなあ」

そう言っておとなしく座り直す彼に、ほっとしてため息をつく。

「今夜は、俺もここに泊まるから」

「いいの？　仕事は？」

「休んだ。というか、しばらく休む。だから、俺がずっと一緒にいるから」

「うん。分かった」

ナオは頷いて、それから少し視線を落とした。

「ごめんダイゴ。迷惑かけて」

申し訳なさそうに微笑んで、彼は俺に謝る。

「馬鹿っ……気を遣うな」

健気さが悲痛を凝縮する。胸が重く痛い。張り裂けてくれた方が清々しそうなほど。叫びたいのを堪え、俺はナオを抱きしめた。

「お前は何も気にするな。後のことは、全部俺に任せろ」

「うん」

小さく細い腕が背に回り、彼が俺を抱きしめ返す。胸の中に埋まり表情は見えなかったが、指先はすがるように俺の服を掴んだ。

事は滞りなく運ぶ。

山のような葬儀の準備。書き終わりの見えない書類の数々。俺はそのどれにも混乱なく対応できた。なんせ、もう二回も経験がある。父親の時は母を手伝い、母親の時は喪主を務めた。段取りも作法も、頭の中に叩き込まれている。

それにみんなのことは、ほとんど全部把握していた。書類の保管場所から、関係の連絡先まで。あの近すぎとも言えた人間関係が今、生きていた。

しかし、それでも三人分となると異次元に忙しい。昼間は役所などを駆け回り、夜には病院に戻ってナオに付き添う。寝る間もないような日が続く中、それでも音を上げなかったのは、曲がりなりにもボクサーで、常人よりは体力があったからだろう。

事故から四日。大きな後遺症も見られないことから、ナオの退院が決まった。

「大したことなくてよかった」

荷物をまとめ、病院の出入り口に向かいながら俺は言った。

「だから大丈夫って言ったでしょ?」

彼は得意げに、元気よく歩いて見せる。そんな様子に気後れしつつも、俺は口を開く。

「明日、お通夜だから」

ナオはこちらには向かず、前だけを見つめながら「うん」と答えた。

「それで、明後日がお葬式。その二日は、俺もお前もあまり家には居られないと思う」

「うん。分かった」

「来週にはもう学校も始まる。事情は俺から先生に話してるから。……退院したばっかりなのに、忙しくて悪いな」

「ううん。別に大丈夫」

何でもないようにナオは答える。それでも、少し重い空気が沈黙とともに漂った。

「今日、晩ご飯何食べたい？　何でもいいぞ」

俺は話題を変えてそれを振り払った。

「うーん。ハンバーガーかな」

「お前そればっかりだな」

「何でもいいって言ったのダイゴだろ」

唇をとがらせる彼を「分かった分かった」となだめて微笑む。

エントランス前のロータリーに出ると、俺はいったん足を止めた。

「車回してくるから、ちょっと待ってろ」

その場にナオを残し駐車場に向かうと、停めていた自分の車に乗り込みロータリーで待つ彼の前へと動かす。

「ナオ、乗っていいぞ――」

荷物を入れるのに車を出て、そう彼に促した時。真っ青な顔で立ち尽くすナオの姿が目に入ってしまった。

「ごめん！　ナオ！」

俺は素早く彼を車から背かせた。馬鹿か俺は。ほんの数日前事故に遭ったというのに、気が利かない。

「電車で、帰ろうか」

背中をなでてやりながら俺が言った。青い顔のまま、ナオは頷く。

車は置いて、駅までの道を二人で歩いた。残暑の厳しい真昼。燦々と照る日の下、青かった顔を今度は真っ赤にしてナオは歩く。

駅に到着してまもなく、人気のない電車が現れた。

「ねえ、ダイゴ」

冷房の効いた車内に、体の熱も取れた頃、隣に座る彼が呟く。

「僕、これからどうなるのかな……？」

その声に、今にも崩れそうな砂の塔を見ている気分になった。

「大丈夫だ」

俺は前だけを見つめながら、ナオの肩を掴んで引き寄せる。

「大丈夫」

そう言って、崩れ落ちることのないよう、しっかりと彼を支えた。

通夜にも葬式にも、たくさんの人が集まった。ケンジの勤め先の計らいで、お悔やみ広告を出してもらえたので、急な出来事にもかかわらず多くの人々が参列してくれた。そして皆一様に、三人の死を強く悲しんでくれた。

俺は表に立ち、参列者を迎える。ナオも俺の隣で取り乱すことなく、礼儀正しい姿で出迎えた。その健気な様子がまた、人々の涙を誘う。

本来ここに立つべき親族は、代理人とやらを通して不参加を伝えてきた。

別にいいさ。

嫌いな親に取り仕切られるより、見たことも会ったこともない祖父母に囲まれるより、俺の方が、よっぽど。

雨が水煙を立てて降りしきる。

「あっ、ショウちゃん」

ナオが参列者の中に親友を見つけ手を振った。すると子供と、その後を追うように女性が集団から抜け出てこちらへとやって来た。

「ショウタ、ショウタのお母さんも。来てくれてありがとう」

ショウタの母は、すでに真っ赤な目からさらに涙を流し、頭を下げた。

「この度は、ほ、本当に、本当にご愁傷様で……ううっ」

「こちらこそ、お忙しい中お越しいただいて、本当にありがとうございます」

俺も頭を下げた。ナオも倣って頭を下げる。

「ナオ、大丈夫か？」

ショウタがしっかりとした声で彼を気遣った。「うん」ナオは久しぶりの親友の顔に少しだけ嬉しそうな様子を見せた。

「お前、なんかあったらさ、俺に言えよ。助けてやるから」

勇ましい言葉を言う彼に、母親は「もう、またそんな大口を叩いて」と恥ずかしそうに窘(たしな)める。

「うん。ありがとうショウちゃん」

「学校始まる前にさ、また遊ぼうぜ」

ショウタの母が慌てて息子の頭を叩いた。

「馬鹿！　今する話じゃないでしょう！」

叱って彼女は「すみません」と恐縮しまた頭を下げる。

「いいえ、むしろありがたいです。ショウタ、これからもナオと仲良くしてくれ」

「はい！」

ショウタは力強く答えた。

「それにしても、ダイゴさんがいらっしゃってくれて本当によかった」

ハンカチで目元を拭いつつショウタの母が言う。

「生まれた頃からナオちゃんのことを知ってらっしゃるし、ダイゴさん以上にナオちゃんのことを分かってあげられる人はいません。きっとエミさん、安心してらっしゃるわ」

「そう……だと、いいのですが」

俺はエミの棺の方を見た。そこには顔の半分以上を包帯で覆われた彼女が眠っている。潰れた顔を晒すのに抵抗はあったが、それでも蓋を開けておいた。だって顔も見せずに別れさせるなんて、辛いから。

「私たちなんかでお力になれることがありましたら、何でもおっしゃってください。ナオちゃん、おばさんのことも、いつでも頼っていいからね」

「はい。ありがとうございます」

「お心遣い、ありがとうございます」

ナオも俺も、二人に向け、もう一度頭を下げた。

出棺の時間となり、火葬場へと三人が送られる。焼却炉へ入れられる前の最期の別れは二人で済まし、彼らを見送った。

ナオは、ずっと泣かなかった。

葬儀でも、もう二度と両親の姿を見ることができなくなる今生の別れの時でさえ、涙を流すことはしなかった。遺骨となって出てきた母親の姿を見た時は驚き呆然とする姿を見せたが、しかしそれもすぐ毅然な面持ちに戻し、積極的に、粛々と骨を拾った。

悲しくないのか。いや、そんなことあるはずない。

ナオは母親のことも、父親のことも、祖母のことも大好きだった。

思えば事故の直後から、彼が泣く姿など見ていない。

「ナオ、もう気を張らなくても大丈夫だぞ」

彼の自宅へと戻り、夕食の準備をしながら俺はそう声を掛けた。

「別に、気は張ってないよ」

リビングのテレビを眺めながらナオは答える。

そんなことは言うが。粗く刻んだ生姜に目を落とす。もはや痛々しいまでに普段通りのナオに、心配が募った。

程なくして出来上がった食事を配膳する。少ししっとりとした、生姜味の濃い、いつものチキンライス。テーブルに向かい合って座り、二人で静かに食べ始める。

「俺もここで暮らすから」

そう言うと、ナオがこちらを見た。

「仕事もここから通う。と言っても、今月いっぱいは休みだけど」

「自分の家は？　どうするの？」

「先にこっちの物を整理しないといけないからな。当分はそのままにしておくことになるけど、そのうち引き払う」

「ボクシングは？　ジムはどうするの？」

「しばらくは難しいだろうな」

彼が少し表情を曇らせる。

「ボクサー、辞めるの？」

「辞めるわけじゃないよ。生活が落ち着いたら、また始めるさ」

三人が死んだと聞かされたあの日から、決めていた。

「お前は俺と暮らすんだ。ナオ」

俺がナオを引き取る。

孤独も不運も、蓄えてきた力も。きっとこの時のために存在していた。

「俺がずっと、ナオの傍にいるから」

これが俺の運命で、生まれてきた意味。

「……うん、分かった」

ナオは安心したように笑みを浮かべた。

「ダイゴが一緒なら、大丈夫だね」

九月に入り、ナオは学校が始まり、俺も休暇を終え仕事に戻った。

とはいえまだ夜勤は入れず、昼間の勤務だけに就いた。まだナオを一人にさせたくない。会社に頼み込み、特別に許しをもらった。

朝は学校へ見送り、夜も帰って一緒に夕食を食べる。ナオからその日学校であったことなどを聞きながら寝る準備をさせ、彼が寝入った後に明日の準備をし、和室で眠る。整理しなければならない荷物はまだ山積みだったが、休みの日には行ける範囲で遊びにも出掛けた。

塾こそ行けていなかったが、エミやケンジがいないという点を除けば、これまでとなんら変わりない生活が続いた。学校でも夏休み前と変わらない姿を見せているようで、担任からも「強い子ですね」と褒められた。

強い子。その褒め言葉は嬉しいと同時に不安の影も落とした。本当にそうなんだろうか。自分が母を亡くした後は、かなりの間、引きずったものだが。いや、俺と比較すること自体間違っているのかな。ナオはケンジの息子だ。十五で親元を飛び出して、見知らぬ土地で一人生き始めたあのケンジの。ナオにもそんなたくましさがあるのかもしれない。

夜中、時々ナオの部屋に入って彼の寝顔を眺めていると、願わずにはいられなくなる。どうかこのまま穏やかで、健やかに、彼が成長しますように、と。

そうして事故から一カ月が経とうとしていたある日。家の電話が鳴り響いた。

「ナオ、取ってくれ」

夕食後の食器洗いで手が離せない俺はナオに頼む。「分かった」すぐに彼が受話器を上げた。

「はい。……はい——え？　はい……」

応答するナオの声がだんだんと戸惑ったものに変わっていく。

「ダイゴ」

受話器の口を手で押さえて、困惑した表情のナオが俺を呼んだ。

「なんか、僕のおじさんって人から電話なんだけど……」

「おじさん？」

「お父さんの弟だって……」

「ええっ?」

驚いて受話器を受け取る。

「もしもし、お電話代わりました。失礼ですが、お名前は?」

「あ、どうもお世話になっております!。わたくしケンジの弟でカズヤと申します」

電話越しに聞こえてきたのは、セールスマンのように爽やかな印象の男の声だった。

「遅ればせながら、先日の新聞で兄の訃報を知りまして。今更なのは承知しているのですが、線香を上げさせていただけないかと思い、お電話した次第で」

カズヤと名乗った男は、申し訳なさそうにそうに言う。

「ケンジから両親の話は聞いていましたが、弟が居るという話は聞いたことがないのですが」

対して不信感をそのままに俺は答えた。

「うちは……まあ、少し複雑なところがありまして……。でも兄弟なのは本当です。確認できる書類もお持ちしますので、どうか線香だけでも上げさせてくれませんでしょうか?」

「そう言われても……」

難色を示す俺に、彼はなおも切実そうな声で訴える。

「長居はしませんので。ただ、生き別れたままで会うこともかなわなかった兄に、せめて手を合わせるくらいはしてやりたいんです」

ここまで頼み込まれると、無下にできない。

「……分かりました」

承諾すると「ありがとうございます！」と晴れやかな返事が返ってきた。受話器を置いた後、心配そうにこちらを見上げていたナオと目が合う。

「来るの？」

「ああ。明日、昼過ぎに」

「僕、明日ショウちゃんと遊ぶ約束があるんだけど……」

ふーん、と彼は面白くなさそうに呟いた。

「それはまた今度にしろ。わざわざお前の両親のために手を合わせに来てくれると言うんだ、挨拶くらいはしなさい。それに、叔父という話が本当なら、血の繋がった家族ということになる。お前にとって大事な人になるかもしれない」

はーい、と拗ねた声の返事が返った。

次の日の昼。約束通りの時間に玄関のチャイムが鳴った。

「はい」

応答し、玄関に向かう。後ろからナオがついて歩いた。

「お前はまだ自分の部屋に居なさい。後で呼ぶから」

「分かった」

会わせるのは、事の真偽を確かめてからがいいだろう。

扉を開けると、そこには型の整った紺のスーツに身を包み、こざっぱりとした清潔感溢れる男が、隣に上品そうな若い女を連れて立っていた。

「あなたが――」

「はい、昨日お電話したカズヤです。こちらは妻のアンナ。突然お訪ねしてしまい、申し訳ありません」

そう言って、カズヤは連れの女と共に丁寧に頭を下げた。

電話口で聞いたのと同じ声。

「いえ、こちらこそ、わざわざお越しいただきありがとうございます。どうぞ、中へお入りください」

俺は二人を招き入れた。彼らは家に上がってすぐ、仏壇の前に行き手を合わせる。長い合掌だった。

「改めまして、この度は兄たちの葬儀など取り計らっていただき、誠にありがとうございました。こちら、つまらない物ですが」

手を合わせ終わって、ダイニングへ案内した折にカズヤがそう言い、妻のアンナが手に提げていた袋から菓子折りを差し出した。

「この度はご愁傷様でした」

アンナから菓子折りを受け取る。

「ご丁寧にありがとうございます。どうぞおかけください」

テーブルへ座った二人にお茶を出してから、彼らの前に俺も座った。

「お名前、えーと、ダイゴさんでよろしかったですかね？」

お茶を含む程度に飲みながら、カズヤが尋ねる。

「ええ」

「兄とは、いつからのご縁で？」

「高校の時から。もう十七年になります」

「そうですか……。長い間お付き合いいただいていたのですね。こんなによくもしてもらって……。兄は、いいご友人を持った」

カズヤは和室に置かれた仏壇を見つめた。「いえ、そんな」と俺は謙遜する。

彼は携えていた鞄から用紙を取り出すと、俺に向けて机の上にそれを広げた。

「私の戸籍謄本です。兄のをご覧になっていればお分かりになると思いますが、父親の名の部分が、兄ケンジと同じになっております」

「……確かに」

俺はカズヤに目を向ける。本当はこんな書類を見なくとも、一目見た時から察しがついていた。ケンジに似てる。

鼻筋や口元、輪郭。その辺りの雰囲気が、そっくりだ。そう気付いた時には、目元が少し熱を持った。そして当然だが、ナオにも似ている。

「戸籍からも察していただけるとは思いますが、兄と私は母親が違いまして。単刀直入に言って、私は父の愛人の子なんです」

そう言って彼は視線を落とした。

「恥ずかしい話なのですが、父は、兄の母である本妻の方と結婚される前から、私の母と関係があったそうで。兄が生まれた一年後に私が生まれました。ただ当時はまだそれが伏せられていて、数年後、私の存在が明らかになった時、本妻の方は兄を置いて家を出て行ったそうです。それと同時に、私の母も父との関係を絶ちまして。私は母親に引き取られたので、兄とは会うこともなく育ちました。唯一顔を合わせたのは、私の母の葬式の時でしたね。当時は、まだお互い中学生だったかな。多感な時期でしたし、背景もこの通り複雑だったので、話すこともしませんでした。……あれが最後になるなんて……分かっていれば、こんな、再会にはならなかった……っ」

　カズヤは声を震わせ、口元を手で覆う。隣に座る妻が彼の背に手を置き、そっとハンカチを差し出した。

「すみません、お見苦しいところを」

　受け取ったハンカチで目元を拭いつつ、カズヤが謝る。

「いえ……お察しします」

　危うくもらい泣きしそうになるのを堪えながら俺は言った。

「よければ、兄について教えていただけますか？　どんな人で、どんな人生を送ったのか……」

　口を開く前に、俺は目を閉じ、静かに大きく息を吸う。

「……正義感が強くて、やたら行動力があって。家族思いの、男でした」

　語るとまだ痛い。だって、気付けば人生の半分にあいつが居たんだ。馬鹿なことはたくさんした。殴りもしたし、殴られもした。楽しい時はいつでも一緒だったし、辛い時にも一緒だった。

　お前ほど最高な友達は、居ないよ。

「……兄もなかなか、波瀾万丈な人生を送ったようですね」

カズヤは感心した様子で呟いた。

「しかし、家を出ていたとは驚きました。父は素行こそ難がありましたが、仕事はできる人間と聞いていましたので。生活に困るようなことはなかったと思うのですが」

「父親とはうまくいっていなかったと聞いています。あなたの出自を否定するわけじゃないですが、父親のそういった行動に対して、我慢がならなかったのかもしれません。なにぶん、正義感の強いやつでしたから」

むしろそういう背景が影響したのだろう。カズヤの話を聞いた今だから、よく分かる。

「不思議なもので、私も中学を卒業してすぐに家を出てるんです。母の死後は、母方の祖父母に引き取られたのですが、あまりよく思われていなくて。邪険に扱われていたものですから」

「それは……ご苦労なされましたね」

肉親から煙たがられるなんて、どれほど辛かっただろうか。

「でも兄は兄で苦労があったみたいですね。確かに、父は兄に対してずいぶん厳しい教育をしていたとか、そんな話もあった気がする。しかし、こんなふうに生き方が似ていたとは、これが血のなせる業なのですかね。……もしかしたら、話してみれば気が合っていたかもしれません」

少しばかり沈黙に身を委ねる。

きっと、そうだったろう。昔は難しかったかもしれないが、今ならきっと、仲の良い兄弟になれたはず。

そうなっていてほしかった。

改めて、ケンジたちの早すぎる死に心が痛んだ。

「そうだ、あなたの甥を紹介しないと。ナオ！　こっちに来てくれ」

俺は自室に居るナオを呼ぶ。廊下の向こうで扉の開く音がし、すぐにダイニングと繋がる扉から、ナオが緊張した顔で恐る恐る現れた。

「ああ、君が！」

カズヤは嬉しそうに頬を緩め、立ち上がった。ナオは足早に俺の傍へ寄る。

「ナオ、こちらお前の叔父さんの、カズヤさんだ。挨拶しなさい」

「えっと、初めまして」

彼はそう言って小さな頭を下げた。

「こちらこそ、初めまして。ナオって呼ばれてるんだね。僕もナオ君って、呼んでいいかな？」

「うん。あ、はい」

「よろしくね、ナオ君」

カズヤが手を差し出す。ナオはぎこちなくその手を取った。

「こっちは僕の奥さんのアンナ」

「よろしくね」

「よろしく、お願いします」

硬い表情でアンナと握手を交わす彼に、カズヤが愛想のいい晴れやかな笑顔を見せる。

「そんなに畏まらなくてもいいよ。僕たちは家族なんだから」

そう言ってカズヤは彼の頭をなでてやる。ナオもようやく、はにかみながら笑顔を見せた。

「ナオ君は今、あなたが面倒を見られて？」

カズヤがこちらに顔を向けて尋ねた。

「ええ」

「ご家族は理解されていらっしゃるんです？」

「俺は独り身です。気を遣う相手も居ませんので、この子と一緒にここで暮らしています」

「そうでしたか。しかし急に子供の面倒を見るとなると、ご苦労も多いでしょう」

「いいえ、ナオたちとは以前から日常的に付き合っていましたから。まあ、俺が彼ら家族の中に首を突っ込んでいたようなものなんですけど。独り暮らしも長いのである程度炊事もできますから、今のところは問題ありません」

「お仕事の方は？」

「警備員として勤めています。あと、一応ボクサーとして試合に出ることもあります。ただ今現在は、この子との時間を優先したいので、活動していませんが」

カズヤはそうですか、と呟いて何か考え込む。

「実は……ナオ君さえよければ、うちの子にどうかと、思っていまして」

「えっ」

驚いて言葉を失う。ナオの方を見ると、彼もまた驚いた顔で俺の方を向いた。

「私たち夫婦には子供がいません。医者から、できないと言われているんです。夫婦二人の生活も悪くはないのですが、妻はどうしても子供を育ててみたいと。それで、里子か養子を取ることを考えていた時に、事故のことを知りまして」

決意のこもった目でカズヤが俺を見る。

「正直、運命なんじゃないかと思いました。兄の代わりにこの子を育てること。そのために自分たちがいて、それが生き別れたまま会うこともできなかった兄との縁に報いることになるのではないかと、そう思ったんです」

そう語り、彼はまたナオを見つめた。

「だからナオ君、どうだろう？　君さえよければ、僕たちと一緒に暮らさないかい？　僕とアンナを、君のお父さんとお母さんにさせてくれないかな」

ナオは何も言わなかった。ただ、カズヤと目を合わせたまま、彼をじっと見つめ返す。

「ちょ、ちょっと待ってください」

そんな二人の間に入って俺は声を上げた。

「お気持ちは重々承知しますが……無理があります」

「無理とは？」

「養子にとなると、ナオはここを離れなければならなくなる。この子にも、ここでの生活があります。通い慣れた学校もあるし、仲の良い友達もいる。まだ両親を失ったばかりで、住み慣れた場所まで離れるというのは、少々酷ではないかと」

「一理ありますが、逆に住み慣れた場所だからこそ、何かと思い出してしまって辛いということもあるんじゃないですか？」

「それは……」

「それに、急な都合で転校することも、決して珍しいことではありません。苦労はかけてしまうかもしれませんが、新しいお友達を作る機会にもなります」

カズヤは真剣な顔つきで俺に言った。

「ここに居る限り彼は両親を失った可哀想な子供として見られ続けます。ですが新しい場所で私たちと暮らすのならば、周囲は彼を普通の子供として見てくれる。長い目でみれば、その方がナオ君にとっていい影響を与えてくれるのではないでしょうか」

否定しきれない。確かにカズヤの言う通り、ナオはここに住まう限りどうしたって天涯孤独の可哀想な少年だ。でもだからと言って、急に別の環境に放り出すなど、できない。

「言い分は分かりましたが、養子の話は持って帰ってもらいたい。申し出はありがたいです。しかし俺も、ケンジたちに対し義理がある。……この子は俺が育てます」

そう言うと、意外にもあっさりとカズヤは「そうですか」と諦めた様子を見せた。

「あなたはすでに一カ月近くも彼の面倒を見ているわけですしね。出しゃばっているのは私たちだ」

残念そうに一度俯きながらも、彼はすぐに晴れやかな表情で顔を上げる。

「分かりました。ナオ君は、ダイゴさんにお願いしたいと思います。ただ何かあれば、いつでもご連絡ください。力になりますので」

カズヤは連絡先を記した紙を残すと、アンナと共に、来た時と同様丁寧な態度で帰っていった。

ナオの将来、か。

夜、布団に入ってからも、俺はしばらく昼間のカズヤとのやりとりを思い返していた。

それを思い至らなかった自分が少し腹立たしい。もちろん、全く考えていないわけではなかったが、しかし。

「今と、地続きなんだよな。将来は」

この状況が、将来のナオに悪影響を与えるかもしれないなど、考えもしなかった。

目をつぶってため息をつく。

一体どうすることが、彼にとって一番いいことなんだろう。

その時、控えめに襖を開ける音が聞こえた。

「……ナオ?」

暗がりに目をこらすと、胸元にピョ吉を抱えた彼が和室に顔を覗かせているのが見えた。俺は起き上がる。

「どうした? こんな時間に」

時計は見えないがもう深夜なのは分かる。この時間に彼が起きているのは珍しい。

「あのさ」

ナオは恥ずかしそうにもじもじしながら言った。

「一緒に寝ても、いい?」

「え？　ああ、いいぞ。もちろん」

少し驚いたが、俺はすぐに頷く。掛け布団をめくってスペースを作ってやると、彼はそろそろとそこへ収まった。

「寒くないか？」掛け布団を整えながら尋ねる。

「うん」

「どうしたんだ急に。怖い夢でも見たのか？」

尋ねると「そうじゃないけど……」ともどかしそうにナオは呟き、ピョ吉を抱く腕にぎゅっと力を込めた。

「あの人さ、お父さんに似てたね」

「ああ……そうだな。母親が違っても、兄弟ってあんなに似るもんなんだな」

「うん。びっくりした」

暗闇に隠れた彼の表情を想像する。

「……寂しくなったか？」

「……うん。ちょっと」

ナオは素直に頷いた。俺は彼の背に手を回し、優しく撫でる。再来月には十二歳を迎えるとはいえ、何かを背負うにはまだ、その背中は小さい。

将来も大事だ。でも少なくとも今、彼に必要なのはこれだろう。

俺は寝息を立て始めたナオを、温もりが逃げぬようそっと抱きしめた。

「十月に入ったら、夜勤もするようになるから」

もそもそと朝食のパンを食むナオに俺はそう告げた。

融通を利かせてもらうのも、一カ月が限界だった。

ボクシングのことであれば会社も話を聞いてくれるが、子供のことというのではいい顔はしてもらえない。そもそも、書類の上では俺は子供も持たない独身だ。事情を知らない人間からは、不可解に思われるだろう。

「学校から帰ってくる頃はまだ居ると思うけど、現場によっては早く出るときもあるから。そういうときは、晩ご飯も一人になるかもしれない。誰も居ないからって、菓子を食い過ぎたり、夜更かししたりするなよ。朝も起こしてやれないからな。朝ご飯は作っておくから、ちゃんと食えよ」

仕事の支度をしながら矢継ぎ早に伝えたが、返事がない。手を止めて彼を見ると、ぼんやりした表情でテーブルのどこかに視線を落としている。

「ナオ！」

強めに呼びかけると、はっとした表情で彼がこちらを向いた。

「話聞いてたか？　来週には一人で朝起きるんだぞ」

「ああ、うん。分かった。大丈夫」

「本当に大丈夫か……？」

大丈夫だよ、と少し不満げにナオは答え、面倒くさそうな顔でパンにかぶりつく。彼の頭の寝癖がぴょんと跳ねた。それを視界の端に入れつつ、シャツの袖に腕を通す。最近、ぼうっとした姿が目につく気がする。そのため夜勤を始めるのはまだ不安なのだが、生活もある。仕方がない。

「ナオ、これ」

俺は和室に置いておいた紙袋から手のひらほどの箱を取り出し、ナオの前に置いた。

「え……これ、携帯電話？」

目を丸くして彼はそれを手に取る。

「前のは、壊れちゃっただろう？　それで、新しいの」

すぐに箱を開けて、ナオが中身を取り出した。

「……前と同じの」

「……気に入ってそうだったから、さ」

同じ物だと、色々思い出して辛くなるかもしれない。そんな心配もあったが、他を選ぶほど知識もないし、以前買った時はずいぶん悩んでこれを選んでいた。お気に入りなのは間違いない。そう考え抜いた末に購入した。

ドキドキしながら彼の様子をうかがう。ナオはまじまじと新しい携帯を眺めると、起動して中の様子を確認し始めた。

「もう設定終わってるの？」

「ああ。電話番号と、アドレスを登録しただけだけど」

それも家と自分の二件分。設定というにはささやか過ぎるが、これでも結構頑張った。

「……うん。ありがとうダイゴ」

そう言って彼は、嬉しそうな笑顔を浮かべた。俺も少しほっとする。

「それ、学校に持っていってもいいぞ」

「えっいいの？　怒られない？」

「先生に許可はもらってる。特別に持ってきてもいいって。ただ、あまり友達に見せびらかしたりするなよ。マナーモードの設定も忘れるな。授業中に鳴らしちゃダメだからな」

「オッケー。まあ、そこは当然だよね」

説明を終えたところで時計に目をやると、針が七時半から一つずれる瞬間だった。

「うわっ、もうこんな時間か」

今日は勤務地が遠い。自分の朝食のパンを三口で含み、コーヒーでそれを胃に流し込むと、俺は荷物を背負った。

「それじゃあ行ってくる。遅刻するなよ」

「うん。ダイゴがな」

軽口に、ぽんぽんと頭を叩いて応える。

「行ってきます」

「行ってらっしゃい」

見送りの言葉を背に玄関を出ると、見慣れた街の景色に曇天が広がっているのが見えた。

「傘――まあ、いいか」

俺は先を急ごうと小走りに廊下を抜けた。


「ダイゴ。ねえダイゴ」

呼び声と肩を揺さぶられる感覚で意識が戻った。

「っ！　今何時だ！」

テーブルに突っ伏していた体をはじけるように持ち上げ、傍に立つナオに尋ねた。

「五時」

「ヤバい……っ！」

少し仮眠を取るつもりが、完全に寝過ごしてしまった。俺は目の前に置かれたコップを持って立ち上がると、中に残ったコーヒーを仰いで飲み干す。それからすぐに出勤の準備を始めた。

「……晩ご飯は？」

ナオが遠慮がちに尋ねる。

「あー、えーっと……」

しまった。合間に作ろうと思っていたのに。

キッチンに駆け込んで、戸棚を漁る。

「パン……は明日の朝にいるよな。えっと確か……」

奥に詰め込まれた物の中から、俺は即席麺を一袋引っ張り出した。

「悪いこれ、作って食べてくれ」

コンロの傍にそれを置いて、玄関へと走る。

「朝はパン焼いてくれ！　明日の夜は、ちゃんと作るから！」

リビングに向かってそう叫ぶと、彼の返事も待たずに外へ出た。

走って車に乗り込み、担当の現場へと急いで向かう。数分おきに出る欠伸をかみ殺しながらハンドルを握った。

眠気が酷い。

夜勤を始めて一カ月。今日のように夜勤の連続する日に眠気を強く感じるのは昔からよくあることだ。だが最近のそれは、暴力的と言えるほど激しい。

現場に着いてすぐ、近くの自動販売機で缶コーヒーを買い一気飲みする。空き缶をゴミ箱へ放り捨てながら、俺は現場事務所の扉を開いた。

今日の任務は、工事現場の交通警備。持ち場に立つと、一般車両が工事現場に入り込むことのないよう誘導した。現場が大きく、交通量も多いため気を遣うが、それでも深夜になると手持ち無沙汰な時間もできる。

明日の夜は、何を作ろうか。

車の流れが途切れたタイミングで、俺はふらっと思考を巡らす。

ハンバーグ、はこの間やった。チキンライスも、もうやり過ぎなほどやってる。揚げ物系は……手間がかかるな。スパゲッティ、は悪くないが、置いておけない。カレー……。そうだカレーにしよう。じゃあ帰りに買う物は——。

「おい！　警備！」

怒声に我に返る。振り向くと鬼の形相をした工事現場の作業員が俺をにらみつけていた。

「車来てんじゃねえか！　ちゃんとやれよ！　俺たちを殺す気か！」

「あっ……すいません！」

失態に頭を下げる。しまった。ぼうっとしていた。

「ちっ。立つだけもまともにできねえのかよ」

そう悪態をついて彼は作業に戻る。新人でもあるまいに、何やってんだ。自分のミスに羞恥心が込み上げた。

ぐうと、腹が鳴る。そういえば飯を食い損ねた。時間とともに空腹はきりきりとした腹痛に変わる。

減量中だ減量中。そう思おう。

体の訴えを、俺は唇を噛んで無視する。

夜が明け切っても仕事は終わらない。遠い空を眺めながら、ふうとため息をついた。最近になって派遣されるようになった現場だが、会社はどうしてこんな遠方の現場の仕事を取ったのだろうか。確かに、地方警備会社としては大きな仕事ではある。でも人員が豊富というわけでもないのに。おかげで、日のほぼ半分は家を空けなければならない。

スケジュールも殺人的だ。俺はポケットに仕舞った小さな手帳を開いて予定を確認する。「今週は、きついなあ……」休みなく組み込まれた勤務日程に、またため息が出た。

ようやく仕事が終わると、帰りがてらにスーパーで食材を買った。家に帰ってすぐ、疲労の溜まった足を引きずりキッチンに立つ。流しには一昨日からの洗い物が溜まっている。買った物を仕舞ってまず、それを片付ける。

止まると動けなくなりそうで、俺は続けて夕食作りに取りかかることにした。ただその前に洗濯機を回そう。そう思って洗面所に向かう。

「……ヤベ」

昨日洗濯したまま干すのを忘れていた。洗濯機の中には濡れた洗濯物が、かび臭い匂いを立てている。

洗い直しだ。俺はそのまま洗濯機のスイッチを入れる。今日の分もあるから、もう一回は洗濯しないと。猛烈な徒労感と眠気が湧き上がる。一瞬、瞼が閉じて膝が抜けかけた。

ダメだ、コーヒーを飲もう。

キッチンに戻りコーヒーの瓶を手に取る。蓋を開けて、もうほとんど中身がないことに気付いた。しまった、買っておけばよかった。悔やみながら、俺は瓶に直接蛇口の水を注ぎ込む。わざわざお湯を沸かすのも、コップを用意するのも、もう面倒だ。

そろそろ小便がコーヒー色になってもおかしくない。

雑に作ったそれをがぶがぶと飲みながら思う。

わずかに眠気が遠のいた隙に、家事を済ませた。

夕方前。もうそろそろナオが帰ってきそうな時間。ようやく一息つけるな、と思った矢先、電話が鳴った。

「はい——ああ、先生」

電話はナオの担任の先生からだった。ベテランの女の先生で、ちょっと厳しいところもあるが、生徒思いの優しい先生だ。ナオのことも、とても気に掛けてくれている。

「いつもお世話になっています。最近、あの子の様子はどうですか」

「そのことなんですが……」

彼女は少し言いにくそうに言葉尻を濁した。

「最近、すごく遅刻が多いんです」

「えっ、遅刻？」

曰く、この一カ月程の間に七日も遅刻があったという。遅刻のあった日付を聞くと、ことごとく俺が夜勤か、朝早く出勤した日だった。

「そ、そんなに？　全然知らなかった……」

「何度かご連絡はしていたのですが、ご不在のようでしたので」

「すみません、お手数おかけして」

「酷い時は私からの電話で起きたようなことも、一度や二度ではありません」

「すみません、大変ご迷惑を……」

「お忙しい身なのは重々承知しておりますが、保護者の方からももう少し注意していただきませんと、他の児童への影響もありますので……」

「はい、本当にすみません。本人にもよく言って聞かせますので――」

謝り倒して電話を切った。俺は落胆に大きくため息をつく。ナオの口からは、遅刻のことなど一言も聞いていない。

「ただいま」

ちょうど彼が帰ってきた。「ナオ」すぐに玄関へ顔を出し、自室に荷物を置きに行こうとするナオを呼び止める。

「ちょっとこっちに来い」

何かただならぬ空気を感じたのか、彼は顔をこわばらせ無言で頷くと、足取り重そうにダイニングへとやって来た。

「そこに座れ」

テーブルに座らせ、対面の席に俺は構える。

「さっき先生から電話があった。お前、最近かなり遅刻してるんだってな」

ナオは口をぎゅっと結んで顔を下に向けた。

「先生に電話で起こしてもらったりもしたんだってな。俺前に言ったよな？　夜勤の日は、次の日の朝起こしてやれないから自分で起きるようにって。お前も分かったって言ってただろう。遅刻を軽く見るな。人からの信頼に関わることなんだぞ」

反省しているのか、いないのか。俯いたまま黙りこくるナオに、少し苛立つ気持ちを抑えながら尋ねる。

「どうして遅刻するんだ。何で朝起きられない」

彼は何も言わない。俺はテーブルに両肘をついて手を組むと、真っ直ぐにナオを見つめた。答えを得るまで終わらせない。本気でそのつもりだった。そんな雰囲気を悟ったのか、彼は上目遣いにこちらを見ると、しぶしぶ口を開いた。

「……だって眠くならないんだもん」

拗ねて不満げな口調でナオは言う。

「眠くならない？」

「ベッドに入っても眠くならない。朝くらいに眠くなる。だから……」

つまり、昼夜逆転しているということか。

「夜更かしするなって、これも前に言ったよな？　寝るのが遅いから起きるのも遅くなるんだ。とにかく、今日は早く寝ろ。それで明日の朝は早く起きるんだ」

「明日僕休みだけど」

「休みのうちに生活リズムを戻すんだ。分かったか？」

つまらなさそうに、彼は頷いた。

まだ自己管理ができる歳じゃないか。話の終わりを示すのに俺は席を立った。ナオも椅子から立って、拗ねた顔のまま自室へと戻る。

これからはもう少し、気を付けてやらないと。そう思いつつも、夜勤続きの予定を思い出して頭を悩ませた。音量の大きい目覚まし時計でも買うか？

夕食後、早めに風呂に入らせ、九時になる頃には寝かせるためにナオを部屋へと送る。布団に入るのを見届けて、電気を消し、部屋を出た。

ナオを寝かしつけた後、俺は食器の片付けや明日のご飯の支度などに取りかかる。それも終わり、そろそろ寝るかと洗面所に向かう途中、ナオの部屋からかすかに音が聞こえるのに気付いた。

扉越しに耳を澄ます。かちかちと、ゲームのボタンを押すような音が聞こえる。

俺は部屋の扉を開いた。

ベッドの上からナオがこちらを見る。携帯ゲーム機の液晶光に、驚いた顔が照らしだされた。

無言でベッドに近づき、素早くゲーム機を取り上げる。

「あっ！　返せ！」

すぐさまナオが布団から立ち上がった。取り返そうと伸びる手より高く、俺はそれを上に掲げる。

「夜更かしの原因はこれだな」

「違う！　それは眠くなるまでの暇つぶし！」

「逆だろ。ゲームするから眠くならない。それにこんな暗い中でやってたら目にも悪い」

何度か取り返そうと試みた彼だったが、身長差と腕力とに早々に諦め、その場で地団駄を踏んだ。

「返せよ！」

「ダメだ。明日起きてからにしろ」

返す気のない俺を、ナオは拳を震わせて睨み付けた後、不貞腐れたまま布団に飛び込む。

「ダイゴの馬鹿！」

掛け布団にくるまりながら、捨て台詞を吐く。

「馬鹿で結構」

聞き流し、俺はゲーム機を手にしたまま彼の部屋を出た。

困ったものだな。

ゲーム機を枕の傍に置いて、時計を見た。もう日付が変わっている。明日、というか今日は、朝が早いというのに。どんよりと溜まった疲れと共に布団に入る。

すると突然、ずきりと頭に痛みが走った。そのまま擦り傷のようにずきずきと額の奥がうずき出す。

ああもう、やっかいだな。

程度は大したことない。眠れば治るだろう。そう思って痛みを無視し、俺は目をつぶった。


帰りの報せも言わず、玄関の戸を閉じる。冷えた夜風も隙間から少し入り込んだ。

「ダイゴ？」

音に気付いてか、ダイニングに繋がる扉からナオが顔を覗かせた。

「お帰りダイゴ」

俺の姿を見て、彼がこちらに駆け寄る。

「あのさダイゴ、僕明日——」

「悪い、ナオ。ちょっと後にしてくれ」

話を遮って、俺はナオの横を通り過ぎた。

頭が痛い。

寝しなに疼いていた頭痛は、朝起きてからも治まる気配がなく、むしろ時間とともに悪化していった。それでも仕事に穴は開けられないと、無理を押して出勤したが、そのうち激しい頭痛と同時に、酷い疲労感や怠さにも襲われた。立つだけでも精いっぱいだった。十年以上仕事を続けていて、今日ほどきつい日はなかったろう。

風邪だ。完全に。

額を押さえ、とぼとぼとリビングへと歩く。買い物袋をテーブルの上へ雑然と置くと、棚の救急箱から風邪薬を取り出した。用量分をそのまま飲み込み、ソファーへ向かうと、倒れ込むようにそこへ横になった。

ナオが後をついてソファーの傍に寄る。

「大丈夫？　具合悪いの？」

「大丈夫……。晩ご飯、弁当買ったから。それ、食ってくれ。……ごめんちょっと寝る」

分かった、と呟いて彼は傍を離れる。申し訳なさが胸に湧いたが、すぐに眠気と疲労感と頭痛にかき消された。

目を閉じれば電池が切れそうなほど眠いのに、鐘を打ち鳴らすような頭痛がそれをさせない。矛盾する体の感覚が苦しい。

いつまでもいつまでも眠りにつけないまま、ソファーの上で唸る。

逆に体を動かした方が治るのではないか。そう思ってジョギングに出る。だが走れば走るほどに頭が痛い。止めて、飯を食べる。腹が満たされれば治るだろう。でも治まらない。

一体何が悪い。どうしたらいい。どうすれば、うまくいくんだ——そこで目が覚めた。

「夢……」

いつの間にか寝ていたらしい。とはいえ夢の中まで頭痛に苛まれては、寝ても寝た気はしない。残り香のように痛む頭を抱えて、俺は体を起こす。

部屋は陽光が差し込み、すっかり明るかった。毛布がはらりと落ちる。ナオが掛けてくれたのか。

「ナオ？」

呼びかけても返事はない。人の気配がない部屋の雰囲気だけが漂う。時計を見た。今は日曜の、朝十時。

立ち上がり、ナオの部屋まで闊歩する。

部屋のドアを無遠慮に開いた。彼の姿はない。玄関を覗く。靴もない。

俺は電話に駆け寄ると、ナオの携帯電話の番号を打ち込んだ。

間延びしたコールの音と不釣り合いに、鼓動が早鐘を打つ。

三コール目が途中で切れた。

「もしもしナオ？　お前今どこに居る？」

すかさず俺は呼びかける。「声大きいよダイゴ」とひそひそとしたナオの声が聞こえてきた。

「今映画館。今からショウちゃんと映画見るんだ」

「映画？　だったら事前に俺に言っておけよ」

「言おうと思ったよ昨日。でもダイゴ、言う前に寝ちゃったじゃん」

そういえば、ソファーで横になる前、彼が何か言いかけていた気がする。

「そう、だったな……。悪い」

「いいよ別に。映画終わった後もショウちゃんと遊ぶから。それじゃ、もう始まるから」

電話が切られた。ひとまず連絡がついたことに安心して、俺はダイニングテーブルの椅子にすとんと腰を下ろす。

今日は、仕事なんだっけ。確か、近場で夜勤だったたか。ならまだ余裕がある。買い物に行っておこう。

お湯を沸かしコーヒーを淹れる。飲んでいると不思議と、頭痛が治まった。

もう一杯飲むか。

薬効みたいなものを感じて俺はもう一度コーヒーを淹れた。それから先ほどまで寝入っていたソファーに深く座りなおして、カップに口を付ける。

そこでふと、テレビ横に置いていた写真立てが伏せて倒れているのに気付いた。

あれ？　ぶつかったかな？

疑問に思いながら、俺は写真立てを表に返した。

ナオとエミと俺と、三人が写った写真が現れる。

「……懐かしい」

最近の思い出のはずなのに、なぜかそう思った。

もう二度と、叶わない景色だからだろうか。たった半年前の出来事が、手の届かないほど遠い。

写真に写るエミは、ナオを守るかのように背後から彼を抱きしめる。

苦しくなった。彼女はもう、我が子を見守ることすらできない。

「俺が守るから。お前の代わりに」

写真のエミに向かって俺は呟く。

そのためにも、今日こそはちゃんと夕飯を作ってやらないとな。

写真立てを置き直し、二杯目を一気に飲み干すと、俺は台所に向かって歩いた。


夕飯を作り終える頃になっても、ナオはまだ帰ってこなかった。

「遅いな……」

出勤時間が迫る。まだ帰ってこない。何度か携帯に電話をかけたが、手放しているのか出なかった。

まったく、いつまで遊んでいるつもりなんだ。苛立ちをぶつけるように応答のない受話器を叩きつけて切る。今頃は夕暮れが早い。すでに夕闇の中に落ちている小道などをベランダから見下ろし、心配に気をもむ。

彼が帰ってきたのは、夜の七時を過ぎた頃だった。

ただいまの声もなく、玄関から廊下の扉を開いてダイニングにやって来たナオは、テーブルに座る俺を見て酷く驚いた表情を見せて足を止めた。

「えっ……ダイゴ？　何で居るの？　仕事は？」

「今何時だと思ってる」

睨め付けて凄む。ナオが息をのむのが分かった。

「何度も電話をかけたぞ。どうして出ない」

「ご、ごめん……気付かなくて……」

「何してた」

「えっと、ショウちゃん家で、ご飯食べてた。あの、おばさんが食べて行きなさいって……。ダイゴどうせ居ないし、いいかなって……」

俺は大仰にため息をついて見せる。

「そうならそうと連絡をしろ。こっちも飯を作っておいてるんだ」

視線をキッチンカウンターへ逸らすと、彼もそちらを向いた。冷え切ったチキンライスが、所在なさげにぽつんと置かれている。

「ごめん、なさい……」

用意していた荷物を担ぎ俺は立ち上がった。

「仕事に行ってくる」

そのまま彼の傍を通り過ぎようとした時、「ダイゴ、ごめんほんと」と、ナオが声を上げて袖を掴んできた。

「もういい。あれは朝食べろ。明日は遅刻するな」

顔も見ずにそう言って、掴む手を振りほどく。

そのまま家を出た。

出勤してしばらく、湯立った感情が時間とともに冷えて静まるのを感じる。

少し、怒り過ぎたかもしれない。

自分の態度を思い出して後悔が沸き立つ。ナオはごめんと謝っていたのに、どうしてあんなぞんざいな態度を取ってしまったのか。出勤が遅れることは会社に伝えていたし、苛つくほど時間に追われてはいなかったはずなのに。

仕事が終わった後も、情けない気持ちのまま俺は帰路に就く。帰りの道すがら、ケーキ屋が目に入った。

もうすぐ、ナオの誕生日だな。

ショーケースに見える誕生日ケーキを外から眺める。

一年のうちで、最大のイベントだった。全員で揃って祝うのはもちろん、誕生日プレゼントにも毎年気合いを入れた。両親だけでなく、ヨウコおばさんや俺からもプレゼントが渡されるので、甘やかし過ぎではないかと、いつもエミが裏で眉をひそめていたな。

在りし日の思い出が蘇って、懐かしさと同時にまた胸が苦しくなった。目を閉じて堪える。

今年はその日を、どんな思いで彼は迎えるのだろうか。

俺はケーキ屋の扉を勢いよく開く。

家に帰ると、誰も居なかった。ナオはちゃんと学校へ行ったらしい。買った物を冷蔵庫に納めた後、俺はケーキ屋の予約伝票を取り出して眺めた。

受け取りは、十一月三十日。

ちょっと気が早かっただろうか。

隠すように伝票を財布の中に仕舞う。

まだ一カ月も先の日付に、せっかちが過ぎたかと今更ながら気恥ずかしくなった。

まあいいか。早すぎて困ることはないだろう。

ホールは一番大きいサイズにした。二人で食べきれる量ではない。誰かを呼んで食べよう、そう思いついて買った。ショウタや、他の学校の友達も呼んでやればいい。

今年も、みんなで祝ってやるんだ。

嬉しそうに友達とケーキを食べるナオを想像して、少し心が和らいだ。

この日もいつも通り、眠気と疲労に耐えながら夜の工事現場に立っていた。

日付も変わってしばらくという頃、ポケットの携帯電話が震える。

こんな時間に着信？

妙なタイミングに驚く。周囲を見渡した。交通量も少ない。ちょっと電話に出るくらいは問題なさそうだ。俺は画面を開く。

表示されていたのは、見知らぬ電話番号だった。

急に息が切れる。

携帯を持つ手が異常なほど震えだした。

脳裏に、あの夏の日が、じわと浮かぶ。

落ち着け、警察からの電話とは限らない。

震える手を懸命に押さえつけて、俺は電話に出た。

「……はい」

「すみません、警察署の――」

世界が遠のいた。

警察？　どうして。　ナオに何か。　事故？　俺がしっかりしないと。

記憶と願望と空想がめまぐるしく過ぎる。

検死台に横たわるナオの姿が見えた。

嫌だ。ナオは、ナオだけは――。

「ちょっと、聞いてますか？」

不審げな声に我に返る。話を聞き逃した。

「あのっあの、すみません……もう一度……」

「ですから、お子さんが補導されたので、ご連絡してるんですが」

「え、補導って……」

「十二時前くらいですかね。繁華街を一人で歩いていたものですから。署員が補導という形で保護しまして」

「無事なんですか！」

「ええ、特に怪我などは見られませんでしたよ。確認できる範囲では。聞いてもあんまり答えてくれないんで、詳しくは分からないんですけどね」

無事という言葉に、その場にしゃがみ込みたくなるほど気が抜ける。

「それで、お父さん何されてますか。お迎えに来ていただきたいんですけど」

「あ……今は、仕事中で。夜勤なんで、朝までかかるんですけど……」

「奥さんは？」

「母親は、居ないんです……」

「それじゃあお仕事抜けて来られませんか？　ここも保育園じゃないんで、朝までお預かりというのは無理なんですけど」

「ええっと……」

今日の隊員数を思い出す。いや、ギリギリより少ない人数で回してるんだ。抜けられない。

「どうするんですか」

電話の向こうから警官が苛立った声で急かす。やましくもないのに罪悪感を感じて焦った。

「すみません、すぐ折り返すのでちょっと待ってもらっていいですか」

そう断りを入れ、俺は一度電話を切り、携帯のアドレス帳をもたもたと開く。少ない登録の中から
ショウタの家の電話番号を探して発信ボタンを押した。

完全に眠っているだろう時間だが、電話はあまり間を置かず繋がった。

「はい……」

ショウタの母が電話に出た。

「深夜に大変失礼します。お——」

「まあ、ダイゴさん？」

声だけで彼女は俺と察してくれた。明らかに寝起きと分かる声で、申し訳なさに自然と頭を下げる。

「はい。お休み中のところすみません。実は……」

俺は事情を説明し、ナオの迎えを彼女にお願いした。藁にも縋る思いだったが、彼女はあっさりと
「分かりました、私がお迎えに行きます」と快諾してくれた。

「こちらの家に連れて帰りますので、朝、お仕事が終わりましたらお迎えに来てください」

「はい、助かります。すみません」

電話を終え、警察に折り返し、また事情を説明する。

翌朝、仕事を少し早く切り上げて俺はショウタの家に急いで向かった。小さな団地の狭い一室。母

子がささやかに暮らす家の扉を、息を切らして叩く。

「朝早くから、すみません！」

玄関を開けて出てきたショウタの母へ、その場で深く頭を下げた。

「夜中も突然無理なお願いをしてしまって、本当に申し訳ありません。ご迷惑をおかけしました」

「いいんですよ、全然。さ、上がってください。ナオちゃん待ってますよ」

彼女は迷惑な顔一つ見せずそう言って、俺を迎え入れる。手狭な玄関と小さな台所をすぐ抜けて現れた六畳の一室に、ショウタと共に部屋に立つナオの姿が見えた。

その瞬間、何か強いものが込み上げてくるのを抑えられなかった。

俺は一歩で彼との距離を詰めると、素早く平手でナオの頬を叩いた。

ぱん、とクラッカーのように乾いた音が狭い部屋に響く。

「何をやっているんだ！」

あらん限りの声で怒鳴りつけた。

「子供が一人で夜中に出歩くことがどれほど危険か分かっているのか！　事故や犯罪に巻き込まれたかもしれない！　っ……どれだけ心配したと思う！　どれだけ人に迷惑をかけたと思ってる！」

ナオは叩かれた姿勢のまま、放心しているのか何も言わない。ショウタも、ショウタの母も、突然のことに動きを止め、息をのんだ様子で俺たちを見つめていた。

ひりついた静けさがその場に流れる。

「帰るぞ」そう言って黙り込んだナオの腕を取った時。

「うわあああ！」

彼は叫んで、掴む俺の手を振り払った。

「わあああ！」

続けて叫びながら、今度は両腕を振り回し俺の胸元を殴る。「ナオ！」手首を掴みそれを止める。

「うるさい馬鹿！　ダイゴの馬鹿！」

喚きながら今度は空いた足で膝を蹴る。反省どころか逆上した態度にまた怒りを覚えた。

「みっともない真似をするな！」

掴んだ腕を引っ張り、そのまま隣の部屋に放り投げた。敷かれていた布団の上を、彼が転がる。

「やり過ぎですダイゴさん！」

ショウタの母が慌てて間に入り、立ち塞がるように俺の前に立って手を広げた。

「ナオちゃん、寂しかったんですよ！　ダイゴさんが夜勤をするようになって、夜は家にひとりぼっちだったから！　それが辛かったんですよ！　繁華街の方に行ったのだって、そこの工事現場にダイゴさんが居るかもしれないと思って！」

胸に満ちていた怒りが一瞬で自己嫌悪に変わった。

何をやっているんだ、俺は。

誰の息遣いも聞こえない暗闇の中に居るナオの姿が思い浮かぶ。

ひとりぼっちの夜が長いことを、俺は知っているはずなのに。

冷静さが戻ってきた。部屋の隅で、ショウタが戸惑った様子で立ち尽くしている。彼の母は体を震わせながら真っ直ぐに俺を見つめている。ナオは隣の部屋で布団の上にうつ伏せ、その背中はしゃくりをあげて震えていた。

「……すみません」

目の前のショウタの母に俺は謝る。続いて伏せったままのナオに目を向けた。

「ナオ、ごめん。俺が悪かった」

精いっぱいの謝罪を伝える。もっと言葉はないのか。もっと、気持ちが伝わるような言葉は。たった二言でしか謝れない自分が情けない。

「うっ、うっ」

嗚咽を漏らしながら彼がゆっくりと体を起こし、こちらを振り返る。その顔に、ドキリとした。目からは止めどなく涙を流し、しかし顔は憤怒に染まって俺を睨み付ける。

憎悪。今まで見たことのないほど、大きな負の感情を彼から向けられているのが分かった。

「父親じゃないくせに……！　父親面するな！」

ナオはそう言って、手近にあった枕を投げつけてきた。

「血も繋がってないくせに！　家族でも何でもないくせに！」

服や教科書、手当たり次第にこちらに向かって投げる。俺は慌てて彼を止めようと前に出た。

「やめなさいナオ――」

「ダイゴが旅行に行けなんてお父さんに言ったから！」

体がびくりと震えて止まった。

「お前のせいだ！　お前のせいでみんな死んだんだ！　お前なんか、大嫌いだ！」

「ナオちゃんダメよ！　そんなこと言っちゃ！」

ショウタの母の悲痛な叱咤が飛んだ。

ナオは大声で泣き出した。両親と祖母が死んでから、彼は初めて泣いた。抑え込まれていたものが爆発したかのように、彼は泣き喚き続けた。ショウタの母がそんな彼の傍に膝をつき、慰める。ショウタも恐る恐る、親友の傍に寄って、その背に優しく触れた。

俺は、何もできなかった。

だって俺のせいで彼は泣いているんだぞ。それなのに、何ができるって言うんだよ。

ずっと思っていた。

俺がケンジに旅行なんて提案しなければ、こんなことにはならなかったんじゃないかって。

ずっと、ずっと思っていた。

だから、俺がナオを引き取らなきゃって、俺が幸せにしてやらなきゃって。

俺のせいなのだから。

俺が、彼の家族を奪ってしまったのだから。

でも――。


ショウタとショウタの母は、ナオと俺をこちらの家まで送ってくれた。

「何から何までお世話いただき、ありがとうございます」

いったん落ち着いたナオを自室に送り、玄関に立って俺は改めて彼女たちに深く頭を下げた。

「朝から、大変なご迷惑をおかけしてしまって。申し訳ありませんでした。また今度、お詫びをさせていただきます」

「いえいえ、大丈夫ですよそんな。お気になさらず。また何かありましたら遠慮なくおっしゃってください」

ショウタの母が微笑んで答える。他人があれだけ自宅で騒いだにも関わらず。懐の広さに感服した。

「しかし……この間もナオがお世話になったばかりなのに……」

「この間？　いつのことでしょうか？」

「え？　先週の日曜にも、そちらで夕飯をごちそうになったと聞いたのですが……」

彼女は首をかしげる。

「先週の日曜？　いいえ、そんなことはありませんでしたよ？」

そんなことはなかった？　頭が混乱する。俺はショウタの方を見て確認のために尋ねた。

「ショウタ、先週の日曜、ナオと映画に行ったんじゃないのか……？」

「え、いいえ。その日は他の友達とサッカーの試合してました。ナオも誘ったんだけど、用事があるって言ってたかな……」

嘘をついていた？　ナオが？　でも、だとしたら一体どこで何を？

「そうか……分かった、ありがとう」

話は広げずに終わらせる。どちらにしても、これ以上彼女たちに心配をかけてはいけない。

俺は何度も深く頭を下げて二人を見送った。家の中に戻ると、学校へ休みの連絡を入れる。どう考えても、日常に戻せる状態じゃない。

「ナオ。今日は学校、休むって連絡したから」

彼の部屋のドアの前でそう伝える。返事はない。

今はまだ、そっとしておくべきか。

心配と後悔で先走りそうになる心をぐっと堪えて、俺はその場を離れる。

頭を冷やすのに、俺も少し寝た方がいいな。そう思ってソファーに身を投げた。

気持ちがズキズキする。

最後にナオに言われた言葉が頭の中に響き続ける。

次に彼が出てきた時、もう一度改めて謝ろう。許してもらえるかは分からない。でも誠心誠意、彼のことを想って謝ることしか、俺にはできない。

冷え切った空気の中で目を閉じる。

しかしその日から、ナオが部屋を出てくることはなかった。

「ナオ、ご飯、ここに置いとくな」

俺はそう呼びかけて、コンビニで買った弁当とお茶を彼の部屋の前に置く。

あれからずっと、ナオは部屋に閉じこもったまま出てこないでいた。

学校に行かないのはもちろん、食事に出てくることもなければ、トイレに出てくることすらない。心配のあまり無理矢理部屋に入ると、激高され、手当たり次第部屋の物を投げられた。ハサミやカッターなど、当たればただでは済まない物まで投げつけられ、退散する他なかった。

ならばと、彼の携帯電話に電話をかけてみた。目と鼻の先に居るのに馬鹿らしい話だが、なりふり構っていられない。元気じゃなくてもいいから、とにかく声が聞きたかった。だが、着信音が部屋から延々と聞こえるだけで、彼は電話に出ない。そのうちに、留守番電話に切り替わってしまう。それでもしつこく電話をかけていると、ある時、着信音が聞こえてくる前に通話状態に替わった。

「ナオ！　だ『おかけになった電話番号は、お客様のご希望により、おつなぎできません』」

流れてきた音声案内の声に言葉を失う。

着信拒否。

今まで積み上げてきた彼との信頼や絆が、跡形もなく崩れ去ったように感じた。

それからも、何度となくドアの前で謝り、出てくるように請うたが、彼が応じる気配はなかった。

「ナオ。俺、仕事に行ってくるから。帰るのは、たぶん明日の十時くらいになると思う」

そう伝えてからドアの前で少し佇み耳を澄ませてみる。やはり返事はない。

諦めて俺は仕事の荷物を背負い直した。後ろ髪引かれつつも靴を履いて、家を出る。

一切姿を見せない彼だったが、全く部屋から出ていないわけでもないようだった。出勤中など俺の居ない隙に出てきては手洗いなどを済ませているようで、仕事から帰ると、食べ終わった弁当殻や空のペットボトルなどがよくシンクに置いてあった。ただ、食べるのはコンビニ弁当などの既製品で、俺が作った飯には一切手を出そうとしない。徹底して俺を拒絶していた。

それでもいい。食べてくれるのなら。

仕事帰り、コンビニやスーパーで弁当や菓子などを大量に買う。せめてお腹だけでも空かないようにと、祈るような思いでドアの前にそれらを置く。

夜になると時折、すすり泣く声が部屋から聞こえてきた。

「ナオ、ナオ大丈夫か？　俺、ここに居るから。いつでも出てきていいからな」

その度に俺は彼の部屋の前に座り込む。本当は彼の傍で、泣き止むまでその体を抱きしめていたい。でもそれが許される立場じゃないことも、何より彼がそれを許さないことも、十分わかってる。

扉一枚の距離が、こんなにも遠い。

酷い無力感に苛まれながら、閉ざされた扉の向こうで泣く彼の声を聞き続ける。

もう、誰でもいいから。

長い暗闇の中で思う。

誰か彼を、助けてくれないだろうか。

ナオが引きこもり二週間が経とうという頃。俺はカズヤに電話をかけた。

「そうですか……それは大変な状況になりましたね……」

事情を聞いてカズヤも心配そうに呟いた。

「ナオ君、今とても辛い状態なんでしょうね。心配でなりません」

「すみません……俺が、しっかりしていないばかりに……」

「いえ、あなただけのせいじゃありませんよ。私も、この間会った時に、何も気付いてあげられませんでした。ずっと辛い思いを抱えていたのかな……不甲斐ないです」

「え、ちょっと待ってください。この間会った？」

「はい、三週間ほど前の日曜日に。ご存じありませんでしたか？　ダイゴさんも了解済みのこととナオ君からは伺っていたのですが……」

三週間前と聞いてすぐに察した。そうか、あの日ナオはカズヤと会っていたのか。

「その日は友達と映画を見ると言われていたんです。まさかあなたに会っていたとは……」

「そうでしたか……。申し訳ありません、知らなかったとはいえ、勝手なことをしてしまって」

「いや、仕事にかまけて話を聞いてやらなかった俺が悪いんです。俺がもっと、ナオのことを気にしてやれていれば、こんなことには……」

頭を抱えながらうなだれる。悔いても悔いても、後悔がつきない。

「お話を聞いただけの私が口を出すのもどうかと思うのですが、ダイゴさん一度、ナオ君と距離を取った方がよろしいのではないでしょうか？」

「距離……」

「今まで家族ではなかったお二人が、急に一つ屋根の下で暮らすようになって、お互いの距離感がちょっと狂ってしまったのが今の状態だと思うんです。それを戻すためにも、ナオ君の気持ちを切り替えるためにも、二、三日私がそちらでナオ君のことを見ましょう」

「ですが、そちらもお忙しいのに……」

「私の方は大丈夫ですよ。妻も了承してくれるでしょう。それに何というか、ダイゴさん、お電話口の声が前よりも少し力ないように聞こえて……。相当お疲れなのではないですか？　ご休息の意味も込めて、いったん私に任せてもらえないでしょうか？」

カズヤの言うことはいちいちもっともだった。確かに、この二週間はナオのことが心配であまり寝付くこともできていない。そのせいなのか仕事でも最近ミスばかりしているし、食欲もいまいち湧かず、ふと乗ってみた体重計の値が試合の際に目指す数値より下回っていて驚いた。こんな頭も体もとぼけた今の俺より、聡明なカズヤに任せた方がいいのではないだろうか。

「分かりました……。それじゃあ少しの間、ナオのことをお願いしても、いいですか？」

「ええもちろん。すぐにお伺いしますよ」

カズヤは明日から早速来てくれると言った。自分の都合もあっただろうに、人の好い。そういうところも、ケンジに似ている。

次の日、カズヤは約束の時間より少し遅れて妻と共に夕方頃にやって来た。

「すみません、遅くなってしまって」

荷物を抱えながらカズヤは謝る。

「いえ、来ていただけるだけでありがたいです。どうぞ上がってください」

二人を迎え入れ、家の中をざっと説明し、ナオのことについても注意を伝えた。

「ご飯は、とりあえず弁当を買ってやれば食べてくれます。手料理は……俺のを食べないだけで、もしかしたら食べてくれるかもしれませんが」

「分かりました。そのあたりは様子を見ながら、と言うことで」

カズヤも頷く。

その後ナオの部屋の前へ俺たちは移動すると、ドアをノックして彼に呼びかけた。

「ナオ、俺明後日まで居ないから。その間、カズヤさんたちが居てくれるからな」

「ナオ君、欲しい物とか、困ったことがあれば何でも言ってくれていいからね」

反応は一切ない。「すみません」俺はカズヤへ頭を下げた。こんな状態にしたことや、それをそのままに彼に委ねてしまうことが申し訳なかった。

「大丈夫ですよ。この程度は当然、想定してます」

カズヤは至って何でもないように明るく返す。度量の大きさにまた頭が下がった。

「それじゃあ、すみません、後を頼みます」

玄関先で荷物を背負い、俺は二人に言った。

「ええ、お任せください。また明後日お会いしましょう」

見送られて家を出る。そういえば、誰かに見送られるなんて久しぶりだ。なんとなく、心地がいい。

俺はそのまま夜勤へと就いた。一晩明けて、仕事が終わってから久々に自宅の方へと戻る。

玄関を開けて入るとすぐに埃っぽさを感じた。そういえば事故以来ほとんど帰っていない。三カ月ぶりの我が家はすでに、人が住む気配を失っていた。

だがそんなことはどうでもよかった。すぐにベッドの上に身を投げる。あの夏の空気を残したままの部屋で、俺はあっという間に眠りについた。

早朝、目が覚める。ほとんど一日眠っていたようだった。長らく感じていなかった寝起きの爽快感を頭に感じる。

久しぶりに走りに出てみた。冷えた秋の空気が美味い。しかし体は前ほど軽くはなく、持久力も明らかに落ちていて少し焦った。これじゃあ、試合になんてとても出られない。

こんなにも変わってしまうのか。

休憩がてら立ち止まった土手の上で、海へと注ぐ河口と、そこに寄り添う街と人とを眺めながら思った。

全ていつもと変わらない景色のようで、季節や時代とともに、世界は確実に変化している。それに引き換え、急に何もかもが変わったようで、その実俺は、あの夏の日から何も変わっていない。

いや、変えないようにしていた。

何もかも、あの日より前の、三人が居た頃と同じようにしようとしていた。それがナオのためだと思いながら。思えば、今のナオの姿こそ、家族を失った直後にあって然るべき姿だ。自分の時もそうだったじゃないか。母の葬儀が終わって、二人の位牌を並べた時、夜が明けるまで仏壇の前でうずくまって泣いた。あの夜があったから、次の日心配で駆けつけたエミとケンジの支えを受け入れられたんだ。

大きな悲しみから立ち直るには、人は一度、倒れなければいけない。

倒れるから立ち上がれる。再び立つ時に、支えがあればより早く立ち上がれる。俺はナオが倒れる前に、倒れないように支えてしまったんだ。ナオから立ち直るきっかけを奪った。だからこんなことになった。今更それに気付くなんて——。

結局俺が一番、現実を受け入れていなかったということか。

汗が、乾いた空気に吸われ消えていく。温まっていたはずの体が、思ったよりも早く冷えていくのを感じ、俺は止めていた足を再び動かした。


その日の夕方、俺はナオの家に戻った。

「お疲れ様です。ああ！　少し顔色がよくなりましたね。お休みできたようでよかった」

カズヤは俺を見て最初にそう言った。

「ナオの様子は……どうでしたか？」

「最初の日は一度も顔を出しませんでした。でも昨日の夕方、一緒に夕食を食べましたよ。少し緊張した様子でしたが、親子のような時間が過ごせて、とてもよかった」

「そう、ですか……」

ほっとした気持ちと同時にわずかに嫉妬も覚えた。俺が二週間かけてもできなかったことを、悠々とこなされてしまう。自分の能力の低さが嫌になった。

「まあ、今はまたこんな感じですが、ナオ君もずっと閉じこもっていたいわけじゃないと思いますよ。きっときっかけがあればいいんだと思います」

改めてテーブルに座り直し、俺たちは対面する。「結論から申し上げて……」とカズヤが遠慮がちに前置きをして話し始めた。

「ダイゴさん、これまでのあなたの頑張りを否定するわけではないのですが、やはりあなたお一人でナオ君を育てるのは無理があるのではないかと、現状を鑑みるとそう思わざるを得ません」

「……」

「男が一人で子供を、しかも血の繋がりのない子を育てるというのは、世間でも理解されないことが多いでしょう。悪いことは言いません。ナオ君を、私たちの養子にさせてもらえないでしょうか。そうすれば彼にとっても体裁がいい」

「……血が、繋がっていなくても。子供を育てている人は居ます」

「ええ、もちろん居ますよ、そういうご家族も。探せばあなたとナオ君のような関係の二人もきっと居るでしょうし、それでうまくいっている人たちも居るでしょう。でもそれはわずかな成功例をあげているに過ぎない。宝くじを買ってお金持ちになった人が居るからと言って、自分も宝くじを買えばお金持ちになれるかと言ったら、そうじゃないでしょう」

カズヤはため息を漏らしながら話を続けた。

「言い方はちょっと悪いですけどね、ダイゴさん。血縁ってのは鎖みたいなものなんです。簡単には切れないし、時にそれに縛られて苦労することもある。でもその絆の重さが、そのまま責任に置き換わるんです。なんだかんだ言っても家族だしって。……どうあっても切れない縁というのは、どんな状況の中でも互いの手を取り合う心を生む。私はそう思います」

話し終えて彼は、俺の答えを待ち口を閉じる。だが俺は黙ったまま俯いた。

「……きついことを言っているのは分かっていますが、私はナオ君のために言っています。失礼ながら、あなたにナオ君は育てられない」

「まだ……まだ分からない。まだ俺にもできることがある――」

「相手にしてもらえないのにですか?」

口をつぐんだ。カズヤの目が、疑うように俺を捉える。

「ナオ君は、妻の手料理は食べてくれましたよ。あなたのは一切口にしていないのですよね。そんな状況であなたに何ができるんですか? 心配に身をやつしたって、彼は部屋から出てこない」

もう何も言葉が思いつかなかった。頭では分かってる。でも、心がどうしても追いつかない。

「……すみません、もう少しだけ考えさせてください。もう少しだけ……」

そう頭を垂れて請うのが精いっぱいだった。

「……まあ、私たちも今日のところは帰らなければいけない。決心が付きましたら、ご連絡ください」

そうして二人は帰った。暗くなりゆく家の中、ナオと俺の二人が残る。

「ナオ」

彼の部屋の前に立ち、俺は呼びかける。

「一緒に、夕飯食べないか？　お前の好きなハンバーガー買ってきたか――」

ばごん、と、言い終わらないうちにドアに何かがぶつかる音がした。

ダメか。

「ナオ。カズヤさんたちと食事、楽しかったか？」

彼の返事はない。

「この三日、どうだった？　少しは、楽しかったか？」

彼の返事はない。

「ナオ……カズヤさんたちの養子に、なりたいか……？」

彼の返事はなかった。

ハンバーガーをドアの前に置いて、俺は部屋の前から立ち去る。

リビングに戻り電気をつけると、テレビの横の写真立てに入っていたはずの写真がないのに気付いた。

「えっ」

辺りを見回す。床に、一部が千切れた写真が落ちていた。

「……ああ」

そうか。

彼と彼女の二人だけが写る写真を手に、和室へと向かう。押し入れの上段に並ぶアルバムの一冊を取り出し、開いた。

ナオが生まれた時から撮りためた家族の写真。仏壇の前でそれを開く。

「懐かしいな」

これは、春休みの旅行の時。

去年のエミの誕生日。

夏休みにショウタも連れて遊びに出掛けた時。

運動会、クリスマス、お正月……。

全部、覚えてる。

俺はアルバムのページをめくり続けた。一冊見終わっては、次の一冊を取り出し、次々と思い出を駆ける。

何でもない夏の日。

桜が咲く前の公園。

勝ち試合の後の記念写真。

俺の肩車の上から撮った、彼の景色。

去年も、一昨年も、その前も。今日までの十二年間、全部覚えてる。

親でも家族でも、何でもないけど。

幸せだった。全部。

涙が一筋だけ流れる。

一番古いアルバムを手に取った。最初のページに、生まれてすぐの赤ん坊が写っている。

この日のことは、一番覚えてる。

生まれたばかりのナオを見た時、生まれて初めて、感動した。

誇張でも何でもなく、人生で初めて、心が温かい色で震えた。この子のためなら何でもできる。本気でそう思った。

今だって、そうさ。

「お前のためなら、俺は何でもできるよ、ナオ」

たとえそれが、離れればなれになることだったとしても。

「これだけもらうな」

俺は仏壇に向かいそう断ると、千切れた写真を折りたたんで胸元のポケットにしまった。もちろんアルバムに載り切らない写真も大量にある。でもそれは全部、ナオの物。いつか家族の思い出に触れたいと願った時に、どれも必ず必要になる。

でもこの写真だけは、彼を傷付けてしまうみたいだから。

布団の中で、胸元に手を当てて目を瞑る。

俺は、これだけでいい。

これだけあれば、どんな暗い夜の中でも眠れるから。

次の日。俺はカズヤに電話をかけ、ナオを養子に出すことを伝えた。

カズヤの手配は迅速だった。

煩雑な行政手続きも、引っ越しの準備や家財の処理なども、全てを一手に引き受け、全てを段取りよく、スムーズに行ってくれた。

俺がすることは、ナオの家に置いていた自分の物を自宅に持ち帰るくらいだった。といってもそれも多くはない。半日とかからず俺は荷物をまとめ終えて彼の家から引き上げた。

準備も手筈もあっという間に整い、一週間後にはナオは街を離れることになった。

「まだ全部終わったわけじゃないんですけど、先にナオ君だけでもこちらに呼んでおこうかと思いまして。ちょっとでも早くうちに慣れてもらって、いつかこちらの学校にも通えるようになったらいいなと」

「そう、ですね」

見送りのため、駅で彼らと待ち合わせる。いつも塾終わりの彼と一緒に歩いた駅構内。その中の、滅多に使わない新幹線のホームに立つ。

ほぼ三週間ぶりに見るナオは、カズヤの傍でずっと俯いたまま立っていた。ご飯は十分あげていたと思うのに、心なしか痩せてしまっている気がする。髪もボサボサ。服だけは新しいのを与えられたのか、小綺麗な物に身を包んでいる。しかしそれがまた彼の雰囲気に合わず、とってつけたような違和感を醸していた。

「あの……ナオは、ハンバーガー好きなんです。タイミングがあったら、食べに連れていってやってください。きっと喜ぶから」

「そうですか、じゃあ向こうに着いた後にでも寄ってみようか。あっちにもたくさんハンバーガー屋はあるから」

カズヤが優しくナオに声を掛ける。彼はほんの少しだけ首を動かして頷いた。

「それと、荷物に兎のぬいぐるみがあったと思うんですけど、あれは寝る時に必要な物なんで、ちょっとくたびれてますが大切にしてください。あと、車なんですけど、今はまだ乗せないでください。体調を悪くしてしまうから。タクシーもちょっと……。バスは少しの間なら乗れますけど、できることなら避けた方がいい。それから――」

「ダイゴさん。大丈夫ですよ、分かってますから」

カズヤは俺の言葉を制し、なだめるように言った。

新幹線が、けたたましく鳴り響くサイレンとは対照的に、静かにホームに入ってくる。「それじゃ行こうか」荷物を持ち、開いた車両の扉へと彼らが向かう。

その後ろ姿は、何も言わなければ普通の親子のようで。

ナオはこれから、幸せになる。

きっと彼らの愛情の中で、両親と祖母を失った傷を癒やし、新たな目標や夢を持って歩んでいくのだろう。一人の普通の子供として、多くの出会いと別れを繰り返し、当たり前の人生を送る。エミもケンジもヨウコおばさんも、そんな平凡でありふれた普通の幸せを、彼に願っているに違いない。もちろん、俺だって。

だから、そのためにも。俺は去らなければ。

彼が俺の前から去るんじゃない。俺が彼の人生から去るんだ。

俺は要らないから。

本当にもう、俺は要らないから。

本当に——。

「ナオ！」

声を上げたと同時に扉が閉まる。俺はナオの座る座席の窓に走った。

横顔がちらっと見えて、すぐに動き出す。

走る電車を追いかけるなんて、ベタな映画を再現しているようでかっこ悪い。そう思ったが、足が勝手に追いかけた。

しかし数メートルと追うこともできず、車両はあっという間にホームを去る。

馬鹿だな、相手は新幹線だぞ。映画でも、こんな間抜けな画（え）はない。

これでいいんだ。

胸元へ手を当てる。

俺は振り返り、歩き始めた。

惰眠から覚めた目に映るのは、のっぺりと白い色。

休日。俺は自宅のベッドで横になったまま、天井を見ていた。

何も考えず、ずっとそこを眺める。次第に日が暮れ、部屋もひっそりと暗がりに落ちる。

その時、携帯電話が鳴った。

「もしもし！」

間髪を入れず手に取り、表示も見ずに出る。

「あ……ああ……ケーキ……」

電話は、ケーキ屋からの予約の確認だった。十一月三十日。そうだ、今日は受け取りの日だった。

「はい。すみません。すぐ行きます」

家を出てケーキ屋まで車を走らせる。受け取って、またすぐに自宅に戻った。

「……」

箱を開いて出てきたのは、二人でも食べきれないほど大きな、いちごのケーキ。

しばらくこれが飯だな。誕生を祝う言葉が添えられたプレートを避けて、とりあえず一人分を切り出し、食べ始める。やたらと甘い。

彼も、食べているだろうか。新しい家族とともに、こんな甘いケーキを。

甘い。

さすがに一切れだけでは消費が間に合わない。俺はもう一切れを切り出す。甘い。口の中に延々としつこく甘さが続く。

もうちょっと小さいサイズでもよかったな。もし友達と分けて食べていたとしても、これはちょっと残ったかもしれない。

甘い。

というか、引っ越しが決まった時点で予約を取り消しておけばよかったのに。馬鹿だな。

甘い。ケーキって、こんなにも甘かっただろうか。

少し塩気が欲しくなるじゃないか。

俺は目元を拭う。

惨めだな。

泣きながら、祝う相手の居ない誕生日ケーキを食べるなんてさ。

「ははっ」

惨め過ぎて逆に笑える。

ひとしきり笑って、落ち着いたら静寂がまた戻ってきた。

でも、これでいいんだ。

胸元から千切れた写真を取り出して見る。

お前のためなら、俺は何でもできるから。

この惨めさを、この寂しさを、この後悔を食らうことも。

だから。

「幸せになってくれ……ナオ」

長い夜が始まる。

3

遠くでゴングの音が聞こえた。

ゆっくり薄目を開くと、見たことのない光景が目に映る。

地面が近い。周囲の物が大きくそびえ、自分が小さくなったよう。

音量のねじをプラスへ回していくかのように、徐々に周囲の音が耳に入り始める。しっかりしろ、と誰かが肩を軽く揺すった。

だんだんとぼやけた意識がクリアになっていく。

拳を突き上げて観客にアピールする対戦相手。心配して駆け寄るジムの会長。力なく広がった手足。

生まれて初めてリングの底から見た景色は、何も見えないほどの眩しさに潰される。

そうか。俺は負けたのか。


「引退させてください」

まだ傷の癒え切らない顔で俺は会長にそう伝えた。会長は一応という感じに引き留めの言葉を掛けてくれたが、俺がもう一度引退の意思を伝えると、それ以上は何も言わずに頷いた。

ボクシングジムに背を向け、俺は歩きだす。だからと言って、前を向くわけでもなく。

下を向いてとぼとぼと、六月の澱んだ夜の空気を吸って歩いた。

何の感慨も湧いてこない。

悔しさも、達成感も、何も感じない。

こんな幕引きになるとは。

あれだけ憧れて、馬鹿みたいに練習して、ようやく叶えた夢だというのに。

元から才能なんてなかった。それでも、頂点に立つことができなくても、最後までやりきろうと思っていた。だけど。

強いパンチが来ることは、分かっていたのに――。

たった一度のノックアウト。それでなぜだろう、全てどうでもよくなってしまった。

もう、拳を握ることに何の意味も見いだせない。

半生をかけたはずの夢は、寝て見る夢のごとくあっけなく冷めていた。

そして、取り柄（ボクシング）がなくなって残ったのは、空っぽの自分。

どこかに行こうという気力も湧かず、しかしこれと言った趣味もない。俺はただ家でぼんやりと、天井を見つめた。

でもそうやって時間を過ごしていると、空の心に染み出すように昔が現れる。

一年前は、今頃——。

はっとして、すぐに俺は近くのコンビニへと走った。適当にビールを籠に詰めて買うと、急いで帰って、片っ端からそれを開ける。

酔いが回ってくるとテレビをつけ、中身のないバラエティを見て笑った。そしてそのうち訪れる眠気に導かれて落ちる。

ビールで酔いきれない時は、焼酎の蓋を開けた。それをビアカップになみなみと注いで、真水を飲むがごとく喉を鳴らす。すぐに目が回り、そのまま酔い潰れることができた。ただ次の日に酷い二日酔いにも襲われた。

そんな状態のまま出勤してしまうことも度々起き、疲労感が上着のように常に体につきまとうようにもなったが、それでも来る日も来る日も、酒を飲んで酔い潰れては、ふらつきながら仕事に行く。

これでいい。

酔っている間も、二日酔いにのたうち回っている間も、何も考えずに済むから。仕事中の暇の多い時間にだって、二日酔いの不快感が気を紛らわせてくれる。

これでいい。だってこうでもしないと——。

休みの日には、朝から酒を飲んだ。

一本飲み切っては次を開け、絶え間なく飲み続ける。すぐに蓄えが底をついた。

まだ、こんな時間か。

昼日中の太陽を浴びながら、三度目の買い出しに出る。

銘柄も見ずに酒を買い物籠に突っ込み、呆れた顔の店員も無視してコンビニを後にした。

帰宅して玄関を開けると、酒と生ゴミの臭いが混じった空気が鼻をつんとつく。

いつからか部屋は空き缶や空瓶で溢れかえるようになっていた。袋に詰めた分もゴミ出しが億劫で部屋に放置するのが常態化しており、まるでゴミ屋敷だ。

これを見たら、エミたちが何と言うだろう――。

あっと思って、顔が浮かんでくる前に缶の蓋を開けた。

テレビをつけ、映し出された陳腐な恋愛ドラマを音量を上げて部屋に流す。

興味もないのに、必死にそれを見た。

ドラマは中盤にさしかかろうかというところで、男女がすれ違いを続けている。女のかける電話に、男は出てこない。

気付くと俺はポケットから携帯電話を取り出していた。

発信履歴を見る。数週間置きで並ぶカズヤへの発信は、二カ月前で止まっていた。

最後にカズヤへ電話した時のことを思い返す。

「ダイゴさん、もういい加減にしてください」

スピーカー越しに、カズヤの呆れた声が聞こえた。

「気になるのは分かりますが、あなたはもうナオ君の保護者じゃないんですよ」

「でも俺だってナオと一緒に生活していたし……」

「それも三カ月程度でしょう」

カズヤが侮ったように言う。確かにナオがカズヤの元へ行ってからもう半年が経っていた。それに比べたら三カ月は短いかもしれないが、でも。

「期間で言うなら俺はもっと前からあの子と関わってた」

俺はそう声を張る。

「お願いだ、ちょっと最近の様子を教えてくれるだけでいいんだ。中学へ進学したんだろう？　何なら、進学祝いを贈っても――」

「だから、そういうのをやめろって……言ってるんですよ」

一瞬荒げた口調を平静に戻しつつ彼が続ける。

「もうはっきり言いますけどね、ダイゴさん。ナオ君は忘れたいんですよ。事故のことも、両親が死んだことも、あなたと暮らしていた時のことも全部。何もかもまっさらにして、新しい環境で人生をやり直そうと頑張ってるんです。あなたはそんな彼の努力に水を差そうと言うんですか」

「そんな、つもりは……」

「だったらもう、こうして連絡してくるのはやめてください。あなたも、いつまでも他人の子供に執着してないで、ご自分の人生をちゃんと生きたらどうですか」

「自分の、人生……」

「次電話してきたら警察に言いますから。もうこちらに関わらないでください」

カズヤはそう言い捨て、電話は一方的に切られた。

以来、音信不通が続いている。

「自分の人生って、なんだよっ」

ぶり返してきた歯がゆさに携帯を握り締め、八つ当たりに放り投げようと振りかぶる。しかし、結局ゆっくりとその腕を下ろした。

もし今、ナオから電話があったら。

そんな期待がまだ、どこかにある。

情けない。

瓶を掴み、そのまま直接口へ酒を流し込む。

忘れよう。忘れるんだ。

彼がそう努力しているのなら、俺もそれに応えないと。

二本目の瓶の途中で気分が悪くなり、トイレで吐いた。さすがに飲み過ぎた。そのまま台所の床に転がると、勝手に意識が途切れる。次に気が付いた時には夜になっていたが、つきっぱなしだったテレビに映っていたのは、ゴールデンタイムのバラエティだった。

まだそんな時間なのか。

出勤まではまだ、半日以上ある。一日って、こんなに長かっただろうか。

時間が恐ろしく鈍い。

起き抜けに吐き気を覚え便器を抱えたが、何も出てこなかった。酒しか飲んでないんだ。当然か。

冷蔵庫を開いたが何もない。財布を覗く。すっからかんだ。そもそも買い物に出る元気もない。頼みの綱の酒は、気を失う前に飲んでいた分が瓶の半分残っている程度。

参ったなこれじゃあ――。

途方に暮れて床に座り込む。テレビから聞こえる笑い声が、今は居ない彼らの懐かしい笑い声に聞こえた。

あと何リットル飲めば忘れられる？

あと何回吐けば、あと何回眠れば、あと何回、こんな日を繰り返せば、何も思い出さずに済むようになるだろうか。

胸元のポケットから折りたたんだ写真を取り出す。

忘れられないのは苦しい。だが忘れるのは、もっと苦しい。

震える指で、千切れたそれを静かに開いた。

「……ナオ……っ」

温かい色の思い出。それが今は、劇薬のようにしみる。

痛くて痛くて、涙が出た。

ナオ、お前のいない人生は、辛いよ。

残りわずかな酒をビアカップに注いで飲む。

どうしてもっと頑張れなかったのだろう。

どうしてもっと早く、彼の気持ちに気付いてやれなかったのだろう。

胸に、掻きむしりたくなるような後悔が押し寄せる。考えてもしょうがない。過去は変えられない。

そう分かってはいるけど。

俺が、旅行に行けなんて言わなければ。

深い罪悪感に息が切れる。

会いたい。みんなに。

写真を握り締めうずくまったまま、眠る。

今にも消えそうに揺らめく蝋燭の夢を見た。


七月の半ば。ほぼ一年ぶりにモトさんの勤務しているショッピングモールへ派遣されることになった。

「よおダイゴ。久しぶりだな！」

そこには当然モトさんが居て、一年前と変わらぬ快活さで俺に声を掛けてくれた。

「あ……お久しぶりです、モトさん」

少しだけ気まずさを抱えながら俺は挨拶を返す。

「なんだ、くたびれたような顔して」

彼はそう言って俺の肩に腕を掛ける。途端に眉をひそめた。

「ん？　お前酒臭くね？　飲んできたのか？」

「いや、その……ちょっと、深酒が過ぎたかな……。起きてからは飲んでないですよ、さすがに」

濁しつつ答えると、モトさんはじっと俺の顔を見て、「なんか、訳ありそうだな」と呟いた。

「お前、今日この後は？」

「え、ああ、特には……」

「じゃ、久しぶりに飲みに行こうぜ。奢ってやるからよ」

ばしっと背中を叩かれ、約束が取り付けられる。「あ、はい」ワンテンポ遅れて俺は了解の返事をした。

仕事終わり。モトさんと二人、繁華街に来た。いつもケンジと飲んでいたベッドタウンのとは違う、この県で一番の繁華街。夜闇に華やかさが一段と際立つ。

「俺の行きつけでいいか？」

彼は俺を連れ、雑居ビルの一室に構える一軒の店を訪れた。

「姐さん来たよー」

モトさんは慣れた様子で扉を開けて入る。俺も続いて扉をくぐった。

細長い作りのその店は、手前に数人が座れる程度のカウンターと、奥にやはり数人が座れるソファー席を備えただけの小さな店だった。しかし夜の雰囲気に沿う暗めの壁紙と、洋風を呈した家具が並び、なんとも大人な雰囲気を醸す。そのカウンターの向こう側。派手ではないが美しいドレスをまとった女性が、モトさんの声に気付いてこちらを見た。

「あら、いらっしゃい。今日は早いわね」

宵の口。二、三軒目に訪れたいような、こぢんまりとしたスナックにまだ人は居ない。

「ちょっと落ち着いた所で話がしたくてさ。ダイゴ、この人がこの店のママ。俺は姐さんって呼んでるけどな。姐さんこいつダイゴ。俺のボクシングの後輩」

「そう、よろしくねダイゴ君」

女性はにっこりと笑顔を見せる。年上なのは察することができたが、それでも美人と評せるほどきれいな人だ。

「私のことは、ジョゼって呼んで」

「ジョゼ？」

「源氏名みたいなもんだよ、姐さんの。ちょっと変わってるだろ。きれいな人なんだけど」

「きれいって付けとけば何言ってもいいわけじゃないからね。あんたはお通しなし」

ジョゼと名乗った彼女はつれない口調でモトさんから顔を背けた。「そんな姐さん」彼が嘆く。ずいぶん仲が良いらしい。

「分かりました。よろしくお願いします、ジョゼさん」

俺はジョゼさんに向け頭を下げる。「うん。素直な男の子は可愛いわね」上機嫌そうに彼女が言った。

「カウンターでもいいか？」

モトさんの言葉に頷き、改めて席に座るとジョゼさんがお通しを出してくれた。クラッカーの上に何やら積み重なっている。洒落たお通しだ。そして本当にモトさんのはない。

「それ、姐さんの手作り。マジで美味いから」

「クラッカーも手作りなの。このウイスキーと一緒に食べてね」

そう言って彼女はロックのウイスキーを俺とモトさんの前に出した。

「それじゃ、とりあえず乾杯」

二人でグラスを鳴らす。氷の隙間を満たす琥珀の液が衝撃に揺れた。

俺はグラスに口をつけ、中身を一気に飲み干す。

「おお？　飲むじゃんお前」

モトさんは驚きつつも嬉しそうに言った。「強いのね」ジョゼさんもにこやかな顔で褒めた。

二人の声にはっと気付く。

「すいません、癖で」

毎晩やけ酒を仰いでいたのが祟った。こんな場所で、酔い潰れるためだけの飲み方はよくない。俺は無作法を謝った。

「じゃあ、今のはサービス」

ジョゼさんは再びグラスを用意すると、同じ酒を注いでもう一度俺の前に置いてくれた。

「今度はゆっくり味わって飲んでね」

「はい、すいません」

冷えたグラスを掴み、中身を少し口に含む。

「それで、何かあったのか？」

モトさんが尋ねた。俺はじわりと酒を飲み込んだ後、わずかに沈黙する。

「……最近、ボクシング辞めちゃって……」

ぽつぽつと近況を話した。しばらくボクシングから離れていて、久々に試合に出場したこと。その時ノックアウトを食らったこと。それでなんとなく、自分の限界を感じたこと。それ以来、飲んだくれてしまっていること。モトさんはうんうんと頷きながら話を聞いてくれた。

「ま、引退なんて、ボクサーなら誰でもいつか訪れる。それがちょっと早まっただけだ」

何でもないと励ますように彼が言う。

「確かに俺も辞めた直後はちょっと荒れたけどな。それこそしこたま酒飲んで、よくその辺で酔い潰れてたわ。ボクシングの話題なんか聞くのも嫌でな。居酒屋でどっかの試合の映像流れた時、勝手にチャンネル変えて隣の客とケンカになったりもしたよ。家でも荒れちゃってなあ。嫁さんと子供は出ていった。ほんと、あの頃は最低だったよ。人間的にも精神的にもな」

自嘲気味に、しかしどこか懐かしそうにモトさんは語った。

「姐さんとはその頃に会って、性根を叩き直されたんだ。おかげで今は多少真面目に生き直せてるかな」

「昔に比べればね。まだ伸びしろは残ってるけど」

すかさずジョゼさんが言う。厳しいなあ、と笑いながら彼がこぼした。

「まあ、お前はまだ偉いよ。俺と違って人に迷惑かけてないから」

人に迷惑か。

そりゃそうだろう。だって、

「迷惑かける相手がもう、居ませんから」

言葉にすると急に辛くなった。

現実味のなかった事実が、口にしたことで途端に質量を持って体にのしかかってくるような。

俺はこの期に及んでまだ、現状を受け入れていないらしい。

少し押し黙る。さすがに人前だ。泣くことはしないが。

モトさんが怪訝そうに俺を見た。

「ずいぶん辛そうな顔」

ジョゼさんが正面に立ち、迷子を諭すような優しい声音で俺に話しかける。

「話して？　ボクシングのことはきっと、結果の一つなんでしょう？　大丈夫。ここは話をする場所。何も怖いことは起きないから」

そう言って俺を見つめる視線は、何もかもを見透かしたようで。

不思議な人だ。

「……友人が、死んだんです。事故で」

彼女に促され、俺は一年前からのことを二人に話し始めた。

そういえば、こんなふうに誰かに身の上を話したことは今までなかった。時々酒の力を借りつつ話を進めるうちに、だんだん気持ちが落ち着いてくるのを感じる。まるで全てを隠す霧の中で、自分の歩いてきた道が急に浮かんで見えたような。先は分からないけれど、帰り道だけは分かる、そんな安心感。

モトさんもジョゼさんも、話を遮ることはしなかった。そして安易に頷くこともしなかった。端から見ると俺が独り言を言っているだけのようにも見えたかもしれないが、なんとなく、そんな空間が心地よい。

「頑張ったのねダイゴ君」

話し終わった俺にジョゼさんが差し出したのは水だった。

「そこまで誰かを想ってあげられるなんて、なかなかできることじゃないわ」

彼女はそう褒めてくれたが、素直に喜ぶことができない。

「しかし、そのカズヤってやつもちょっと薄情だな。近況教えてやるくらい、どうってこともないだろ。ましてやお前は率先して面倒見てたわけだし」

モトさんは納得いかない様子で声を上げた。

「たぶん、ナオがそう言ってるんだと思います。最後の方は、だいぶ嫌われてたから。とにかく、俺に関わられるのが嫌で、口止めさせてるんだと思います」

「俺としてはそこも気に食わねえんだよな。そりゃ両親亡くしちまったのは可哀想だけどよ、それでも世話になった人に対してそんな態度はないだろ。自分の子供だったらぶん殴ってるわ」

憤慨する彼に「あんたも水が要るわね」とジョゼさんが水を出す。

「ナオは悪くないんです。俺が不甲斐なかっただけで。あの子は頑張ってた」

そう、ずっと頑張ってた。両親が死んだというのに、泣くのを堪え、笑顔を見せて。俺がそんな彼の努力に甘えていたのだ。今ならよく分かる。

「それで、自分が許せなくて、自らを貶めるような生き方をしてるのね。好きなことを辞めて、だらしない生活をして」

ジョゼさんが唐突に本質を突いた。

「それで気持ちが楽になるならいいわ。きっと必要なことだから。でも、今のダイゴ君を見てると、悪いけどあまりそんな感じがしなくて」

否定するでもなく、かといって肯定もしない彼女の全てを見通した言葉が耳に残る。

「ちゃんと前に進めそう?」

前に、か。

心はまだ、全く先の見えない霧の中に居る。

「……このままはよくないって、分かってる。自分の人生を生きなきゃいけないって。カズヤにもそう言われた。でも何をしたらいいのか、分からない……」

そう呟いて、答えを求めジョゼさんを見た。思い描いていた未来はもうない。思えば何かを頼りに歩くのが俺の人生の生き方だった。ボクシングだったり、ナオだったり。その新しい何かを、慧眼を持つ彼女から教われるというのならば——それが悪いことでないのなら——その通り生きてみるのも、手かもしれない。

しかしジョゼさんは困った様子で首を振った。

「それは、誰も教えてあげられないわ。自分で見つけることだから。私が言えるのは、とにかくいろんなことをしてみて、その中で夢中になれるものを探してみなさいってことかしら」

「そうだ！　俺も前にそうお前に言った！」

少し酒の回ったモトさんが、どしっと力強く俺の肩に手を置く。

「ボクシングとか子供のこととか以外でも、なんか、楽しみを見つけろよ！　色々！　いろいろやってみてさ！　もっと遊べ！　独身なんだから！」

いささか雑に肩を揺さぶられる。

「よし、俺がとっておきの店連れてってやる！　元気になるぞ！」

「それあんたが行きたいだけでしょ」

呆れ気味にジョゼさんが言う。それからこちらを見た。

「お酒が飲みたくなったら、いつでも来て。どうせ飲むなら安酒よりいいお酒を飲みなさい。ダイゴ君になら、サービスしてあげるわ」

愛嬌のあるウインクを添えて彼女が俺に笑いかける。

「ありがとう、ございます」

こちらも笑顔で返そうと思ったのに、口角がぎこちなくつり上がっただけだった。それでもジョゼさんは「笑顔も可愛いわね」と嬉しそうに笑う。横でモトさんが「お前だけずるいな」と肩に拳をぶつけてきた。

と、新しい客が扉を開けて入ってきた。いらっしゃい、とすぐに彼女が向かう。

「じゃ、そろそろ行くか」

金を置いてモトさんが席を立った。俺も続けて立ち上がる。出入り口の扉に手を掛けたあたりで、ジョゼさんが笑顔で手を振って俺たちを見送った。

「次はこっちだぞ」

再び夜の街に降り立ち、モトさんは繁華街のさらに奥へと指を向ける。

「え。本当に行くんですか」

「当たり前だろ早く来い。飲んで出すまでが夜遊びだぞ」

「いやちょっと、意味が分からない……」

「いいから来い。奢ってやるから！」

決まり文句のようにそう言って、彼は俺の首に腕を回した。そのまま連れだって歩きだす。

あんまり気乗りはしないいんだが。

そう思いつつ、夜闇を蹴散らすように輝く通りを歩いた。


それからしばらくが過ぎたが、これまでと特に変わらない日々が続いた。

相変わらず酒を飲んでは酔ったままに仕事をして、家でまた酒をあおる。

強いて言うならば、部屋の空き缶は少し減った。「いつでも来て」の言葉通り、俺は時折ジョゼさんの店に顔を出すようになっていた。

とはいえ行ったところでやることは同じで、いつもカウンターで一人、黙々と酒をすする。ただ場れた。

所が家から店に変わっただけに過ぎない。それでも、ジョゼさんは毎回嫌な顔一つせず俺を迎えてくれた。

たまに店でモトさんと会うこともあった。そのたびに彼は次の店に誘うのだが、毎度それは断る。

「なんだよ、前行った時うまくできなかったの、まだ気にしてんのか？」

「うまくできなかったって言うの、やめてもらえます？　そういうんじゃないんで」

そんなふうに先輩へ言い返すようにもなり、店の常連客から声を掛けられることも徐々に増えた。

大したことのない毎日だが、空しさに身をやつすだけだった以前よりは、わずかながら人の輪が広がった今は、少し楽かもしれない。

でもまだ、自分の人生というものは見つけられない。

そうしている間に、一周忌が近づいてきた。

きっと墓参りにはナオもやってくるだろう。久々に会えるかもしれないと思うだけで、年甲斐もなく期待に寝付けなくなった。

しかし、何時頃来るとか、そういう細かい部分は分からない。俺からカズヤに連絡することはできなかったし、カズヤからもそんな連絡が来る気配はなかった。すれ違うかもしれない。期待と同時にそんな不安も日に日に膨らむ。

「そんなに気にするくらいなら、連絡してみればいいじゃない」

カウンターで、携帯を見ては伏せるを繰り返す俺に、ジョゼさんが言った。

「でも、カズヤがしてくるなって、警察に言うって言われてるし……」

自分で言っていて情けない。だがいつまでもうじうじとする大の男に呆れることなく、彼女はあっさり言葉を続ける。

「坊やの方によ。彼に聞けばいいんじゃない？　いつ来るのかって」

ドキッとした。

「いや、そんな、もっと無理ですよ。だって着信拒否されてたし」

「もう解除してるかもしれないじゃない」

「いやないですよ。だってナオがカズヤに俺と連絡するなって言ってるんですから」

「それ君の想像でしょ？　それに、もしそうだったとしても、逆に自分に直接連絡してほしいってアピールかもよ」

にっこりとジョゼさんが微笑みながら言う。あまりに突飛な発想に、俺は驚いて彼女を見つめた。

「ポジティブ過ぎませんか？」

「君がネガティブ過ぎるのよ」

さくっと切り返された。

「でも……もしまだ解除されてなかったら……」

あの音声案内は結構心に来るんだよな。

「ダメなら他の手段で連絡してみればいいだけでしょ。中学生の恋愛じゃないんだから、そんなことでいちいち落ち込まないの」

ぴしゃりとジョゼさんが言い放った。さすがにいじけが過ぎたか。羞恥心が込み上げる。

「仲良かったんでしょ？　大丈夫よ。人って案外、他人を憎みきれないものだから。特に思い出がたくさんある相手なんかはね」

それでも最後には優しい言葉を彼女はかけてくれた。

そうだといいのだけれど。

慰められつつも、どこか不安な気持ちが拭いきれない。

『お前のせいだ！　お前のせいでみんな死んだんだ！　お前なんか、大嫌いだ！』

ナオの電話番号を見る度に、彼の言った言葉が蘇る。

人は他人を憎みきれないもの、か。

でも形ある物が必ず壊れるというのも真理。

それは多くの時間を掛けて積み上げた人間関係でも同じ。

失う時には、瞬く間に。

消える。

結局、連絡を取らないままに前日まで日が進んだ。

ナオは何時頃、訪れるだろうか。一周忌とはいえ平日だ。朝の涼しい午前中に来るだろうか。いや、墓地は前の家より遠い。昼頃到着してお参りになるかもしれない。ナオがまだ車に乗れないなら余計にそうだ。しかし残暑も厳しいし、あえて夕方くらいに墓参りをしてくるかもしれない。だがそれだと帰りが遅くなるな。カズヤが次の日も仕事なら、響かないようにしたいだろうし。

そんなことをぐるぐると考えた結果、俺は当日、まだ暗い早朝から墓地に向かった。

みんなが暮らしていた家からは、二つ三つ市を跨いだ、県境に面する街の少し郊外に位置した墓園。日の出の少し前。朽ちた仏花が残ったままの墓の前には、まだ誰の気配もない。

墓石にはエミの実家の名字が刻まれている。元々は早逝したエミの父親の墓だったが、ここに三人も入れてもらった。新たに墓を構える余裕がないというのもあるが、生まれ育ったこの土地の方が安らかに眠れるだろう。その思いが強かった。

そう、俺たちはここで生まれ、ここで出会った。ケンジと出会ったのもこの地元の高校。就職や進学を機に離れることにはなったが、俺たちのルーツはここだ。参りに通うのは難しいが、この場所以上に適した所は、きっとない。

「今日は、きっとたくさん人が来てくれるだろうから、綺麗にしておこうか」

花を入れ替え、墓石を磨く。月命日には必ず来て掃除をしていたので、それほど汚れはない。でもいつも以上にしっかり磨く。

もうこんなことしか、してやれないから。

汗とも涙とも言えない物が頬を伝う。

悲しい。一年も経ったのに。ますます悲しい。

朝も九時頃を過ぎると、ちらほらと墓参りに訪れる人が現れた。お参りの邪魔にならないよう、俺は墓石からは離れ、墓地の駐車場に一人佇んだ。時折俺の顔を覚えていた人が挨拶に足を向けてくれて、少し会話をする。彼らの大概は、一人息子だったナオのことを気に掛けて尋ねた。子供の居ない父方の弟夫婦の元へ行った、と説明すると、皆一様に「それはよかった」と言った。

もし俺と暮らしていたとして、そう伝えたら彼らはどんな顔をしたのだろう。

それはよかったと、同じように即答してくれただろうか。

午前中にナオが訪れることはなかった。俺は飯も食わず、トイレにも行かずに、訪れる人々を一人も見逃さぬよう見張りながら待ち続ける。目を離している隙にナオが来て帰ってしまったらと思うと、動けなかった。

汗で湿り切った喪服が体に張り付く。今日が曇りでよかった。晴れていたら、さすがに倒れていたかもしれない。

昼過ぎ。見知った顔が見えた。

「ショウタ」

「ダイゴさん！」

声を掛けたタイミングと、向こうが気付くタイミングとが同じだった。ショウタは一目散にこちらへと走ってきて、俺の前で姿勢を正すと礼儀正しく頭を下げた。

「お久しぶりです！　ダイゴさん！」

「久しぶりだな。背、伸びたな」

中学校の制服を着こなした彼が「はい！」と元気よく返事をする。少し遅れて彼の母親が追いついてきた。

「もう、急に走らないで。ダイゴさん、お久しぶりです」

わずかに切れた息を整えて、ショウタの母が俺に頭を下げる。

「お久しぶりです。わざわざこちらにまで来てくださって、ありがとうございます」

俺も二人に向けて礼をした。するとショウタは周囲をきょろきょろと見回す。

「ダイゴさん、ナオは？」

気まずい思いで俺は首を振った。

「いや、まだ来てないんだ」

ショウタは寂しそうな顔を見せる。それから何か言おうと口を開きかけた時、彼の母親がそれを遮った。

「じゃあ先に、お参りを済ませましょうか」

花と線香を携えいったん墓へと参りに行く二人。しばらくして戻ってきた彼らと、改めて俺は向き合った。

「ダイゴさん、ナオ何時に来るの？」

「実は……分からない。連絡がなくて……」

そう答えるしかないのが申し訳なかった。

「ダイゴさんにもないんだ」ショウタは呟いて腕を組み、難しい顔をすると「じゃあ俺にも来るわけないか」と諦めた様子で言った。

「ダイゴさん、ここには何時からいらっしゃってるんですか？」

ショウタの母が尋ねる。

「一応、朝から……」

ぎょっとした表情を彼女が見せた。

「朝から、ずっと？　ここでナオちゃんが来るの待ってるんです？」

「ええ、まあ……」

「お昼は？」

「いや、まだ……」

そう言うと、ショウタの母は心配した様子で俺を見る。

「ダイゴさん、私が代わりにここで待って居ますから、何か食べてきてください」

「あ、いや、大丈夫ですよ」

「全然大丈夫じゃないですよ。飲み物も何も持ってないですよね？　危ないわ」

「でも……」

「ナオちゃんが来たらご連絡しますし、少し待ってもらうようにも言いますから。とにかく何か召し上がって。飲む物も買ってきてください」

必死の説得に押され、「分かりました」と俺はしぶしぶ頷く。「あんたも一緒に行ってあげて」とショウタの母は息子にも声を掛けた。「うん」と彼が力強く頷き、俺の隣に立つ。

ショウタと並んで、俺は近くのコンビニへと向かった。

「悪いな、付き合ってもらって」

「全然大丈夫です！」

「そういえば、ボクシング、やってるのか？」

「はい！　近所のジムに通ってます」

「そうか……よかったな、楽しいか？」

「うん！　あ、はい！」

明るい笑顔が充実さを語っていた。一年前と比べて体格もよくなっている。かなり練習していることも見て取れた。このまま成長すれば、きっといい選手になる。

「ダイゴさんは、辞めちゃったんだよね。ボクシング」

「ああ……。ちょっともう、体力的にも、年齢的にも厳しかったからな」

「そっかあ。一回お手合わせしたかったんだけどな、ダイゴさんと」

「ふふ、まだちょっと生意気だな、そのセリフは」

冷房の効いた店内に入ると気温差に一瞬めまいがしたが、すぐに心地よく感じた。思ったより体に熱がこもっていたようだ。それが冷めるまでの間、ショウタと店内を物色する。おにぎりをいくつかとお茶を買い、ショウタにも好きな物を選ばせ、彼の母へ手土産のジュースも買った。

「まだ、連絡来てないですか？」

墓地へ戻る道すがら、ショウタが俺に尋ねる。

「まだ連絡は、ないな……」

携帯電話を見るが、彼の母から着信の履歴はない。もう昼もいい時間だ。そろそろ来てもおかしくはないのだが。

「ナオ、今日来るかな……」

「さすがに命日だからな。来るとは思うけど……」

「俺……ナオに会ったら、謝りたいんです」

ショウタがぽつりと呟いた。

思わず彼の方を向くと、その顔は後悔に歪んでいた。

「俺、あいつに助けてやるからって言ったのに。ナオとダイゴさんがケンカしてる時、俺どうしたらいいか分からなくて、結局何もできなかった。その後も何て声掛けてやればいいのか分からなくて。ナオが苦しんでるのは、分かってたのに……」

ショウタが足を止める。俺も彼の隣で立ち止まった。

「もう全然連絡も取れない。俺、ナオに嫌われたのかな。助けるって約束したのに破ったから。でも、できればまた友達に戻りたいんだ。また一緒に遊びたいから。だから今日会ったら謝って、仲直りがしたかった」

泣きそうなのを堪えた様子でショウタが言う。

ああ、そうか。

そうだったんだ。

俺はショウタの肩に手を置く。彼がこちらを見上げた。

「大丈夫だ。そもそもショウタは悪くない。それに、ナオはショウタのこと親友だって言ってた。だから大丈夫だ」

郷里を通り抜ける風が鼻腔をくすぐる。在りし日の自分たちの姿が蘇ってきた。ただ目の前の時間を共に笑うだけの、盲目で浅はかな、期待と希望で澄み渡っていた日々。

「親友って、どれだけ会ってなくても、どんなにケンカしても、不思議と戻るんだよ、昔と同じ関係に。だからショウタとナオも、会えば前と同じに戻れる。仲直りできるさ」

そうだったよな。なあ、ケンジ。

懐かしさと寂しさに胸がしみる。

「なんか、タイムカプセルみたい」

友情の、と続けて呟き、ショウタは嬉しそうに微笑む。

その姿が眩しくて少し、うらやましい。

「俺も……仲直り、したい。ナオと」

言葉にするつもりはなかったのに、想いがこぼれた。

「俺は酷いことをしたから。許してくれるかは分からないけど。でも俺もナオに会ったら謝りたい。それでできれば、仲直りがしたい」

曇る空の向こうに照る太陽を見上げる。

そう。俺もずっと、そうしたかったんだ。

都合の良いことを言っていると思う。あれほど拒絶されて、謝罪一つで事が収まるわけもないと分かっている。

けどやっぱり俺は、ナオが、ナオのことが――。

「え、絶対できるよ。だってナオ、ダイゴさんのことすげー好きだったじゃん。俺なんかよりももっとさ」

ショウタを見ると、後ろ手に頭を抱え、事もなげな表情で俺を見ていた。

「だからさ、全然大丈夫っしょ。あ、いや、大丈夫ですよ」

我ながら単純だなあ。

顔が嬉しさでにやけそうになるのを堪えつつ、俺は五分刈りの坊主頭を掴むように撫でた。

「ありがとう、ショウタ」

そして墓地へ戻るため、少し早足に歩きだす。

早くナオに会いたい。晴れ晴れとした気持ちでそう思った。

それからしばらく待っても、ナオはまだ来なかった。

ショウタたちもぎりぎりまで待ったが、ジムへ通う時間のこともあり、夕方前には帰ることとなった。

「ナオに会ったら、俺にもメールか電話するように言ってください」

「ああ、絶対に伝える」

そう固く約束すると、後ろ髪を引かれながらも彼は母親と共に帰っていった。

日が傾き始める頃になっても、ナオは現れない。

人目を避けて夜に来るのかもしれない。

そんな予想に賭けて、俺は一人待ち続けた。お参りに訪れる人もいつしか居なくなり、虫の声ばかりが響き出す。それでもその場を動かなかった。

日付が変わった。ナオは——結局来なかった。

ようやく諦めが付いて、俺は車に戻る。

命日に墓参りにも来ないなんて。

カズヤは一体何をしているんだ。恐らく何か事情があったには違いないが、それにしたって何かおかしくはないか。いくらナオが全て忘れたいと言っていたとしても、実の親の命日なら引っ張ってでも参りに来させるのが普通じゃないか？　仕事が忙しくて、というのもあるかもしれないが、兄であるケンジに対しあれほど後悔の念を示していたのに、仕事の都合を付けられなかったのか？　ナオの時はすぐに来たのに。

疑問と怒りがふつふつと湧くが、答えは得られない。

ナオは今、何をしているんだろうか。

釈然としないままに俺は帰路に就いた。

あれから何をしていてもナオのことが気にかかる。仕事の間も、酒を飲んでいる間も。しまいには寝る間際の夢うつつにも彼のことを考える。

ナオは今どうしているんだろう。

『そんなに気にするくらいなら、連絡してみればいいじゃない』

ジョゼさんの呆れた声が聞こえてくる気がする。

「連絡か……」

命日から四日が過ぎた頃、俺は携帯のアドレス帳からナオの連絡先を選んだ。

不安と期待で胸が高鳴る中、発信ボタンを押す。数コールして、通話状態になった。

「おかけになった電話番号は――」

携帯を耳から離す。

まあ、想定内だ。そんなにショックはない。

次にメールを打ってみることにした。

「えーと、どうやるんだっけ……」

説明書を引っ張り出し、一文字一文字ボタンを確認しながら文章を作る。思うようにできない歯がゆさに投げ出したくなるのを堪えながら、数時間かけてメールを打った。

内容は、元気でやっているか、と尋ねるだけ。本当は謝罪の言葉なども入れたかったが、そんな長文を入力する気力はなかった。

ドキドキしながら送信する。

果たして読んでくれるだろうか、と心配していると、すぐにメールの受信音が鳴って飛び上がった。

早い。心の準備が。意を決してメールを開く。

「は？　なんだ、これ……」

英語のメールが返ってきた。いやさすがにこれがナオからのメールだと思うわけはない。

苦手な英文を目を細めて眺める。一文も読めなかったが、俺の送ったメールがナオに届いていないらしいことはなんとなく分かった。

やり方を間違っただろうか。また苦心してメールを作り、もう一度送ってみる。が、再び英語のメールが返ってきた。

あれか？　着信拒否の、メール版ってやつか？

そうだとしたら、八方塞がりじゃないか。俺はゴミだらけの部屋に身を投げ出す。そんなに俺と連絡を取りたくないのか。あの頃の絶望感を感じて落ち込みたくなったが、ふとひらめきが舞い降りた。

手紙を出すのはどうだ？

体を起こす。住所は分かってるから、出せば確実にナオの所には届く。それを読むか読まないかはナオ次第にはなるが、でも読んでくれたなら。手書きの文面なら、きっとメールなんかよりも気持ちが伝わるだろうし、我ながらいいアイデアだ。

早速レターセットを買ってきて、俺は手紙を書き始める。が、「ナオへ」と出だしを書いたところですぐに手が止まった。

そういえば俺、作文も苦手だったな。

腕を組み体を反らして文章に悩んだ。言葉を思いついては少し書き、また悩んで腕を組む。ちょっと書き進めたところで読み返すと、内容の稚拙さに気付いて赤面した。そしてぐしゃりと紙を潰し、またもう一度書き始める。

伝えたいことは山ほどあるのに。

ペン先の小さな穴から少しずつ滲ませるようにしか、想いは言葉に変えられない。

もどかしくも藻掻きながら、俺はほぼ一日をかけて手紙を書き上げた。

書いた手紙を改めて見直す。

ナオへ

とつぜん手紙をおくってすまない。いやかもしれないけど、できれば読んでほしい。

そっちでの生活はどうだ？　カズヤさんとアンナさんとはなかよくしているか？　想ぞうしかできないけど、きっと楽しくやっているんだろうと思ってる。

こっちはこのあいだ命日の日に、お前のお父さんとお母さんとおばあちゃんの墓まいりに行ってきた。たくさんの人がおまいりに来てくれていたよ。ショウタと、ショウタのお母さんも来てくれたんだ。前に聞いていたとおり、ショウタは中学に上がってからボクシングを始めたそうだ。背ものびていて、とても元気そうだったよ。ナオにとても会いたがってた。だから、できたらメールとかおくってあげてくれ。よろこんでくれると思う。

　あれからもう一年たったな。ナオにとっては長い一年だったと思うけど、おれにとってはすごくあっというまにすぎた一年だった。あっというますぎて、いまだに実感がわかない。朝目がさめて、今日はだれがじゅくのむかえに行くのか考えてしまう時もある。こんなこと言うと、バカだなっておま前は思うかもしれないけど。

　こっちにいる間、たくさんつらい思いをさせてすまなかった。さびしい思いをさせてすまなかった。お前は強い子だったから、おれはその強さに甘えていたんだ。泣きたかったよな。うまくよりそってあげられなくてごめん。

　これはもしもだけど、もしもお前がまだへやの外に出られていないのだとしたら、それでかまわない。きっとそれは必要な時間だから。まわりの大人はこまるかもしれないけど、こまらせていい。でもいつか外に出たいと思った時には、彼らの言うことをすなおに聞きなさい。かならずお前の力になってくれる人たちだから。

　手紙の返事をくれとは言わない。でも何かこまったことがあれば、おれはいつでもナオの力になるから。また手紙を書かせてくれ。


「ちょっとひらがなが多いかな」

カウンターの向こうで、手紙を読み終えたジョゼさんが苦笑いを浮かべながらそう言った。

「すみません。漢字、苦手で……」

「あと最後に、誰からの手紙か分かるように、自分の名前、書いてね」

「すみません……手紙、書いたことなくて……」

消え入りたい。俺はグラスの酒を一気に飲む。添削のために自分が読んでくれと頼んだのだが、これは思った以上に恥ずかしい。

「でも、素敵な手紙ね。ダイゴ君の気持ちがとても伝わってくるわ」

彼女は優しく笑うと、手紙を俺に返してくれた。

「ありがとう、ございます」

気恥ずかしさでいっぱいになったが、ほっとする。

「どれどれ？」

例のごとく居合わせていたモトさんが、俺の手から手紙をすっと抜き取った。そして中身を流し読みして、笑う。

「確かにこりゃ、読みやすいな。小学校の教科書みてえだ」

ちょっとカチンときた。

「モトさん人のこと言えないですよね」

「決めつけるなよ、俺はもうちょっと書けるぞ。少なくとも『部屋』は書ける」

「じゃあ『素直』って書けますか」

「書けない。でも読めるぞ」

得意げに言うモトさん。「レベルの低い争いしないの」ジョゼさんが嘆かわしそうな顔で苦言を呈した。

「ま、中学生相手ならこれくらいでいいんじゃね?」

手紙を俺に返しながら彼が言う。

「そうかもしれないですけど……。今度、辞書買ってきます」

さすがに小学生レベルは卒業しなければ。

「辞書だったら、うちの子が昔使ってたやつでよかったらあげるわよ」

「え、いいんですか?」

「いいわよ、全然。本棚埋めてるだけだし。まあ、昔から使ってるところ見たことなかったけど」

次の一杯を用意しながら、ジョゼさんはため息をつく。

「すみません、ありがとうございます。助かります。ていうか、お子さんいらっしゃったんですね」

「ええ、娘が一人ね。もうとっくに家を出てるけど」

「こう見えて姐さん、孫までいるんだぜ?」

モトさんがここぞとばかりに補足した。「えっ」俺は思わず彼女を見つめる。

「あんたが言うんじゃないわよ!」

キッと、ジョゼさんはモトさんを睨み付けた。少したじろぐモトさん。

「でも、とてもそんなふうには見えませんでした。本当にお綺麗ですね」

思ったままにそう言うと、彼女はとびきりの笑顔を見せた。

「うふふ。これサービスねダイゴ君」

ジョゼさんが俺の前に新しい酒の入ったグラスを置く。

「ちぇっ。うまいこと言いやがって」

モトさんが俺の肩にパンチをかました。

「姐さん、俺も」

「あんたは帰んなさいよ」

「なんだよ！　俺にだけ冷たくない？」

「自業自得でしょ。ねえ？」

同意を求め彼女がこちらを見る。

「そうですね」

「調子に乗りやがってお前！　誰がここ紹介してやったと思ってんだ！」

憤慨するモトさんに「すみません」と謝りつつも、俺は笑った。


手紙を出して数日が経っても、何の音沙汰もなかった。

悪いことじゃない。返送されてもないのだから。少なくともナオの元には届いている。即刻で拒絶された電話やメールに比べればまだいい。まさに、便りがないのは良い便りというやつだ。

その後も俺は手紙を出し続けた。頻度は半月に一通程度。ちょっと多いだろうかと不安にもなったが、どうしても書きたくなってくる。

伝えたいことがまだ、たくさんあるんだ。

何度も送るうちに、文章を書くことにも慣れてきた。すると不思議なもので、もう少しうまく書けないか、的確な表現はないのかと、妙な向上心が湧いてくる。いつからか仕事終わり、ジョゼさんからもらった辞書を片手に手紙をしたためては推敲するのが日課になった。本を読めば上達すると彼女から聞くと、おすすめの本を教えてもらい、それを懸命に読んだりもした。

酒は、店に行けば飲んだが、それ以外ではほとんど飲まなくなった。部屋も綺麗に片付いていき、気付けば恐ろしく健康的で幾分か文化的な生活を送るようになっていた。

モトさんは会う度に「俺のおかげだぞ」と様変わりした俺を見て主張した。そして一杯だけ俺に奢らせる。でもそれは間違いじゃない。彼のおかげで今の自分があると俺自身も痛感している。だから心の底から感謝の意味を込め、安酒を一杯だけ奢った。

そんなふうに毎日が過ぎた。残暑が止み、秋が訪れ、深まる。

宵に冬の匂いを感じるようになる頃、通算五通目の手紙を投函した。

ナオからの返事は、なかった。


「それで、会いに行ってみようかと思って」

「直接か？」

お通しのクラッカーを口に含みつつモトさんが驚いた顔で俺を見た。

「はい。住所は分かってますから」

「でもアポなしだろ？　会えるのか？」

「そこは、なんとも言えないですけど……。でも、ダメって言われても、会えるまでお願いするつもりです。あと、学校が終わった時間、下校時間くらいに行こうかなって思ってて。そしたら、もしかしたら帰りがけのところを会えるかもしれないし」

「そんなことして大丈夫か？　警察に通報されるぞ？　お前、犯人面してるからさ」

「人相悪いのはモトさんも同じじゃないですか」

その時俺たちの目の前にコトンとグラスが置かれる。

「はい、いつもの」

ジョゼさんが目配せしながら言った。

「いいんじゃない？　いつ会いに行ってあげるの？」

「今月の末に。ナオの誕生日なんです」

「あら、いいわね。誕生日サプライズ」

彼女がにっこり笑う。サプライズか。そのつもりではなかったが、そういうことにしてもいいかもしれない。

「どうだったか、また聞かせてね」

「お縄になったら差し入れくらいはしてやるよ」

二人の励ましに「はい」と頷きながら、俺は深い琥珀色の液にゆっくりと口を付ける。

見た目に反し軽やかなスモークの香りが広がった。

俺は訪問の件を六通目の手紙にしたためて送った。これにも返事はなかったが、でもこれで「何の連絡もなしに」という文句を言われたとしてもかわせるだろう。少し小狡い感じはするが、まあいい。しかし、誕生日だ。手土産は別として、手ぶらで行くわけにはいかない。俺は休日になるとあちこちを歩き回り、プレゼントを探した。心底悩んだが、結局洒落たデザインのマグカップにしてみた。前に俺もカップをもらったのだから、同じカップを返すのがいいだろう。そんな単純な理由だったが、今はきっとそれくらいがちょうどいい、そう思った。そのことをプレゼントに添える手紙にも書き記す。

ナオに会いに行くと決めてからは、不摂生にたるんでしまった体を戻すため、現役時代のごとく絞った。もちろんキツかったが、引退前の頃よりもよっぽど身が入った。さらにバサバサに伸びていた髪も散髪して、服も悪く見えない物を揃えた。

何かをこんなに楽しみに待つのはいつ以来だろう。日に日に増す高揚感に、俺は久しぶりの充実を感じていた。ただ子供に会うだけ、しかも他人の子供というのに、ずいぶんはしゃいでいるなとは思う。

仕方ないよな、だってナオに会うんだ。

当日。仕上げに髭をしっかりと剃り、時間に余裕を持って俺は家を出た。

外は晴れていて、でも寒い。手土産とプレゼントを入れた紙袋を提げる素手が冷たくかじかむ。

駅に着き、新幹線に乗り込んだ。座席に身を預けながら、一年前の別れを思い出す。

彼もこうしてこの街を出たのか。

車窓に流れる景色を眺めながら、当時のナオの心情に思いを馳せた。寂しかっただろうか、心細かっただろうか。あの時の罪悪感と後悔を色濃く思い出して辛い。と同時に、緊張が体を走る。もしまだ俺のことを怒っていたとしたら――。目的地に近づくにつれ、そんな考えが気持ちを蝕む。

新幹線には一時間ほど乗って降りた。そこからさらに二本電車を乗り継いで、彼が住まう街へとたどり着く。

夕方より前。狙い通りの時間。辺りに学生の姿は見えないが、そろそろ学校も終わる頃だ。俺は周囲を見渡し、最寄り駅からゆっくりと、彼の住む家の方に向かって歩き始める。

時折地図を確認しながら進んだ。街並みの感じは、前の家とさほど変わらない気がする。でもどちらかと言えばこちらの方がやや都会的か。コンビニや飲食店も多いし、暮らしやすそうな街ではありそうだ。まあ強いて言うならば、ハンバーガー屋が見当たらない。

途中、中学校の傍を通った。地区的に、通っているならここだろう。俺は金網越しに校内を覗いてみる。運動部だろう生徒がグラウンドで準備をしている姿が見えた。あっ、もしナオが部活をしているとしたら、まだ学校に居るんじゃないか？　ちょっとここから探して――いや待て、これじゃあ完全に不審者だ。

警察に通報されるぞ、というモトさんの言葉を思い出して、足早にその場を抜ける。通報されるならせめて、ナオに会った後、彼にされる方がいい。

地図を見ながらだったが、三十分と経たずに家の近くに着いた。

そこはまさに住宅街という場所で、一軒家が区画整理されたエリアに整然と立ち並んでいた。しかも一軒一軒が大きい。高級住宅地だ。こんな所に彼は住んでいるのか。優雅で豊かな雰囲気に少し圧倒される。

似たような景色に惑いつつも、俺は住所を頼りに住宅街の中を歩いた。たまにすれ違う子供たちにナオの姿を探してしまいながら。そしてとうとう、彼の住む家の前にたどり着く。

立派な家だった。軒先に車二台は停められそうな広い駐車場を構えた二階建ての一軒家。

玄関の前には、中学生くらいが乗りそうな自転車が立てかけて置いてある。

ナオが使っているのだろうか。

その姿を想像し、微笑ましくなった。ああ、元気に暮らしているんだな。それを思い描けただけでも、ここに来た意味がある。

玄関の扉の前に立つ。今一度表札を確認した。間違いない。インターホンに指を伸ばす。

だがボタンを押せなかった。

緊張で指先が定まらない。指を突き出したまま、俺はその場に立ち尽くす。

この期に及んで、怖い。

もし会えたとして、再び拒絶されてしまったら。また「お前のせいだ」と恨みごとを言われたら。

今度こそ自分は立ち直れないかもしれない。
プレゼントだけ置いて、帰ってしまおうか。
手が徐々に下がっていく。
いや、何を弱気になってる。
俺は袋を持つ手を強く握り締めた。
嫌われてるならそれでもいい。許してもらうためにここまで来たんじゃない。
ただ会いたかったんだ。
大好きだから。ずっと。
下がった指先を持ち上げ、前へ。
誰よりも何よりも、自分のために、ナオに会いたい。自分が前に進むために！
チャイムの音が響き渡った。

そこは板張りで、三畳ほどの広さの小部屋だった。
物置として使われているのか、部屋には様々な物が雑然と置いてある。その所々にはゴミの入った小袋が点々と散らかっていた。そして扉近くのスペースには、薄っぺらで汚らしい布団が一式だけ敷かれている。

その布団の上に、少年が一人膝を抱えてうずくまっていた。

着古された半袖のシャツに短パン姿で、小窓から入る陽光に背を向けたままじっと塞いでいる。

足音が部屋の外から響いてきた。鍵を開ける音がして、部屋の戸が不躾に開く。

男が入ってきた。着崩したスーツに柄シャツを着込んだ、ヤクザのような出で立ちのその男は、手に持っていたビニール袋をおもむろに放る。袋はぐしゃっと音を響かせながら、少年の前に落ちた。

「飯」

何の思いやりも込められていない声音で、カズヤが言った。それから鼻を鳴らしてせせら笑う。

「たしかお前今日、誕生日とかだったたか？　特別にケーキ付けといてやったよ。ははっ。感謝しろよ」

塞いでいた顔をゆっくり上げ、ナオは目の前の袋を見た。そして弱々しい声で呟く。

「家に、帰してください」

その瞬間カズヤはうんざりした顔を見せた。

「だから、何度言ったら分かるんだよ。お前が要るんだ。お前がいなきゃ、慰謝料が入ってこないからな」

袋に視線を向けたまま、ナオはそれでも懇願した。

「お金ならあげます。だから、帰してください」

「馬鹿が。そもそもあの家はもう売っぱらっちまってる。お前の帰る場所なんかもうとっくにないよ」

ナオがぎゅっと顔を歪める。泣きそうなのを堪えていた。

「ダイゴ……」

そして声を震わせながら、か細く彼の名前を呼ぶ。

「なんだ。あいつの所に戻りたいのか?」

小馬鹿にした様子でカズヤが言った。

「そういや前は頻繁に電話かけてきてたが、最近はおとなしくなったな。もう忘れたんじゃね? お前のこと」

「そんなこと……」

「縁が切れれば家族でも他人事さ。まあ、あいつはだいぶしつこかったけど。馬鹿のくせに面倒かけさせやがって。とはいえ騙しやすくて助かったが」

ナオは体を震わせながらカズヤを見上げる。

「どうして、僕たちを騙したんですか」

「どうしてって、そりゃ金のために決まってるだろ。三人分の死亡事故の慰謝料だ。生涯年収ぐらいもらえる。それを逃す手はないだろう」

「それじゃあ、何でまだ他の人を騙したり、してるんですか。もう十分お金はあるんですよね」

「騙し騙し言うな。人聞きの悪い。俺は金の使い方を知らない馬鹿どもから金を集めて、市場に還元してるだけだ。経済回してんだよ。まあ、お前の慰謝料は安定した収入源的な意味で手に入れたんだけどな。会社の経営だって、一時的な儲けだけに頼ってたらすぐに破綻するだろ? ビジネスマンなんだ俺は」

　カズヤは意気揚々と饒舌に語った。

「罪の意識は、ないんですか」

「騙されるほど馬鹿なのが悪い。だがそれにしてもダイゴとかいうやつは本当に馬鹿だったな。こっちが言うこと何でもほいほい信じて。普通、もうちょっと疑うだろ」

　彼はしゃがんでナオと目線を合わせ、底意地の悪い笑みを浮かべる。

「急に死んだやつの弟が現れる。その弟に子供が居なくて引き取りたいって言い出す。一度断ったけど、なぜか急に仕事が忙しくなって面倒が見れなくなる。子供も懐いてるし、結局弟の方に預けざるを得なくなる。おかしいと思わないのかなあ。なんか出来過ぎだって、気付かないのかねえ」

　ナオが怖じけた。

「一体、どこから仕組んで……」

「どこだろうねえ。ま、詐欺の基本は綿密な計画と、あと観察だ。あいつを一目見た時から俺は分かってたよ。こいつは騙しやすい！　ってな。優柔不断でお人好し。意思が有りそうで無い。馬鹿の典型だ。ははっ、本当に割とスムーズに事が運んで助かったぜ」

「ダイゴは、馬鹿じゃない……」

　ナオはゆっくりと拳を握る。

「馬鹿だよ。未だに騙されたことに気付かない、救いようのない馬鹿さ」

「ダイゴは……馬鹿じゃない！」

彼は立ち上がるとカズヤに掴みかかった。カズヤの顔が一瞬で憤怒に変わる。ナオを殴り倒して立ち上がり、容赦なく彼の腹を蹴り飛ばした。

床を転がり、ナオは腹を抱えてえずく。

「ったく！　腹が立ってんのは俺の方なんだよ！」

声を荒げながら、カズヤはナオの頭を踏みつけた。

「あいつのせいでどんだけ大損したと思ってんだ！　もっともらえたはずだったのに！　相手の弁護士にほだされて適当な示談結びやがって！　クソ馬鹿がよ！」

じわじわと体重を乗せるカズヤ。真下でナオが痛みに藻掻いた。

いくらか気が済んだのか、軽く蹴りながらカズヤが足をどける。すぐにナオは頭を抱えた。

「今日は客が来る日だから、これくらいにしといてやる」

それから先ほど放った弁当の袋を再度彼の前に足で寄せる。

「さっさと食えクソガキが。毎日食わせてもらってるだけありがたいと思えよ。俺がお前くらいの頃は、二日に一回飯が食えればいい方だったからな。次歯向かったりしたら殺すぞ」

その時チャイムの音が響いた。

「おっ、なんだもう来たのか？　今日はずいぶん早いな」

そう言ってカズヤは玄関へと向かう。

部屋には、顔面を蒼白にしたナオが残った。

「はい」

男性の返事とともに玄関の扉が開く。

「え……」

俺は目の前の状況に戸惑った。

出てきたのは、見知らぬ男性。

見合ったまま身動きを止める。男性の怪訝そうな顔に、お互い初対面だろうことが見て取れた。

あれ、家を間違えた？

「うちに何か？」

不審のこもった声で男性が言う。

「あの、その、ここは……今井和哉（カズヤ）さんのご自宅、ですか？」

焦りながら俺は言葉を発する。男性はますます怪しそうに眉を寄せて俺を見た。

「確かに今井ですけど、カズヤという人間は居ませんよ」

「この家に、ナオ——中学一年生の男の子が、居ますか……？」

「居ません」

「最近、引っ越してこられた……？」

「そんなわけないじゃないですか。もう十年以上前からここはうちの家です」

徐々に苛立ちを滲ませながら男性は答える。そして「あ。あんたもしかして……」と一度家の中に戻ると、すぐに何かを持って出てきた。

「これあんたが送ってきたのか？」

そう言って突き出してきたのは、俺がナオに宛てて書いた手紙だった。

「あ……」

どういう、ことだ？　住所は合ってるのか？

「三カ月くらい前から知らない人間宛の手紙が届きだして、気味が悪いと思ってたんだよ。送り返そうにも、差出人の住所もないし。ほら、返すよ。うちは違う」

押しつけるように突き出された手紙を受け取る。六通全てあった。

「でも、確かにここと……！」

「とにかくうちは違う。変な手紙に飽き足らず押しかけまでされるなんて、本当にいい迷惑だ。二度と来るな。手紙も送ってくるな。いいな！」

「す、すみません」

男性の怒声に縮こまりながら俺は謝る。

彼はだめ押しにこちらをひと睨みした後、玄関の扉をバタンと閉めた。

どういうことだ？　一体、何が——。

俺はすぐさまカズヤへ電話をかけた。だが、

「……使われてない？」

郵便はがき

料金受取人払郵便

新宿局承認

2524

差出有効期間
2025年3月
31日まで
（切手不要）

160-8791

141

東京都新宿区新宿1－10－1
（株）文芸社
愛読者カード係 行

ふりがな お名前		明治 大正 昭和 平成 年生 歳
ふりがな ご住所	□□□-□□□□	性別 男・女
お電話 番号	（書籍ご注文の際に必要です） ｜ ご職業	
E-mail		

ご購読雑誌（複数可）	ご購読新聞 新聞

最近読んでおもしろかった本や今後、とりあげてほしいテーマをお教えください。

ご自分の研究成果や経験、お考え等を出版してみたいというお気持ちはありますか。

ある　　ない　　内容・テーマ（　　　　　　　　　　）

現在完成した作品をお持ちですか。

ある　　ない　　ジャンル・原稿量（　　　　　　　　　　）

<table>
<tr><td>書　名</td><td colspan="3"></td></tr>
<tr><td rowspan="2">お買上
書　店</td><td rowspan="2">都道　　　　市区
府県　　　　郡</td><td>書店名</td><td>書店</td></tr>
<tr><td>ご購入日</td><td>年　　月　　日</td></tr>
</table>

本書をどこでお知りになりましたか?

1.書店店頭　2.知人にすすめられて　3.インターネット(サイト名　　　　　　)

4.DMハガキ　5.広告、記事を見て(新聞、雑誌名　　　　　　)

上の質問に関連して、ご購入の決め手となったのは?

1.タイトル　2.著者　3.内容　4.カバーデザイン　5.帯

その他ご自由にお書きください。

(　　　　　　)

本書についてのご意見、ご感想をお聞かせください。

①内容について

②カバー、タイトル、帯について

弊社Webサイトからもご意見、ご感想をお寄せいただけます。

ご協力ありがとうございました。

※お寄せいただいたご意見、ご感想は新聞広告等で匿名にて使わせていただくことがあります。

※お客様の個人情報は、小社からの連絡のみに使用します。社外に提供することは一切ありません。

■書籍のご注文は、お近くの書店または、ブックサービス(0120-29-9625)、セブンネットショッピング(http://7net.omni7.jp/)にお申し込み下さい。

電話越しの音声はそう伝えてきた。そんな馬鹿な。少し前まで、通じていたじゃないか。

はっとしてナオの携帯電話にも電話をかける。「おかけになった電話番号は——」続けて着信拒否の案内が流れる、はず。

「現在使われておりません」

「……！」

違う。

一体、何が起きてるんだ?!

なけなしの冷静さで一つ一つ現状を振り返る。

教えられた住所は、間違いなくここだった。

だが違う人間が住んでいる。ずっと前から。電話も、現在使われていないと……。使われていないってどういうことだ？　ナオに買ってやったあの携帯電話はじゃあ今、どこに？

「……騙されたのか……！」

その事実にようやく行き着いた。

体が芯から震え出す。手から紙袋が離れ、がちゃんと音を立てて地面に落ちた。

ナオは、じゃあナオは——！

俺は走りだす。

時折足をもつれさせながら、がむしゃらに、全力で走った。

馬鹿だ。俺は馬鹿だ。何で今まで気付かなかった！

交番が見え、そのままそこへ駆け込む。

息を切らしながら勢いよく入ってきた俺を警官たちが驚いた様子で見た。

「こっ、子供が……子供が誘拐された！」

開口一番にそう叫んだ。

交番内が一瞬でざわつく。

「誘拐された時間と場所は分かりますか？　犯人から連絡はありましたか」

すぐさまベテランそうな警官が一人尋ねてきた。

「時間は、一年前」

「一年前？」

「場所は静岡です」

「静岡……？」

ベテランの警官は困惑した表情を見せる。周りの警官たちも、ぽかんとした表情をしていた。

「ここ、埼玉なんだけど……」

「ここに連れて帰ると言われたんだ！　でも、居なかった。騙されたんです！　お願いします、すぐに捜してください！　子供を、ナオを！」

「落ち着いて落ち着いて。あー、奥でお話聞きますから」

そうゆったりとした口調で彼が言う。なんだこいつは。今がどういう状況か分かっているのか！

悠長な態度に腹が立った。

「いいから早く捜してください！　犯人は今井和哉という男だ！　年齢は三十三歳、目は少し大きめで二重、鼻筋が通っていて唇は薄い。輪郭は俺ほどじゃないが面長だ。それから子供の方は――」

「あーそんな一気に言われても。ちゃんと聞きますから、ちょっと奥にね。来てください」

面倒くさそうに言葉を遮り、警官は移動を促す。

くそっ！　早く捜し出さないといけないのに！

「……分かり、ました」

苛立ちを抑えつつ頷いた。この瞬間にも、ナオが酷い目に遭っているのではないかと思うと、頭がおかしくなりそうになる。だが早く見つけるためにも、詳しい説明は必要だ。

俺は警官の後に付いて交番の奥へと進んだ。


「えー……ちょっと話をまとめますね。昨年の八月にお友達の家族が事故に遭われて、その息子さんだけが助かったと。その子を三カ月ほどあなたが面倒見て、その後その子の叔父に当たる人物が彼を引き取った。しかし一年経って、あなたが教えられていた彼らの住所を訪ねてみると、そこには別人が前から住んでいた。そして当人たちとは連絡が取れない状態になっている、と」

「はい。大筋はそうです」

「うーん、そうですか……」

事情を説明した後にも、警官の態度はあまり変わらなかった。というよりむしろ、ますます面倒がった様子を見せている。

「話が一年も前という時点でちょっとあれなんですが、お話を伺った限りでも、まず誘拐とは言えないですねえ」

「どうしてですか！」

「ご両親の亡くなったお子さんをご親戚の方が引き取るというのは、まあ割と一般的なことですし。もしその叔父というのが嘘であったのなら、話は別ですけど」

俺は見せられた戸籍のことを思い出す。偽物だったのか？　しかし仮にそうだったとしても、それを証明することはできない。それに、それ以上に彼らの血縁は肌で感じられるほど現れていた。

「叔父、というのは……たぶん嘘じゃない、です」

断腸の思いでそう答える。

「じゃあ、特に問題はなさそうですね」

「いやでもっ！　偽の住所を教えられていたのは確かなんです！」

「聞き間違えたんじゃないですか？　それか、書き間違えたか」

「違う！　そんなわけない！」

思わず声を荒げた。警官は「まあ、落ち着いて」と平坦な声で言う。

「そもそも、あなたも納得してその方にお子さんを引き取ってもらったんですよね？　その時点で誘拐とは言えないですよ」

「っ……だったら、詐欺として犯人を捜してください！」

「無理ですよ。お金や資産を騙し取られたわけではないでしょう」

騙されて連れ去られたというのは確かなのに。悔しさに自然と拳に力が入った。

「じゃあ……捜索願を出すのでお願いします、探してください」

とにかく、一刻も早く見つけてやらないと。こんな問答をしている間に、ナオがどんな目に遭っているか。

しかし警官は再び首を振った。

「申し訳ないですが、それも無理です」

「はっ？」

「捜索願を出せるのは、家族や親族の他、同居人だったり後見人の方など、失踪者と関係の深い人だけなんですよね」

やれやれといった態度を隠しもせず、彼は椅子にのけぞりながら言う。

「あなたは、そのお子さんのご両親と友達だったということですが、それだけの関係性では捜索願を出すことはできませんね。一緒に暮らしていた時期もあったそうですけど、それも一年も前では」

「……捜しても、くれないんですか？」

俺は呆然と警官を見つめながら呟いた。

「警察ではどうにもできないというだけですよ。どうしても捜したいなら、民間の探偵業者にご依頼したらどうです？」

茫然自失としたまま、俺は交番を出た。

辺りはもうすっかり暗かった。

冬の訪れを告げる寒空の下、帰宅を急ぎ行き交う人々。その姿を、立ち並ぶ街灯や走り去る車のライトがちらちらちらと照らす。

目の前には、よくある日常の風景が広がっていた。

まるで何もおかしなことは起きてないと言わんばかりの。

「問題ない……わけあるか！」

手の中の手紙をグチャグチャに握り潰す。

心を決め切った。

ナオ、お前を絶対に捜し出す。

「絶対だ」

見上げた先、満ちかけの月へ誓うように呟く。

そして、暗闇に向け俺は猛然と歩きだした。

4

「どういうことだ！」

机に拳を叩きつけて怒鳴った。目の前に座る男の肩がびくりと動く。

「今さら依頼を断るだと！　どうしてだ！」

小さな探偵事務所の応接室で、俺は所員の探偵に食ってかかっていた。探偵の男はまだ汗の出る季節でもないのに、湿った額を必死にハンカチで拭う。

「それは、調査結果が、悪用されかねないとの判断で……」

「悪用するわけないだろう！　誓約書にもそうサインしたはずだ！　その上で契約したじゃないか！」

鞄から書類を取り出し、目の前に広げて俺は訴えた。

「そうなんですけど……。その……先方の希望で……」

「先方？　誰だ」

「えっと……調査対象者の方が……」

「会ったのか!?　ナオに！」

思わず立ち上がって探偵に詰め寄った。

「どこでだ!? 様子は!? 酷い目に遭わされてはいなかったか?!」

「いや、ですからそれは……」

「金なら用意してる！」

俺は分厚く膨らんだ封筒を取り出し、これ見よがしに中身を取り出して机に置く。探偵の目の色が一瞬変わった。

「成功報酬の百五十万だ！ 今すぐ払える！ 教えてくれあの子はどこに居る!?」

期待に胸を高鳴らせ、探偵の返事を待つ。

待ってろよナオ。すぐに迎えに行ってやるからな。

金に目を奪われながらも、しかし探偵は俯いて首を横に振った。

「すみません。お伝えできません」

そして差し出した金を俺の方へと押し戻す。

「お引き取りください」

もう少しで手が届きそうと言うところで、地に落とされた気がした。

衝動を抑え切れず、絶望と怒りに震える手で俺は探偵の胸ぐらを掴んで立たせた。

「言え！ ナオはどこに居るんだ！ 言え！」

再び怒鳴りつけて彼の体を揺さぶる。金に目の色を変えたのは間違いない。喉元まで答えが出かかっているのなら、この下衆の首根っこを引き抜いて答えを引きずり出してやるまでだ！

「やめてください……！　警察！　呼びますよ！　いいんですかそしたらあなた、二度とそのお子さんと会えませんよ！」

探偵の言葉に、俺はピタリと手を止める。彼は慌てて俺を振り払うと、少し距離を取ってから、気を落ち着かせるように乱れた服を整えた。

「とにかく、言えないものは言えないんです。もう帰ってください。それから、二度とうちには来ないでください」

歯を食いしばり、手のひらに爪が食い込むほど拳を強く握り締める。

俺はただ、ナオに会いたいだけなのに。

金と散らかった書類を掴んで乱雑に鞄の中へ押し込むと、大股で出口へ向かい壊れんばかりの勢いで扉を閉めて探偵事務所を出た。

雑居ビルから通りに降りると、道を闊歩しながら鞄の中を漁り、手帳を取り出す。中をめくって、電話番号の連なったページを開き、その中の一つを上から線を引いて消した。そしてすぐ下の番号に、携帯電話から電話をかける。

「……もしもし。捜してほしい人がいるんだが——」

三カ月も経った。

俺は手当たり次第に探偵事務所や興信所を訪ね、捜索を依頼した。大手も中小も関係なく、電話帳で見つけた所を上から順に、しらみつぶしに。しかし調査を請け負っても、しばらくするとどこもなぜか依頼を断る。

調査結果の悪用阻止。断られる理由の大半がそれだった。誓約書を書けば依頼を受けると言った所でさえ、先ほどのごとく、約束を反故にしてきた。話だけで断られた所も含めれば、訪ねた所はもう十社以上になる。それなのに、一向にナオにたどり着く気配が見えてこない。

だが、諦めるわけにはいかない。

「それじゃあ明日伺いますので」

次の探偵事務所にアポを取り、電話を切ると俺は車に乗り込んだ。そのまま自宅へと戻る。

玄関を開くと、その場で担いでいた鞄を目の前に放った。そしてその隣に置いていた仕事用の鞄を担ぎ直す。

靴も脱がないままにすぐさま家を出ようとしたが、一度腕時計で時間を確認した。

まだ少し、余裕があるな。

振り返って靴を脱ぎ、家の中に入る。

かつてはゴミに占拠され、その後平常を取り戻したはずの部屋は、今は書類や電話帳が山積していた。

俺は開いて置いてあった電話帳を手に取ると、その場に座り込み目を通し始める。

今井和哉、いまいかずや、イマイカズヤ——。

目を皿のようにしてあいつの名前を探す。同姓同名を見つけると、ためらわず記された電話番号に電話をかけた。

「――そうですか。すみません、失礼しました」

違った。落胆をまた一つ積み重ねながら、人違いだった番号を線で上書きして消す。少しだけ息を吐いて、もう一度電話帳を隈なく読み込んだ。

早く。一秒でも早く見つけないと。

それでも数分もすると出勤のために発たなければならなかった。名残惜しく読みかけの電話帳を置いて、俺は今度こそ家を出る。

勤務中も、仕事はこなしながらも頭はナオのことでいっぱいだった。こんなことしている場合じゃないのに。そう何度も思ったが、探偵への調査費用を工面するためにも、仕事は辞められない。

ようやく仕事を終え帰宅するも、シャワーだけ浴びてまたすぐに家を出た。探偵事務所との約束まではまだ数時間ある。俺は最寄り駅から上り方面に、隣の県の駅まで車を走らせた。

最後にナオを見送った時、彼の乗った新幹線はこの方面へ向いて去った。だからこの沿線上のどこかの停車駅に、ナオは降り立ったはず。俺は駅前で行き交う人々に声を掛けては、千切れた写真に写るナオの姿を見せ聞き込んだ。

時間が近づき、休む間もなく俺は再び車に乗って探偵事務所に向かう。

疲れていないと言ったら嘘になる。だが、じっとしていられない。わずかでも暇ができると想像してしまうのだ。ナオが今、どんな状況に居るのだろうかと。もし最悪な状況だったとしたら――。不安で頭がおかしくなりそうだった。

新たに契約を結んで、再び仕事へと舞い戻る。今度こそは。期待も新たに、夕暮れに染まる前の道を踏みしめた。

そして、欠片の手がかりも得られないまま、また一カ月。

どうして見つからない。

周辺の探偵事務所には依頼し尽くした。それに準ずる所にも。なのにどこもまともに取り合ってくれない。

誰でもいい。ナオを捜し出せる人間は居ないのか。

俺は知り合いという知り合いに尋ね回った。辞めたボクシングジムの会長や、後輩たち。職場の人間や、ショウタの母にまで掛け合った。しかし誰からもいい返事はない。そして、頼める相手もすぐに尽きた。

人付き合いの悪さが、こんなふうに足を引っ張るとは。

十にも満たないアドレス帳の登録者数を見て、吐くように深くため息をつく。

まるで、人生の中の色々なツケを払わされているようだ。

勉学を厭った故の無知。

人間関係に対する無頓着。

悪意に気付かない無用心。
どれか一つでも足りていれば、ナオを奪われることも、きっとなかった。
鏡に映る自分の姿を見ると、衝動的に殴りつけたくなる。
お前は今まで何をしていたんだ、と。
なけなしの理性で、振りかぶった拳を震わせながら下ろす。
それでも今は、俺にできることをしなければ。
ひたすら電話帳を開いて、見知らぬ誰かに電話をかけ続けた。
駅前で闇雲に他人を足止めしては、写真を見せて回った。
そこまでしても、なんの手がかりも得られないまま時が過ぎる。
ナオ。
いつまでもいつまでも、その場で足踏みをしているだけのようだ。全然前に進まない。
ナオ、ナオ、ナオ！
言葉の意味を見失いそうなくらい彼の名前が頭にこだまする。
どうして見つからない。
雑踏の中を呆然と歩きながら俺は頭の中で問答を繰り返していた。
冷や汗が頬を伝って流れる。気分が悪い。
焦燥感と絶望に心が摩滅しそうだった。
春を楽しみながら道行く人々の姿も、どこか歪んで見える。

とその時、視界の端に、知った顔が過ぎゆくのを捉えた。

「……！　モトさん！」

振り向いて道路向かいの歩道を歩いていた彼へ大声で呼び掛けた。周囲の人が一斉に俺を見る。モトさんも見た。

俺は道路を突っ切って、一直線に彼の元へ駆け寄る。

「モトさん、モトさんすみません、お願いが……！」

「ダイゴ？　久しぶりだな……っておいおい、なんだ急に」

「ナオが居なくなって、捜してるんです！　誰か知りませんか!?　探偵の、優秀な人を！」

出会い頭に詰め寄り、捲し立てて懇願した。

「待て待て落ち着けって！」

驚きと戸惑いを見せるモトさんの腕を、縋るように掴む。

「急いでるんです！　もうずっと見つからない！　騙されてたから、今どんな目に遭ってるか……！」

「ちょ、おい！　やめろって……！」

モトさんが俺を振りほどいた。その勢いに耐えられず、その場で尻餅をつく。その拍子、こちらへ駆け寄ってくる子供の姿が目に入った。

ナオ。

震える体から手を伸ばす。

ここに居たのか。

「馬鹿！　この子は俺の娘だ！」

モトさんが身を乗り出して子供と俺の間に入った。もう一度目を向けると、怯えた表情の女の子が慌てて彼の背後に隠れた。

「お前、ヤバいって。どうしたんだよ」

モトさんは気味悪がった目で俺を見下ろしながらも、心配そうに声を掛けてきた。

「見つけなきゃいけないんです、ナオを……」

泣きそうになるのを堪えて俺は呟く。

ナオ、お前今、どこに居る？　何をしてる？

辛い思いをしてるんじゃないか？　寂しい思いをしてるんじゃないか？　ごめんな、俺が馬鹿なばっかりに。でも、必ず探し出してやるから。

「そういや、探偵がどうとか言ってたな……」

モトさんはそう言って顎に触れながら、何か思い起こす仕草を見せる。全身を泡立つような期待感が包んだ。無意識に跳ね起きる。

「当てがありますか!?」

「いやっ、俺は知らない！」

再び立ちはだかった俺に引きつつ彼は答えた。

「でも、ほら姐さん。ジョゼ姐さんなら、知ってるかもしれないぜ？　あの人、顔広いからさ」

「ジョゼさん……」

なるほど。夜の世界に生きる彼女なら、そういった伝手があってもおかしくないか。

「分かりました、ありがとうございます」

頭を下げると、俺はすぐに走りだす。「あっおい！」と、モトさんの声が聞こえた気がしたが、構わず進んだ。

小一時間もしないうちに彼女の店に到着すると、遠慮なく扉に手を掛け引く。

ガチャッと、施錠が開閉を阻んだ。

くそっどうしてっ。

「ジョゼさん！　ジョゼさん！　開けてください！　俺です！　ダイゴです！」

扉を叩きながら、こじ開けようと俺はドアノブをガチャガチャと鳴らす。

しばらく続けていると別の部屋から男が出てきて、俺に怒鳴った。

「うるせえな！　居るわけねえだろ！　時間考えろ！」

そう言ってすぐに部屋に戻った。俺は今更ながら腕の時計を見る。

まだ昼の一時、か。そうかまだ開店時間じゃない。それに気付いて、ようやくドアノブから手が離れた。

ここは何時開店だっただろうか。

店名が刻まれたネームプレートに情報はない。

少なくとも、日没までは待たなければならないだろう。そう思い至って、扉を背にその場に座り込んだ。なんだか急に体が重い。

夜を本領とする飲食店が集まったビルは、真昼の今の方が鬱々と暗い。角部屋に位置する彼女の店の前に座り込んでいると、まるでコンクリートの囲む小部屋に閉じ込められているようにも思った。

腕が重力に引かれ床に落ちる。深い吐息とともに少しだけ瞼が閉じた。今、寝ていたか？　もう夕暮れになっただろうか。時計に目をやる。針が先ほどより五分、進んだだけだった。

気が遠い。

俺は座り込んだまま、虚空を見続けた。

暇を潰すようなものもない。ただ息を吸って、ただ吐いた。そんなわけないのに、意識しないと止まってしまうんじゃないか、そんな気がして。

再び時計に目を落としても、数分しか経過していない。

おかしいな、あれほど惜しいと思っていた時間が、今は有り余る。何の皮肉だろうか。足踏みするような時には早く過ぎ去るのに、急く時はとてもじれったい。

でも時間というのは、本来こんなふうにじれったいものなのかもしれない。ボクシングの試合中に時々経験した、突然時間がゆっくりと流れ出す感じを思い出す。瞬きほどのあいだが、永遠に続くようなあの感覚。悠久は、一瞬の中にこそ存在するのだろう。

「え……ダイゴ君？」

五時間経って、悠久が終わりを告げた。階段からヒールの響く音が聞こえ、それはそのままこちらに近づき、ジョゼさんが姿を現した。

「ちょっと、どうしたの？　大丈夫？」

俺に気付いた彼女が慌てて駆け寄る。しゃがみ込んできたジョゼさんの腕を、俺は素早く掴んだ。

「な、何」

「探偵を紹介してくれ」

頼りなく光る蛍光灯の下、彼女の目を見つめて言う。

「探偵……？　どうしたの急に。何かあったの？」

困惑と恐れを瞳に湛えながらも落ち着いた態度で彼女は問い返した。

「ナオが攫われた。カズヤは俺に嘘の住所を教えていた。二人とも全く連絡が付かない。もう何社も探偵や興信所に頼んだが、どこもダメだった。誰でもいい。ナオを捜し出してくれる探偵を紹介してくれ」

目を逸らすのを許さないほどに真っ直ぐ見つめる。

「……腕、痛いわ。少し離して？」

答えを聞くまで放すつもりはない。ジョゼさんが痛みに少し顔を歪めて目を伏せた。

しばらくそのままの状態が続く。

「……一人だけ、心当たりがある、わ」

観念したように彼女が口を開いた。

「教えてくれ！」

「待って！　でも碌でもないやつよ！」

扉にもたげていた体を跳ね起こして迫る俺を抑えつつ、ジョゼさんは声を上げる。

「構わない」

掴んだ腕をより強く握り締めながら、目を見開いて俺は言った。

彼女が息をのむ。

「……分かったわ。連絡は取ってみる。でも気まぐれな人だから、いつになるかは、はっきりとは言えない」

俺は彼女の腕を放した。ジョゼさんはすぐに掴まれていた腕を庇って擦る。俺は立ち上がると、鞄の中の適当な紙の裏に電話番号を走り書きして彼女へ突き出した。

「連絡がついたらすぐに電話してくれ」

紙が受け取られるのを見届けると、すぐさま歩きだす。

次こそ必ず。

その場にへたり込む彼女を置いて、俺はその場を後にした。


指定された喫茶店のドアをくぐると、隅の席に座る客の男が俺に向かって軽く手を振った。

あいつがそうか。

俺は早足で男の元へと向かう。

連絡は唐突にやって来た。

「急だけど明日、都合を付けてくれるって」

店で聞くのと変わらない柔らかい口調で、電話越しにジョゼさんは待ち合わせ場所と時間を俺に伝えた。

「分かった」

あれから一週間と経たないタイミング。わずかに幸先のよさを感じつつ俺は電話を切った。

そして次の日、午前九時半。

「ごめんね、仕事終わりにわざわざ来てもらって」

近づいてきた俺に向かって、煙草の灰を落としながら男は知り顔で言った。

睨め付けながら俺はどすっと音を立てて対面に座る。

飄々とした風貌のその男は、見た目には普通の若い男に見えた。細身で、目鼻立ちのくっきりした顔に黒縁の眼鏡が映える。

「大変だね警備員ってやつも。朝まで立ちっぱなしでさ。一応、おたくの家から近い店にしたんだけど。でも今日は疲れたでしょ。変なドライバーに絡まれてさ。あ、何か食べる？　朝飯まだでしょ？」

男はそう言ってメニュー表を俺に向けて置いた。場を和ますように馴れ馴れしいが、すきっ歯が漏らす煙越しに覗く目は、狡猾そうに光る。

信頼はできない。

「何で知ってる」

男の気遣いを無視して俺は問いただした。もちろんこの男とはこれが初対面。自分の家の場所や仕事のことなど、本来知りようもないはず。

「まあ、表向きは探偵名乗ってるからね。このくらいは朝飯前よ」

男が言った。職能を見せつけようという魂胆らしいが、俺自身のことなどどうでもいい。

俺はメニュー表を脇に寄せて追いやると、探偵を自称する男に本題を伝える。

「捜してほしい子供がいる」

「子供かあ」

男はひときわ大きく煙を吸い、すぼめた口先から一気にそれを吐き出した。

「ちょっと面倒だなあ。状況によっちゃ」

明らかに気乗りしない顔で彼が言う。

「金ならいくらでも払う」

俺は先手のように断言した。男の口角がにやりと歪む。

「まあそう焦らないで。まずは、お話をじっくりと聞きましょうか」

燻る煙草の先端が灰皿に押しつけられた。

男は、自らをイデと名乗った。

俺はイデにこれまでのことを全て伝えた。事故のことから、誘拐までのこと。どこからも相手にされない現状のことまで全部。もう何度も何度も話してきたことだ。疲労に多少苛まれていても淀みなく口は動く。イデはテーブルに肘をつき、火の付いていない煙草を指先で揺らしながら視線をじっとこちらに向け、俺の話を聞いていた。

「まあ、気になるところはあるけど……十中八九、慰謝料狙いの誘拐かな」

結論を述べて、彼は煙草を咥え火を付ける。

「となると、子供もどっかで生きてる可能性が高い。慰謝料の支払い先なわけだから生きている。気休めの推測でもそう言われると胸が熱くなった。

「捜せるか!?」

思わず身を乗り出して尋ねる。イデはぎょっとした顔で身を引いた。

「待って待って。気になるところがあるって言ったじゃん?」

気の急く俺をイデが牽制する。

「まず、どこの事務所もことごとくあんたの依頼を断ってるという点。ま、確かにその鬼気迫る感じで捜せと言われれば、ヤバいやつと思われても仕方ない。でも、それでも大概どこかは捜してくれるもんだよ。多少ふっかけられるだろうけどさ、金と時間さえ掛ければ難しい案件じゃないから」

明け透けな言いようだが、イデは的確に状況を分析して言った。

「だが実際にはどこからも依頼を断られたぞ。どういうことだ!」

金に糸目を付けたりもしてない。手付けも、成功報酬も、言い値を承諾してきた。それなのに。ぶり返してきた怒りのまま俺は言う。

「落ち着きなって。たぶんウラが関係してんだよ」

「ウラ？」

「裏社会ね。ヤクザか暴力団か分かんないけど、裏のヤバいところが関わってるから、どこも手が出せないんだ」

ぞっとすると同時に、納得もした。

これだけの数の探偵に依頼をして全然見つからないなんて、それこそ何か裏社会の組織とかが関わっているのではないか。そんなよくあるサスペンスドラマのようなことを、思いつかないわけではなかった。

しかしそんなこと、あり得ないと思っていたのに。

俺にしてもエミたちにしても、そんなものとは当然無縁だ。本来なら触れることもない泥のような悪意の世界。だがその世界に、ナオが飲み込まれているというのか――。想像するだけで動悸が激しくなった。

「ナオは……無事だろうか……？」

「うーん、ちょっとさすがに分からないな。子供の使い道って結構あるし」

血の気が引く。

使い道ってなんだよ。子供を、人間をなんだと思ってる。

気分の悪さにテーブルに肘をついてうなだれた。

どうか、どうか無事で居てくれ。

「でもさ、お兄さんは運がいいよ。俺に会えたんだからさ」

イデは得意げな顔を見せる。

「俺、表向き探偵だけど、裏じゃ情報屋。そっち方面も結構強いんだよね。贔屓にしてもらってるヤクザも結構いるんだー。ちょっと調査範囲は広そうだけど、お金さえ払ってくれれば情報は絶対持ってきてあげるよ」

ジョゼさんの言っていた碌でもない、とはこのことか。虫をいたぶる猫のような目で、彼が薄ら笑いにこちらを見つめる。下手に関われば危険な部類の人間であることは間違いない。

「お兄さんこれチャンスだよ？　俺みたいな人間、そうそう居ないからね」

それでも、縋るような思いで俺は頭を下げた。

「……頼む。見つけてくれ……っ」

「オッケーオッケー。頼まれちゃうよ。でも、もう一つ気になるとこあるんだよね……」

懇願を出汁に金をせびる前に、イデは薄ら笑いを引っ込め腕を組み、片手を口元に添える。

「いくらみなしごだからってなあ……カタギの子供を引き込むなんて、そんな危ねえことするかな普通」

彼はそうブツブツと呟いて、真剣な表情で考え込んだ。が、こちらが不安を感じる前にまた顔を上げてげんきんな笑顔をこちらに向ける。

「ま、分かんないことはひとまず脇に置いといて、とりあえず大事なこと決めときましょうか」

話が進みそうで安堵した。イデはテーブルの端に肘をつき、少し前のめりに目を俺に合わせる。

「まあ要はお金の話ね。さっきも言ったけど、お金さえくれたら仕事はするよ。もちろん手付け金と、成功報酬、この二つをいただくからね」

「いくらだ」

「まず、手付けは二百」

イデが指を二本立てて言った。

二百万か。手付けとしては異常に高額だが、探偵事務所に依頼を断られて浮いた成功報酬があるから一応間に合う。

問題は成功報酬の方だ。手付けでこれだけなのだから、成功報酬はもっと高いだろう。正直、全ての蓄えをかき集めても、手付けと同じ額を用意するのがやっと。無論、借金を負う覚悟はあるが、果たして。

「そして成功は、二千」

わずかにもったいを付けて、彼はもう一度二本指を立てた。

「……えっ、二千!?」

「もちろん万だよ」

二千万!? 桁違いの額に一瞬思考が止まる。

そんな金、有るわけない。というかそんな額の金を貸してくれる所あるのか!? 暴利も暴利だ!

だが、ナオを見つけるためには……!

「払えるよねえ?」

俯いて冷や汗をかき始めた俺に、イデは笑いながら有無を言わさない様子でこちらの顔を覗き込み、問いかけた。煙たい息が顔にかかる。

「その子供に入ってくる慰謝料。それに比べれば、二千万なんて、はした金だよね？　むしろ破格だと思うよ～。たった二千万で子供取り戻せるんだからさあ」

ナオの慰謝料。そうか、それでこんな要求金額をこいつは。

「慰謝料は……ダメだ。あれは、ナオのものだ。俺が、勝手に使っていいものじゃない」

歯切れは悪くともそう断言すると、イデはきょとんとした表情を見せた。

「え。あんた、慰謝料のために子供取り返したいんじゃないの？」

「違う。俺はただ、ナオが今どこに居るのか、どうしているのか、それが知りたいんだ」

「それだけ？」イデが目を丸くする。「それだけのために、大枚はたきながら方々駆けずり回って他人の子供捜してんの？」

「そうだ」

冷水が入ったコップにたっぷりついた汗が、静かに流れ落ちて渇いたコースターに染みを作った。

「これは、俺の問題というか、わがままなんだ。捜した結果、ナオがカズヤと本当に幸せに暮らしていたというのなら、それでいい。何も邪魔はしない。そうでなかったとしても、あの事故の慰謝料はナオのために支払われるもので、それでナオが不自由なく暮らすことが、死んだあの子の両親と祖母が、ナオのためにしてやれる唯一のことなんだ。それに手を付けることなんて、俺には、とてもできない」

話す俺の姿を、イデは物珍しそうな目で見つめる。

「ふーん」

それから椅子の背もたれに体を預け直し、新しい煙草に火を付けて吹かした。

「ま、理由は何でもいいんだけどさ、でも二千万はまけないよ。いくらでも払うって言ったのはそっちだし。それでもいいなら捜すけど」

俺は鞄を開き、中から札束を取り出してイデの目の前に置いた。

「頼む」

イデはおもむろに金を掴むと、早速数えだす。

二千万なんて、想像もできない金額だ。一体何年働けば返せるのだろう。でも、何千万でも何億円でも、ナオの存在と比べれば全て安い。

「オッケー。契約成立」

素早い手つきで数え終わると、彼はそれを懐に仕舞った。

「それじゃ、早速捜してこようかなー。ちょっと捜す範囲広いし、時間かかっちゃうかもしれないけど、まあ気長に待っててよ」

そう言いながらイデは席を立つ。

「連絡先は」

「あー大丈夫、大丈夫。そのうちそこに電話するから」

彼が俺の服のポケットに人差し指を向けた。

「頼むぞ！」

一筋の希望に向け、俺は立ち上がって期待を叫ぶ。

「はいはい、任せなって。それじゃまたね、ダイゴさん」

名乗った覚えのない名前を言って、イデは俺の前から立ち去った。

それから俺は、とにかく一心不乱に仕事をした。

警備の仕事をしつつ、合間に工事現場のバイトも入れ、ぶっ続けで働き続ける。

家には風呂と洗濯に帰るだけで、睡眠は現場の近くに車を停めて車内で取った。しかしそれもわずかな時間。寒い季節でないことだけが幸いだ。

食事も高熱費も、切り詰められるところは何もかも切り詰め、必死に金を作った。体を使うしか能のない俺には、こうして金を稼ぐ以外、方法はない。体力だけはある。そう自分を信じて働いた。

しかし体はすぐに悲鳴を上げだした。そもそも、バイトを掛け持ちする前でも、仕事とナオを捜すのとで、寝る間も惜しむほどだったのだ。そこへ追い打ちのようにオーバーワークをしては、いくら体力があろうが底を突く。

二週間もすると、へとへとに疲れているのに眠れないというおかしな状態になった。

体は、もう一瞬で眠りに落ちられる、というほど疲労に染まっているのに、目を閉じても眠気が来ない。疲労感を感じたままに朝を迎える日が続いた。

それでも金を稼がないと。気力で体を起こし、無理に働き続ける。

次第に、感覚が鈍くなっていくのを感じた。

それは朦朧の中に意識があるよう。

音も光も、薄靄の向こうから伝わってくる。体は重い水の中を歩いているようで、物を掴む手すらも、分厚い皮に覆われてしまったがごとく鈍い。

日を追うごとにそれは強くなり、同時に現実の感覚は遠く褪せていく。

まるで、世界と徐々に離れているようだった。

明るい水面から、暗い水底にだんだんと落ちていくような感覚。

このまま、後戻りできないほど遠く深く沈み切ってしまった時、人は死んでしまうのかもしれないと、頭の片隅に残った思考が呟いた。

ダメだ、死ぬのは。

途切れそうな日々の中で、そんな想いがこだまし、気持ちをつなぐ。

ナオを捜し出すまで、まだ死ねない。


六月十二日。

携帯が鳴動し始めた瞬間に、相手がイデだと直感した。

表示を見る。非通知だ。通話ボタンを押した。

「もしもし、イデか？」

「どうもー。お久しぶり、ダイゴさん」

予想に違わない声。あれから実に一カ月以上。その間イデからの連絡は一切なく、これが喫茶店の時以来の会話だった。

「見つかったか?!」

朗報と信じて食い気味に俺は尋ねる。

「ははっ、そう、焦んないでよ」

しかし、こちらの事情などどこ吹く風と、イデはおどけた調子で答えた。期待が一転、苛立ちに変わる。

「時間と金さえかければ簡単な案件なんじゃなかったのか」

「いやそれ、大手とか、人の多い事務所の話、ね」

と、そこで俺は電話越しの声に違和感を覚えた。

「どうした。息苦しそうだが」

スピーカーの向こうからは荒い吐息も聞こえる。

「いやちょっと……久々に、走ってさ」

こう見えて若くはないんだよ、と彼がため息交じりに呟く。

「それで、何の連絡だ？」

「そうだね、まあ……一応、分かったこと教えとこうかなって」

俺は居住まいを正した。

「教えてくれ」

「えーとまずね、この件さ、裏の人間は直接関与はしてないわ」

「何っ」

まさかのことに、驚きの声を上げる。

「関わってないのか？　じゃあ何でナオは――いや、直接関与してないと言ったか？　どういうことだ？」

「うーん、結構ややこしい話なんだよね。……今さ、外？　周り誰か居る？」

人払いが必要なのか？　イデの問いに疑問を感じつつ、俺は周囲を見渡す。工事現場に近い、昼下がりの鄙びた日陰の駐車場には、人影など一切見当たらない。

「外は外だが、車の中だ。周りに人も居ない」

「そりゃいい。じゃあ結論言うけどさ、これ、政治家が絡んでるよ」

「なんだと？」

思ってもみなかった言葉に、一瞬呆けた。

「政治家？　政治家が、ナオとどう関わりが？　まさか、カズヤがそうなのか？」

あいつの正体が何であっても別に驚きはしない。確かに口の回るやつだったし、そうであっても不思議ではないが、しかし本当に政治家だったとして、そこを偽る意味はよく分からない。

「違う違う。政治家なのは父親の方。要は子供の祖父にあたるやつだね。……ていうか、知らなかったの？　一応、友達の親でしょ？　地元の方じゃ結構有名な人っぽいけど」

つまり、ケンジの父親は政治家だったのか？

突然の事実に困惑する。いやでも、色々と思い返せば合点がいく。ケンジが、貧する事なく独り暮らししていたこととか、父親との確執とか、政治家があまり好きでないと言っていたこととか。代理人をかませてきたり、愛人の子だのなんだのカズヤが言っていたのも、その事実で一つにまとまる。

ケンジのことなら、何でも知ってると思っていた。

何が好きで何が嫌いか。何が得意で、何が苦手か。趣味や性格、鉛筆を持った時にその尻で自分の額を二度小突く妙な癖のことまで。

でも、こんな大事なことを知らなかったなんて。

ケンジにとって、俺はどんなやつだったんだろう。大事なことを伝えられるほどの信頼は、なかったのだろうか。

「ま、友達でも他人の親のことなんてどうでもいいか普通。逆に知ってて友達になる方が下心あるし」

あっけらかんと、イデは言い切る。

「とにかくそいつが地方でお偉い政治家してて、しかも念願叶って近々国政選挙に出るらしいよ」

「……だったら尚更、どうしてナオが見つからない？　政治家という立場でありながら、自分の孫が今どんな状況か、知らないのか？」

「そこは俺にも分かんないけどさ、ただまあその方向から圧力があったのは確かだよ。どの事務所もことごとく依頼断ってきたのは、そういう事情のせい。大事な選挙前だから、痛い腹つつかれたくないんだろうね。必死なもんよ」

痛い腹？　というと、妾の子であるカズヤの存在が不都合なのか？

「現在進行形ならまだしも、過去の不貞がそれほど選挙に不都合なことか？　いやまあ、政治のことはよく分からないが……」

色々思い返して状況を整理しながら、俺は首をかしげる。

「実子のケンジだってもういない。そもそも、十何年も前に家出して、エミ――妻の名字に変えてまで縁を切ってた。今更何がどう選挙に影響するっていうんだ？」

いくら血縁者と言っても、こんな状況じゃもう他人も等しい。

「あーそれはね、あんまり関係」

言葉が急に途切れた。

「ん？　もしもし？」

声を掛けたが返事がない。携帯の表示を見直した。まだ繋がっている。

「おいイデ、どうかしたのか？」

耳を澄ませると、駆ける足音と、息を切らすような音が聞こえた。さらにかすかに、怒声のようなものまで聞こえる気がする。

「おい！　どうした！　大丈夫か!?」

ただならぬ様子を感じて俺は強く呼びかけた。

「いやっ……いやごめんね！　俺には、ちょっともう、無理みたいだわ！」

再び息を荒げながらイデが言う。

「無理って、急になんだ!?　何があった！」

「とにかくさ！　こっから先は気を付けた方がいいよ！　あんまり派手に動いてると……！　邪魔されっから！」

先ほどより怒鳴り声が近い。誰かに追われ、逃げているのは確かだ。

「イデ、お前今どこだ！　助けに行く！」

「ははっ、俺みたいなのを？　優しいね！　モテるでしょ！」

「冗談言ってる場合か！」

俺は車のエンジンをかけた。

「お前以外に、ここまで詳しく調べて教えてくれたやつは居なかった！　お前ならナオにたどり着けるはずだ！　金も用意する！　頼むからどこに居るか教えてくれ！　お前が居ないと困る！」

「へへっ……そう、俺、優秀なんだよね……」

イデはそう呟いて、息を整えるためか少し沈黙する。

「らしくねー」

自嘲が小さく聞こえ、すぐに消えた。

「イ」

「ま！　無理なもんは無理だし、しょうがないよ～。気にしない気にしない！」

一転して能天気な声が耳元で響く。

「別の楽しみとか見つけたらいいんじゃない？　俺のおすすめはね、カメラ。最近ハマっててさ～。この間もいいの撮れたんだよね～。いや最高の一枚が」

不自然なほど急で無神経な話題。突然どうした？　何が言いたい？　困惑し反応できずにいる俺を無視するようにイデは話し続ける。

「今日はもう、仕事終わった？　車で寝泊まりしてないでさ、たまには家に帰って、ゆっくりベッドで寝なよ。疲れ取れないよ？　お土産も置いといたからさ。って言っても、友達の実家に遊びに行ったついでなんだけどね」

裏がある。妙なこの会話には別の意味が――。

「……！　分かった！」

俺は慌ててサイドブレーキを下ろしシフトレバーに手を掛ける。エンジンのうなりを聞いたイデが、スピーカーの向こうで楽しそうに笑った。

「じゃ、幸運を。ダイゴさん」

電話が切れる。

同時に車もその場から走りだした。

程なくして自宅に着くと、郵便受けに宛名も差出人も書かれていない封筒が入っているのを見つけた。

『お土産置いといたからさ』

きっとこれのことだろう。イデの妙な言葉の意味を、俺は彼からの情報提供だと解釈した。封筒を手に取り、その場ですぐに開く。

一枚の写真が出てきた。

「これは！」

そこ写っていたのは、カズヤの姿だった。夕暮れ時の逆光を浴び少し見づらいが、間違いなくやつだ。

「こいつ……！」

格好や雰囲気も、以前俺の前で見せたものとはまるで違う。やはり騙されていたのだ。想像が現実へと塗り替えられた。

憎たらしい。

引きちぎってやりたい衝動を抑えながら、写真を裏に返す。そこには一週間前の日付だけが書き記されていた。おそらく撮影日だろう。

しかし、ここはどこだ？

俺は首をひねる。ただ現在のカズヤの姿を見せられただけではどうしようもない。

『友達の実家に遊びに行ったついでなんだけどね』

先ほどの会話をまた思い出す。

「友達の、実家……？　まさか、ケンジの実家？」

あいつの実家の場所は知らない。だが、出身地だけは知っている。

「確か、千葉」

つまり、この写真は千葉県のどこかで撮影されたものか！　確証はないが、そう確信した。

俺は先ほどまでイデと繋がっていた携帯電話を見つめる。無理だ無理だと言っていたのも、「ここから先は自分で捜せ」というメッセージなのかもしれない。

彼は、無事だろうか。

折り返したが、電話はもちろんすでに不通だった。礼も言えないのが悔やまれる。法外な金額を要求するあたりは、ジョゼさんの言う通り碌でもないやつだったのかもしれない。だが、最後にこうして手がかりを残し、幸運を祈ってくれたことは、彼からの純粋な餞であったと思いたい。

そのまますぐに本屋に向かい、千葉県の地図帳を購入した。分厚く大きなそれを、家に戻って開いて見る。かなり地域を特定できたと思っていたが、こうしてみるとまだずいぶんと広い。

でも。

手元の地図と写真を見比べながら、俺は意気込む。

この中のどこかに、ここと同じ場所が存在する。

そこにカズヤが居て――ナオが居る。

大量の電話帳で埋もれそうなカラーボックスの前に、俺は身を寄せた。その上にある両親の位牌の隣に、少しくたびれてきた写真を懐から取り出して置く。

それを彩るように、花束を花瓶と共に添えた。

彼女が好きだった、紫の房の、花の束。

「俺が見つける、エミ。俺がナオを、必ず」

花束に額を寄せ、誓う。

そして来年の今日には、二人でこの花を供えに行くから。

頷くように房が揺れた。


改めて写真を見直すと、そこにはカズヤの姿以外にも多くの情報が存在した。

写真の端には見慣れた飲食チェーン店の看板が小さく写り込み、道路は手前から右へと緩やかなカーブを呈していて、見える限りでは二つの交差点を有する。そして空には、赤く染まった太陽。

店舗、道路展開、方角。わずかな情報だが、それでもある程度候補地は絞れる。

俺は千葉県の全体地図を拡大コピーして引き延ばし、部屋の壁に貼った。それからまず、写真に写った飲食チェーン店と同じ店舗を全部洗い出してそこにマッピングする。そしてこれらを西に望むエリアで、写真で見える道と同様の形をした場所はないか、地図帳で詳細な道路状態を見ながら一つ一つ確認していった。

部屋で一人ライターを灯し、俺は煙草をふかす。

煙が漂う中、確認の終わった場所に赤ペンでバツを付ける。壁の地図は、日を追うごとに北から赤く染まった。

そして三カ月後。

命日も過ぎた。

地図のほとんどが赤に染まり、可能性の高い場所として五カ所が浮かび上がった。

次は実際にこの場所に行って確認する。

そう段取りを決め、仕事の支度をすると出勤のため家を出た。

二千万も作る必要はもうないが、金はまだ要る。

次の段階の準備として、俺は現地のナンバーが付いた中古車を購入した。

他県ナンバー、しかも遠く静岡の車がうろついているのは目立つ。何かの拍子に俺の姿を先にカズヤに見られてしまったら、全て台無しだ。

ここから先は派手に動かない方がいい。そうイデに指摘されたのを思い返す。

敵はカズヤ一人じゃない。一政治家にどれほどの力があるのかは知らないが、慎重に慎重を重ねるのは悪手でないはずだ。

休日。帽子とサングラスで人相を隠しながら、俺は用意した車で候補地へと足を運ぶ。

一つ目は外れ。

二つ目も外れた。

三つ目。

「……ここだ」

サングラスを外し、写真とそこを見比べる。

時間はちょうど夕刻だった。西日の角度は少し違うが、道路の様子も、少し向こうに飲食チェーン店が見えるのも、この紙切れに切り取られたものと全て符合する。

この街に居るんだな。

写真をぐちゃぐちゃに握り潰す。

次の日、会社に退職届を提出した。

ようやく自由に動けるようになると、俺はカズヤが現れたその場所で、再びあいつが現れるのを待った。

おあつらえ向きに近くの立体駐車場から、その一帯を見渡せた。きっとイデもここから写真を撮ったのだろう。双眼鏡を片手に、遠目から道行く人々の姿を追う。

しかしそんな行動、周囲からは不審に思われるだろう。俺は時折場所を移動しながら、それでも一人の人相も見逃さず張り込んだ。

十八時以降の時間帯は、特に注意して張り込む。

どんな人間でも、行動には何かしらパターンが出てくるものだ。

子供がおもちゃ売り場に惹かれてしまうように。強いパンチが来る時には、軸足の踏み込みが強くなるように。

写真の先の区域には、スナックなど居酒屋が多く集まる場所がある。

撮影日だった六月五日。この日、この場所の日の入り時刻は、十八時五十二分。

例えば夕暮れ時、居酒屋へ続く道の途中に男が歩いていたとして、彼はどこへ行くと思うだろうか。

木枯らしが吹きすさぶ中、俺はやつが足を置いただろうアスファルトを踏みつける。

必ずもう一度ここへ来る。


年の瀬も近いその日。

体の半分が闇夜の色に染まる頃。

ほろ酔いのカズヤが、何を気にするそぶりもなく、そこを通った。


見つけたぞ。

5

チャイムの音が、せき立てるようにけたたましく鳴り響く。

「うるせえな！　誰だよ、こんな時間に――」

ぼやきながら玄関を開いたカズヤは、こちらを見た瞬間に驚愕の表情を見せた。

「は?!　お前、何で――」

「ナオはどこだ」

問い詰めるとカズヤは一瞬息をのんだが、すぐにこちらを睨みながら答えた。

「……知らねえ。ここには居ねえよ」

玄関に視線を落とす。あるのはこいつが先ほどまで履いていた少しくたびれたスニーカーと、男物と思われる革靴の二足。

子供の靴はない。

でも絶対にここに居る。

カズヤを押しのけ土足のまま上がる。

「な、おい待て！」

慌てた様子のやつが掴みかかってきた。

すかさず拳を打ち抜いた。まともに食らったカズヤが玄関の棚に背中をぶち当てながら倒れる。

小さくうめき声が聞こえたが放って、家に上がった。それほど大きくない平屋。すぐ手前に見えた襖を開く。

六畳間に炬燵と、年末番組を流すテレビ。

居ない。

隣は。

襖が隔てる向こうに視線を向ける。

畳を靴で踏みながら部屋を闊歩し、そこを開け放った。


つくづく。

つくづく、自分の見ていた世界は、狭いものだったと思う。


そこは手前と同じ六畳程度の部屋だった。

開いた瞬間に妙にムッとした空気と、生臭さが鼻を突く。視界を阻むような物はない。何の変哲もない部屋のように見えた。しかしそこから視線を下げて見えたのは、一枚の布団と、その上で行為に勤しむ二人の人間。

荒い吐息と、ネチネチと響く嫌な音。

仕切りの襖を開かれて驚いたのか、膝立ちで腰を振っていた中年の男が動きを止めた。それから不思議そうな顔でこちらを見上げる。

その男の足下。裸に剥かれたナオが、尻を突き出し、頭を抱えてうずくまりながら、震えていた。


この世に。

泥の方がまだ清らかだと思えるような世界が存在するなんて。

思いもしなかった。


男の顔面を正面から鷲掴みにする。男が悲鳴を上げた。それでも問答無用に引っ張り上げナオから引き剥がすと、そのまま近くの柱へ後頭部から思い切り叩きつけた。

男の体がびくんとしなる。

ためらわずまた引っ張り上げ、再び勢いよく叩きつける。もう一回、もう一度、何度も。


この。破廉恥で。薄汚い。ゴミが。ナオに。ナオを。


頭に激しい衝撃が走って、ガラスが砕ける音がした。

手を止めて、ゆっくりと振り返る。

割れたビール瓶を持ったカズヤが、驚いた顔でこちらを見る。

元はと言えばこいつが。

素早く踏み込み、全力で顔面を殴りつける。

拳がグッとはまる感覚がした。

気色の悪い悲鳴を上げて、カズヤが鼻血を噴き出しながら床へ飛んで転がる。


こいつさえ来なければ。


這いずり逃げようとする体を掴み、すかさず二、三発パンチを打ち込む。

カズヤの顔が大きく揺れた。


何が政治家の息子だ。

もっと早く、やはりもっと早く見つけてやらなきゃいけなかった！

ふらふらとしながら逃げようとするそれを追いかけ、フックを放つ。脇腹を抉って、再びそれを床へと引きずり倒した。


どうしてこんなことができる。

馬乗りになって押さえ、両手の拳を交互に叩きつける。

どうしてこんな非道なことが！　誰だか知らないがあの醜悪な男にしても！　どうして！　ナオが！　何で！　こんな目に！

こいつさえ居なければ！

痺れるような憎悪に、言葉を忘れて、ただ殴る。

やめて

お願いだから、もうやめて

「もうやめて！　ダイゴ！」

ざあっと熱が冷めて、気が付いた。

「……エミ？」

彼女の声だ。聞こえた。俺は立ち上がり、周囲を見回す。

テレビから深夜の番組が流れる以外、辺りは息を潜めたようにしんとしている。

当然、姿はない。

気のせい？

ふと下を見る。

「ひっ!?」

足下に顔の潰れた人間の姿が目に入り、思わず飛び退いた。

誰だ？　何で——死んでる？

荒い呼吸で身を震わせながら、俺は立ち尽くす。

「いっ……っ」

両手にズキリと痛みが走った。

恐る恐る、目の前に持ってくる。

薄暗くともはっきりと鮮明に、赤い。

「うわ、わあっ！」

見たこともない血の量。せり上がった恐怖に押し出されるように、もつれる足をがむしゃらに動かしてすぐそこの台所に駆け込んだ。

蛇口から勢いよく水を吐き出させ、血を弾き飛ばすように洗う。

何なんだ、一体何でこんなこと……！　何が起きて……！

流水の中で一心不乱に手をこすりながら、細切れになった記憶の断片を必死で縫い合わせる。

カズヤを見つけて、ばれないように後を付けた。飲み屋に入ったから、出てくるのを待って、タクシーで帰るところを車で尾行した。ここに着いて、家に入るのを確認して、すぐにチャイムを鳴らして――。

呼吸がひときわ荒くなる。

あれは……カズヤなのか？

廊下に倒れた死体に目をやる。

俺が、やったのか？　俺がカズヤを――殺した？

拳が強く痛む。冷や汗がどっと出た。呼吸がうまくできない。

体がわなわなと震えた。

嘘だ。

立っていられなくなって、その場に落ちるように座り込む。

嘘だ、そんな。俺は、俺はただナオに――。

「ナオ？」

はっと顔を上げる。そうだ俺は、ナオを捜しに来たんだ。

本来の目的を思い出すと同時に、体の震えが止まる。

彼を見つけないと。

すっと、腰を持ち上げる。

「ナオ！」

声を響かせながら、死体の脇をすり抜けて家の奥へと足を踏み入れた。テレビの置かれた六畳間を通り過ぎ、飛び散ったガラス片を足裏に感じながら隣接の和室へと行く。

暖房が切れ、暗くひんやりとした空気に沈んだその部屋の隅。

膝を抱え、裸のままうずくまる彼がいた。

「ナオ！」

ああやっと。

どれほどこの瞬間を待ち望んだだろうか。

胸が詰まるほどの喜びを抱えて駆け寄り、求め続けたものに触れようと伸ばした手は、しかしすんでのところで止まった。

小さい。

感じた印象は、そんな言葉に換わり頭に響く。

小さい、何もかも。

それは彼が膝を抱えて身を縮ましているからというわけではなく、骨と皮だけの痩せ細り切った体のせいだけでもなく、存在、それ自体が、終わりかけの蝋燭の火のように、小さく小さく思った。あるいは寄る波に消されつつある砂の塔のように。

陰惨な世界の中に、彼の魂が溶けて消えようとしている、そう見えた。

「ナオ、ナオごめんな、本当にごめん……っ！」

俺は羽織っていた上着を脱いでナオを包むと、その上から彼を抱きしめる。

「辛かったよな、苦しかったよな……！　ごめんな！　遅くなって！　俺が馬鹿なせいで……！」

元はと言えば、愚鈍で暗愚な自分のせい。

止めどない後悔と罪悪感に奥歯を噛みしめた。

どれほど暗い絶望だったろう。

家族を亡くした激痛も冷めやらぬうちに、見知らぬ場所に連れてこられ、虐げられ、辱められ。

こんな所で、ひとりぼっちの長い夜を過ごすなんて。

想像するだけで、気が狂う。

「……一緒に、帰ろう」

俺は掬い上げるようにそっとナオを抱えて持ち上げた。

軽い。それから、冷たい。

無言で目を合わせてこない彼を車へと運び、後部座席に乗せる。すぐにエンジンを入れ、暖房を最大出力にした。

早く温めてやらないと。

氷のように冷え切った手足の先が気持ちを急かす。

車ごとナオを温めている間、俺はもう一度家に入った。彼の私物を取り戻すつもりだったのだが、
一通り見回しても、それらしい物は見当たらない。

引き取られたはずの机や家具、大量にあったアルバムや、別れ際に背負っていた荷物でさえ。残っている物は一つもなかった。

唯一あったのは、彼がずっと着させられていたのだろう、半袖のシャツとズボン一枚ずつ。洗濯もされていない汚れ切ったそれを、一番奥の三畳程度の小部屋の中で見つけた。

ここに居たのか。

ゴミが至る所に積み上げられ、冷たい空気とともにムッと異臭が鼻を突くその部屋を見た瞬間、俺は悟った。

入り口の近くには、暗がりでも汚れが分かる薄っぺらな布団が一つ。

涙がこぼれた。

こんな劣悪な中で、こんな寒そうな布団だけで。

もう嫌だ、もう無理だと泣く夜を、一体いくつ越えなければならなかったのだろう。

車に戻ると、俺は急いでその場を後にした。

一刻も早く、この忌まわしい場所からナオを離したい。後部座席でうずくまったまま横たわる彼をミラー越しに覗きながら、アクセルを強く踏んだ。

街中からは少し郊外に位置したその場所から、黒い沼のような田園を横目に一直線に故郷へと走る。

汗ばむほど温まった車内で、ナオはずっと膝を抱えて横たわり、視線は虚ろにどこかを見つめていた。

車に乗せて、事故のトラウマが出てくるんじゃないかと思っていたけど。真っ暗な景色の高速道路を走り続ける。

それを感じられないくらい、彼の心は傷付いているのか。

三時間ほど、止まることなく運転を続け、俺はナオを連れ自宅へと戻ってきた。

もう真夜中というよりも早朝の方が近い時間帯。車を駐車場に停め、彼を抱え息を潜めつつ、静かに自宅の扉をくぐる。

「ナオ、風呂に入ろう」

いの一番に俺はナオを風呂場に連れていった。

空の浴槽の中に彼を座らせ、温かいシャワーを柔く体に当てる。

「熱くないか？　体、痛かったら言えよ」

声を掛けるがナオはこちらを一切見ることもなく、一言も発さない。

優しく丁寧に洗いながら、俺は歯を食いしばり、逸らしそうになる視線を必死で前に向け続けた。

明るい光の下では、その痛々しい肢体はより鮮明に目に刺さる。伸びっぱなしでもつれた髪。ガリガリに痩せた体。そして全身に、痣が。

酷い。これが同じ人間のすることか。

湯船に浸からせる間、適当な着替えを自分の手持ちの中から見繕う。十分温まっただろう頃に、彼を風呂から引き上げた。「温まったか？」尋ねたが、返事はない。ただ先ほどより紅潮した頬がそれを示す。

濡れた体を拭き、その場しのぎの着替えとして、自分の薄手のトレーナーをあてがった。裾の余ったのを折り返し、それからベッドに寝かせて布団をそっと掛ける。

「眠かったら、寝ていいぞ」

ナオはベッドに寝かされても、相変わらず無表情で天井を見続けた。まるで使い古されたぬいぐるみのように力なく。

「そうだ……お腹、空いてるよな。すぐ作る。チキンライスでいいか？」

込み上げる気持ちを堪え、俺は立ち上がった。懐かしい味に触れれば気力も湧くだろう。そう意気込んで冷蔵庫を開けると、冷たい空気が大量に溢れ出て足下を撫でた。

そういやここ最近、ほとんど家で飯を食ってなかった。

空っぽの冷蔵庫に、心の中で舌打ちを打つ。

「ごめん、コンビニでご飯買ってくる。すぐに戻るから！」

俺は財布を片手に家を飛び出し、近くのコンビニまで走った。

厳冬の、まだ星空が広がる朝の道に人は居ない。

コンビニにも客は自分だけだった。誰の視線も気にすることなく、数少ない商品の中で俺はナオが好きだったパンや菓子やドリンクを手当たり次第、籠に入れる。大量の商品を抱え会計に立つと、店員は少し嫌そうな顔で俺を見たが、渋々バーコードを読み込み始めた。

ナオは大丈夫だろうか。

商品が左から右へと移されていく間にも、彼のことが頭から離れない。

一人にされて、心細くなってはいないだろうか。急に具合が悪くなって、苦しんだりしていないだろうか。本当の家に帰ろうとして、俺の家から出て行ったりしていないだろうか——。

まだ出て十分ほどしか経っていない。それなのに、時間が経つにつれて急速に、恐怖に近い不安に心が支配されていく。

相変わらず店員はのろのろと手を動かす。

早くしろよ。

苛立ちのままに店員を睨むと、伝わったのか萎縮して次々と読み込み始めた。

ようやく全ての商品が会計にかけられると、俺は総額を聞く前に店員へ札を放り投げる。そして差額を受け取らないまま、両手に袋を提げ大急ぎでまた無人の道を走って帰った。

靴を脱ぎ捨て、玄関から部屋へと飛び込む。

「ただいま！」

「ナオ買ってき——」

ベッドを見て俺は慌てて口を閉じ言葉を飲み込んだ。

荷物を脇へ静かに置いて、息を潜め近づくと、上から彼の様子を覗き込む。

赤ん坊のように背を丸めてナオは、目を瞑っていた。

眠ってる。

俺はその場にへたり込んだ。そして呆然と、小さな盛り上がりがひっそりと上下しているのを眺める。

ナオが居る。

俺の前に。

それは、何度も夢見るほどに焦がれた景色。

「ごめん」

寝息よりかすかな声で謝る。

ごめん。助けるのが遅くなって。

ごめん。騙されたのにすぐ気が付けなくて。

ごめん。養子に出したりして。

ごめん。気持ちを分かってやれなくて。

旅行に行けなんて言って、お前から家族を奪って、本当にごめん。

閉じるように両手で顔を覆い、伏せる。

ダメだ。ダメなんだ。

場違いに湧いてくる感情をかき消すため、謝り続ける。

会えて嬉しいなんて、思っちゃ。

言葉の届く距離に彼が居ることが。

奇跡みたいだ、なんて。

電灯に手を伸ばし、暗闇を招いて隠れる。

でも今度こそ。

今度こそ幸せにするから。

俺が、この手で。お前を。

厚みを増した静けさの中、起こさぬようベッドの端にそっともたれかかると、俺もまた眠りの中に溶けた。


ズキン。

激しい頭痛に意識が戻る。

「いた、た……」

顔を歪めながら細目で時計に目をやると、八時を指していた。深く眠っていたようで、まだ三時間程しか経っていない。

カーテンの隙間からは透き通るような冬の朝日が射し込んでいた。それは部屋の形をぼんやりと浮かび上がらせ、ベッドの上の彼へと降り注ぐ。

神々しい。

ズキンと再び後頭部に裂くような痛みが走る。触ってみると、髪の毛がバリッと固まった感触がした。手を見ると乾燥して粉になった血が付着している。

怪我？　いつの間に。

だがこの様子なら恐らく大事でもない。シャワーで洗い流そうと立ち上がると、今度は全身が軋むように痛んだ。

「いってて、何で……」

動作の一つ一つが、体のどこかに響く。酷い筋肉痛の痛みだ。俺は手足を引きずるようにして風呂場に向かい、痛みを堪えながら風呂に入る。

途中、鏡越しに伸び放題の髭が目に入って、慌てて剃り落とした。

シャワーの後も、ベッドでは未だナオが寝息を立てる。

ずっと眺めていたい気分だったが、俺は急いで身支度を整えた。

買い物に行かないと。

必要な物がたくさんある。部屋の隅でくたびれている鞄を開くと、ぞんざいに放り込まれてあった金を掴んで取り出した。財布に詰め、はち切れそうなほど膨らんだそれを持って急いで家を出る。

まず薬局。次に適当な洋服屋。それからスーパーで食材を買い込み、家に戻る。

帰ってすぐに寝床を覗くと、ナオが変わらず静かに眠っていた。

ほっと息をつく。

俺は続けて台所に立った。

彼の好きだった物で腹を満たしてやろう。久しぶりに包丁を手に持ち、無心に食材を刻んだ。ハンバーグ、ポテトサラダ、きんぴらごぼう、みそ汁、チキンライス。何を食べたいと言ってもいいように、狭い台所で何品も作る。

その間も、ナオはずっと眠り続けた。

彼が目を覚ましたのは、その日の夜。そろそろ日付が変わろうかという頃だった。

すっかり冷えてしまった食事をラップに包み、冷蔵庫へと仕舞ってから部屋に戻ると、ほぼ丸一日ぶりにナオの目が開いていた。

「ナオ！」

俺は食いつくように彼の傍へと寄る。

「大丈夫か？　よく眠れたか？　お腹空いただろ、何が食べたい？　何でもいいぞ」

矢継ぎ早に尋ねたが、ナオは何も答えない。

「お前の好きなチキンライスも作ったんだ。食べるか？」

俺は冷蔵庫からチキンライスを盛った皿を取り出し、すぐさま電子レンジに入れ加熱した。湯気と香ばしい匂いを立て、出来たての温度に戻ったそれを彼の顔の前まで持ってくる。

「ほら、美味しいぞ」

懐かしいはずの香りにも、しかしナオは反応しない。昨日と同じように、こちらに目を向けることもなく、無表情で天井を見つめ続けていた。

「……俺が作ったのは、やっぱり嫌か？」

いつかの苦い記憶が戻ってくる。

目の前に居るのに触れることも叶わない、身の軋むようなあの無力感。

「それなら、お菓子もあるぞ」

記憶を振り払い、俺は彼が好きだった菓子の袋を開いた。甘い香りがぷんと漂う。だがナオはそれにも関心を見せない。

「ジュースはどうだ？　喉も渇いてるだろ」

お気に入りだったジュースを注いで見せる。

だがやはり、彼は何の反応も示さなかった。

そりゃ、そうか。

諦観が、コップを持つ手をゆっくりと下ろさせた。

多過ぎる。

失ったものも、奪われたものも、与えられた傷も。

この小さな体には割に合わないほど。

誰も居ない静寂の中に佇むように、彼はただ、虚空を見つめる。

「ごめんな、ナオ。ごめん」

部屋に閉じこもっていた頃の彼を思い出した。あの時のように、行き場のない傷付いた心が、閉じられた世界の中で一人、泣いているのではないだろうか。

この小さな頭の中で。

包むように頬に触れ、額を突き合わせる。目を閉じ、泣き声が聞こえないかと耳を澄ませた。

皮膚と骨の先。たった数センチの距離が、まだこんなにも遠い。

彼のために、俺ができることは何だろうか。

「ごめん」

口にするほど空しさを増す、謝罪の言葉だろうか。

迷いながら目を開ける。

薄く開く口が見えた。

「あ」

食わせなきゃ。俺は衝動的に菓子を彼の口の中に突っ込んだ。

だが頬張ったままナオは飲み込まない。唾液だけが半開きの口の隙間から垂れる。

「ナオ、ほら噛んで」

体を起こしてやり、そう促したが、顎が動く気配はない。諦めて口内から菓子を掻き出すと、彼の唇は再び固く閉じてしまった。

「もう一回！　頼むナオ！」

必死に先ほどと同じようにナオの頭を抱え、額をくっつけ合わせる。強く目を瞑ってから開けると、また開いた口が見えた。すぐに今度は、ジュースの入ったコップを手に取る。

少しだけ口の中に流した。

ナオの喉が微かに動く。

「飲めたな！　偉いぞ、ナオ」

とびきり褒めて、撫でてやる。

たったこれだけのことも、心の底から嬉しい。

それから同じ方法でジュースを飲ませ、コップ一杯を彼は飲み切った。

「美味しかったか？　少し休もうか」

横にすると彼はすぐに目を閉じて眠り始める。

温かい飲み物にすればよかった、と後から思いついた。

もっと、冷え切ってしまった心や魂まで、温もりを届けられるように。

深い眠りについた彼の頭を撫でる。

昨日と同じようにベッドにもたれながら、視線をカラーボックスの上に向ける。

そこにあるのは、もう、懐かしいと言える時を経た写真。

「俺が守るよ。俺が、幸せにする。絶対に」


ナオは一日の大半を眠って過ごした。

起きる時間はランダムで、昼に起きることもあれば、夜まで寝たり、逆に早朝に目覚めることもあった。起きている時間も短く、一時間もすると、うとうとと瞼を閉じ始めてしまう。それでもそんなわずかな覚醒の隙を突くように、俺はナオに食事を与えた。ジュースやスープ、飲み込みやすいゼリーなど、彼の好きな味を選んで食べさせる。

「おはようナオ。よく眠れたか？　すぐ朝ご飯用意するからな」

どちらかというと昼食に近い時間に目を覚ました彼にそう声を掛けて、俺は台所に立った。レンジで温めた牛乳をヨーグルトに混ぜ、その中に蜂蜜をたっぷりと垂らして混ぜ合わせる。

彼が熱を出した時に作っていたドリンク。蜂蜜の甘い味が大好きで、体調のいい時にもせがまれてよく作った。

「お待たせ」

俺はベッドの上に座り、彼をあぐらの中に抱えると、頭を片腕の内側で挟んで支える。そしてうっすらと開いた唇の隙間に、乳白色のそれをとろりと流し込んだ。

試行錯誤の結果行き着いたその体勢は、まさに赤子にミルクを飲ませる様そのもの。

「美味しいか？　たくさん作ってるからな。好きなだけ飲んでいいぞ」

調子よくナオの喉が動く。

とその時、下半身の方からくぐもった音が聞こえ、異臭が漂い始めた。

「ああ、出ちゃったか」

俺は慌てずにおむつの入った袋に手を伸ばす。「大丈夫、すぐにキレイにするから」一枚取り出し、彼を横たえてからズボンを脱がせた。

「ごめんな、恥ずかしいよな。すぐ終わらせるから」

そう声を掛け、汚れたおむつを取り外す。尻を丁寧に拭いてやってから新しい物を手早く取り付けた。

「ほら、終わったぞ。すっきりしたな」

ナオは羞恥に顔を染めることもなく、虚空を見続ける。

まるで本当の赤ん坊のように。

それでもいい。

存在を確かめるように彼の体を撫でる。

部屋の隅に目を移すと、捨て損ねの酒瓶が一本佇んでいた。

どれだけ手がかかり、無視されようとも。彼の居ないあの日々と比べれば、途方もなく。


「まだ起きてるなんて、珍しいな。お腹空いてるのか？」

食事の後しばらくしても、彼は目を覚ましていた。

「俺、そろそろ買い物行ってくるけど、何か食べたい物あるか？」

答えはなく、時計の音だけが響く。俺は微笑んで、ナオの頬に触れた。青白く、くすんだ色をしていた彼の肌は、数日を経て今は多少血色が戻り、淡いピンクに色づいている。

「留守番、お願いな」

財布に金を詰め、コートを羽織る。出掛けの準備の最中、ふと、ナオの視線の先にテレビがあるのに気付いた。

「もしかして、テレビ見たい？」

こんな何もない家で寝てるだけじゃ暇だよな。俺はリモコンに手を伸ばし、電源ボタンを押す。パチンと音が鳴って、和装の芸人たちが画面に映った。一秒遅れで笑い声も響き出す。今は特別番組しかやってないか、と世情を思い出した時。

ズザッと、ベッドから衣擦れの音がした。

振り返ると、こちらを向いていたはずのナオが、小さな背中を向けている。

「ナオ？」

よく見ると小刻みに震えているのが分かった。突然のことに驚きながらも俺は声を掛け、彼の背中にそっと触れた。

「どうした？　大丈夫か？」

その瞬間、ナオは弾かれたように掛け布団を引き連れてベッドの隅に逃げた。

「えっ？」

今までにない反応に、期待と緊張が高まる。

ナオは何かを耐えるように両手で耳を塞ぎ、隅に向かってうずくまった。

「テレビ？　これが嫌だったのか？」

そう思い至ってすぐさまテレビの電源を落とす。部屋に静けさがまた戻った。

俺はさらにテレビのコンセントを引き抜く。「ごめんな、ナオ。もう大丈夫だぞ」そう声を掛けてやったが、それでも彼はまだ布団にくるまって震え続けていた。

耳を塞いでいるのだから、気付かないのも当然か。俺はなだめようと近づく。「ナオ、もう大丈夫だから、落ち着いて」ベッドに上がり、もう一度彼の背の辺りに手を置いた。

「！」

声のない悲鳴を上げ、ナオが動いた。俺の脇をすり抜け、ベランダに向かって走りだす。

「ナオ！」

ナオはドアに張り付き、ガラスを叩いた。しかし開かないと悟って、バタバタと足音を響かせて部屋の中を走る。俺はその体を抱きしめて捕まえた。

「落ち着け！　ナオ！　大丈夫だ！」

腕の中で彼は激しく暴れる。細い腕からは信じられないほどの強い力で、必死に俺から逃げ出そうと藻掻いた。

「痛っ！」

手に噛みつかれた拍子に腕が緩む。その隙にナオは素早く抜け出し、風呂場のドアに手を掛けた。

「待ってナオ！」

制止の声も届かない。引き止めようと伸ばした手が、もう少しのところで空を切った。

バタン、と音を響かせて、俺の前に再び扉が立ち塞がる。

「ナオ！」

ドアノブを回そうとすると抵抗を感じた。「ナオ、開けてくれ！」ドアの向こうに居るはずの彼に呼びかけたが、返事はない。

「ごめん、ナオ。驚かせたんだよな？　俺が悪かった。もうしないから、出てきてくれ」

なるべく優しい声で言ったが、沈黙は続く。

「そこ寒いだろ？　そのままじゃ、風邪ひくから。お願いだから開けてくれ」

別に鍵は付いてない。力任せに開けてしまうことも、やろうと思えばできる。だがしかし、それでいいのだろうか。

噛みつかれた手が痛む。

俺はドアノブから手を離した。

膝を折り、閉ざされた扉に触れ、額を付ける。

ああ、やはりここからなのか。

「分かった。じゃあ、俺が出て行くから。だからそこを出て、こっちのあったかい部屋の方で休んでくれ。頼む」

そう伝えると、俺は風呂場のドアに背を向け、そのまま家を出た。

少し大げさに玄関の扉を閉め、階段も足音を立てて下りる。一番下まで下り切ると、足を止め、階段に腰を下ろした。

白く長いため息が口から漏れる。

一瞬だけ目が合った時のナオの表情は、恐ろしい怪物を目の前にしたかのようで。

俺じゃあ、やっぱり、俺なんかじゃ――。

自己嫌悪に気が挫けそうになりながらも、心の隅では淡い高揚が生まれてくるのも分かった。

ナオが動いた。

食事も排泄もなすがままで、人形のように我を失った状態だった彼が、意思を持って動いたのだ。

恐怖と混乱に取り乱した状態だったとはいえ、何か大きく前進したような、希望を感じる。

間違ってない。

よくなるんだ、ナオは。

時間はかかっても、いつか必ず、元気になる。

俺は階段の上を振り返り見上げた。

しかし、ひとまず勢いで出てきたものの、これでよかったのだろうか。

腕を組んで考え込む。以前に彼が引きこもっていた時のように、家に一人にしてやれば出てきてくれるのではないかと思ったが、うまくいくだろうか。わざと音を立てて遠ざかるようにも見せかけたから、俺が家の中に居ないことは察しているだろうけど……。そもそも、買い物に出ようというところだったし、予定通りにしてみようか。でも、その間にナオが家から飛び出したりしたら——。

かじかんだ手に息を吹き当てる。しばらくここに居るのがいいのかもしれない。

そこでふと、ベランダのカーテンが開いていることを思い出した。

中の様子が見えるかもしれない。俺は立ち上がり、急いでアパートを回り込む。思った通りカーテンは開いていたが、とはいえ下からの視線では家の中までは見渡せそうにはない。

ダメか。そう思って戻ろうとした時、彼の姿が見えた。

「ナオ」

ああよかった、風呂場からは出てきてくれたのか。そう安堵する中、ナオは何かをカーテンのレールに引っかけた。

「えっ」

総毛立つ。それが何を意味するのか、直感で悟った。

全速力で走りだし、階段を一気に駆け上がって玄関の扉を乱暴に開け放つ。「ナオ！」土足で踏み込み、カーテンレールに通したベルトで首を吊ろうとする彼を止めようと手を伸ばした。

時間がその速度を下げて、悠久を創り始める。

足場に積み上げた電話帳の山を、ナオが蹴り崩した。

小さな体が宙に浮き、ベルトが、細い首へ無慈悲に食い込む。

まだ届かない。

無駄にでかい体を精いっぱい伸ばしているにも関わらず、彼との距離が、絶望的に遠い。

ゆらりと体が揺れる。

あと二歩。あと一歩。足らない。

バキリと音がした。折れ曲がったカーテンレールが根元からもげる。

宙に揺れる体が落ちた。

「っ！」

世界が正常に動きだすと同時に床へぶつかる直前で彼を受け止める。ミシミシとまだ上から音が聞こえた。落ちてくる！　慌てて彼をかばうように抱きしめ、目をきつく閉じた。

音が止み、部屋がしんと静まる。

待てども衝撃が背中に落ちてくることはなく、俺はゆっくり目を開き、恐る恐る上を見た。折れ曲がったカーテンレールが、半分ほど壁から引っこ抜けた状態で止まっている。
なんだ、落ちてきそうにはないか。
折れたレールの谷間、手招くように揺れる輪状のベルトを見つめながら、人心地付く。
「おかあさん」
腕の中から声がした。
反射的に顔を向ける。
大粒の涙を、見開いた目からナオがこぼしていた。
「おかあさん、お母さん！　うわあああん！　お母さーん！」
彼は叫んで泣きだした。
黄泉の国に去る母親の背中を追いかけるように。
「ナオ……」
死にたかったのか。
いや。
会いたかったんだな。みんなに。
揺れていたベルトが静かに止まる。
俺は泣き喚く彼を抱きしめた。
張り裂けそうなその声の振動が、慟哭とともに心臓にまで響く。
許してくれ。

深い懺悔と微かな希望を胸に、彼が泣き止むまで俺はただ強く、抱きしめ続けた。

食べたい物を尋ねると、彼は「チキンライス」と答えた。

台所に立ち、一人分のチキンライスを作り上げる。出来たてのそれを彼に振る舞うと、少しおどおどしながらもスプーンを握り、ひとくち口に入れた。

「美味しい」

ほっとした声音で彼が言葉を漏らす。それから続けてひとくち、またひとくちと食べ進めた。

暗闇に塗られたベランダの窓に、少し荒れた部屋と、テーブルでご飯を食べるナオが映る。その傍らで、彼の食事を黙って見守る俺の姿もあった。

食べながらナオは時々鼻をすする。すでに赤く腫れ上がった目に涙が浮かんでくる時もあった。それでも彼は歯を食いしばり、黙々と食べ続ける。

「あのね」

食事を終えた後、ベッドの上に戻った彼は、壁を背に膝を抱えながら口を開いた。

「トラックとぶつかる直前に、お母さんが僕を座席の下に引っ張ったんだ」

その隣、俺も同じ姿勢で彼の話を聞く。

「体が足下の所にすっぽりはまって、それとほとんど同時にすごい衝撃があって。目の前にあったお母さんの顔が、潰れたんだ。人の頭ってさ、潰れる時バキッていうんだよ。でもお母さんの顔だけじゃなくて、全部がぎゅって押し潰れた。僕が居た場所も、潰れてすごく狭くなって、全然身動きが取れなくて、息が苦しくて。……助けが来てくれるまでの間、お母さんの顔から出た血が、ずっと僕の顔に落ちてきてた。だから助けてもらった時僕本当に血まみれで、救急隊の人、僕が大怪我してるって慌ててた」

平静に語りながらも、彼は震える指で自分の膝を掴む。

「お母さんは、僕を、守ってくれたんだよね……？」

「うん」

「お母さん……っ」

ナオは抱えた膝に顔を埋めて肩を震わせる。

俺は何も言えず、ただ泣く彼の傍に居るしかできなかった。

事故の瞬間にさえ、我が子を守ろうとしたエミの愛情の深さ。

そんな母親の死を目の当たりにし、恐怖の中それを目撃し続けたナオの苦しさ。

言葉なんか出ない。この俺の愚鈍な脳みそでは。

「お母さん、お母さん。大好き。会いたい、会いたい」

どんな慰めや共感も、空虚。

俺はベッドから降りると、カラーボックスの上に置いていた写真を手に取り、ナオの傍に戻った。

「こんなのしかないけど」

千切れたままのそれを彼に渡す。ナオは写真を受け取ると、食い入るように見つめた。

瞳に、在りし日の母親の姿が映る。

もっと自分でも写真を撮っておけばよかった。そうすれば、父親や祖母の姿だって見せてやれたのに。

「それ、あげるよ」

上目遣いで彼が俺を見上げる。

「いいの?」

「いいよ。元々お前のだから」

頷いてやると、ナオは静かに目を伏せ、胸元に写真を抱きしめて涙を流した。

「ダイゴ」

そして彼は呟いて、身を預けるように俺の肩へもたれかかる。

「ダイゴは、どこにも行かないで」

名前を呼ばれたのは、いつが最後だったか。

「ずっと傍に居て」

縋るように彼の指先が袖を掴む。

懐かしさと喜びと悲しみが混ざった胸は痛い。

「ああ。どこにも行かない。ずっとナオの傍に居るよ」

そっと彼の肩を抱く。温もりと人の香りが濃く、体に染み渡った。

もう二度と離さない。何があっても。


「ダイゴ？　ダイゴ、どこ？」

不安そうな声で彼が俺を呼ぶ。

俺は急いで小便を終わらせると、慌ただしくトイレから飛び出した。

「居るよナオ。ここだ」

姿を見せるとナオはすぐにこちらへとやって来て、体に抱きつく。

「どこ行ってたの？　どこにも行かないでって言ったじゃん」

今にも泣き出しそうな顔で彼が言った。

「ごめんごめん。ちょっと、トイレに行きたくて。ごめんな」

謝りながら俺はナオの背中を撫でる。強ばって震える彼の体が和らぎ、笑顔が咲いた。

「ダイゴ、抱っこ」

そう言って彼は両手を突き出す。

一瞬、躊躇した。

なんせトイレに行く前にもずっと抱きかかえてやっていたのだ。いくら彼が小柄で痩せているとはいえ、腰がうずく。

「ねえ、ダイゴ」

彼が俺を呼ぶ。甘えた声が、耳に残る。

「分かったよ」

観念して抱き上げると、ナオは全身で俺に抱きついてきた。落とさないよう必死に支える。

あやすように揺らしてやると、彼は安心し切った様子でこちらに身を預けた。

まるで幼子のようなその様は、体がほとんど成熟しつつある少年の振る舞いとはあまりにかけ離れる。

ぐうと、ナオの腹が鳴った。

「朝ごはん、何が食べたい？」

「たまご」

「そうか、じゃあ卵焼きでも作ろうか」

下ろそうとするとしがみつかれた。

「やだ」

「え、でもお腹空いただろ？」

「空いた」

「だからごはん作るって。ちょっと下りて」

「嫌だ！」

喚いてぎゅうっと腕の力が増す。少し苦しい。

「分かった、分かったよ」

仕方なしに俺はナオを抱えたまま台所に立つと、片手でなんとか飯をよそい、卵を割る。

「ほら、ご飯、食べよう」

卓の前に下ろしてやると、「いただきます！」と快活な合掌をして、彼は目の前の卵掛けご飯をかきこんで食べ始めた。

やれやれ。

俺は隣に座り込んで、それを見守る。

「あっ」

食事の途中、ナオは声を上げスプーンを持つ手を止めた。

「漏れちゃった……」

しまった、と言う顔をしてちらと横目でこっちを見る。

「そうか、じゃあ替えよう」

慌てず笑わず、俺はおむつを袋から一枚取り出した。

「ほら、ズボン脱いで」

連れ立ってトイレに入ると、便座の前で穿いていたおむつを脱がせる。

「おしり拭いて。おしっこは大丈夫か？」

「うん」

一つ一つ確認してやりながら、新しいおむつに足を通させた。

「よし、キレイになった――」

くぐもった音が聞こえる。仄かに便臭が漂いだした。

「……」

ナオがじっと俺の顔を見る。

「……替えようか」

俺は微笑みかけて言った。


ベランダで洗濯物を干していると、後ろからビリッと破く音が聞こえた。

「ダイゴ！　これ！」

ナオがベランダのドアを開いて俺に声を掛けてきた。振り返ると、手に紙で折った花を持ち、それを差し出している。

「上手に折れてるじゃないか」

褒めると彼は「これしかできないんだけどね」と言いつつもはにかんだ笑顔を浮かべた。

「でも紙はいっぱいあるから！　お花畑作ってあげるね！」

ナオは部屋に戻り、電話帳のページをまた一枚ビリッと破く。

軽快な破音を背に聞きながら、俺もまた一枚洗濯機から服を取り出した。風が強い。ハンガーに通した服が煽られてなびく。

数日分の服をようやく干し終わった頃、背後がすっかり静かになっていることに気付いた。

部屋の中に戻ると、彼は一点を凝視し止まっている。

「ナオ」

呼びかけても、彼は動かない。

作りかけの折り紙を手にしたまま、じっと、何かを見つめ続ける。

「ナオ」もう一度呼びかけ、彼の傍にしゃがみ込んだ。口は緊迫な吐息を漏らすだけで、言葉を紡がない。まるで名作映画か何かを見入っているようだが、肩は呼吸の度に大きく動き、冷や汗がじわりと顔に浮かぶ。

俺はその場に腰を下ろし、ナオの隣で、彼と同じ方を見つめた。ギリギリと力のこもる彼の拳に手を乗せる。そのまま二人で、強風でもみくちゃにされる洗濯物を、静まった部屋の中から眺め続けた。

そのうちナオの体がこちらにもたれかかる。

ぐしゃぐしゃになった折り紙が手からはらりと落ちた。

「大丈夫か？」

「うん」

頷いて、ナオは俺のあぐらの中に身を横たえた。

「花、キレイだね」

折り紙の花を一つ掲げ、彼が呟く。

「そうだな」

周囲にはナオの折った花が散らばっていた。平たい作りのそれが床に広がる様子は確かに花畑のように見えるかもしれない。

「冬にも花、ある？」

「あるよ。今の時期なら椿が咲いてるかな」

「ふーん。物知りだね」

「まあ、元園芸クラブだから」

そっかー、とナオは膝の上でごろんと寝返りを打つ。

「見に行ってみるか？」

「え？」

「確か公園の近くの保育園に植えてあった気がする。咲いてるかは分からないけど」

彼は起き上がると、そわそわし始めた。

「外、出るの？」

「うん、そう。お出掛けだな。ついでに買い物にも行こうか。ずっと家の中だったから、少しは気分転換に――」

「ダメだよ！」

ナオが急に声を張り上げた。

「ダメだよ、外に出たら！」

鼻息荒く再度彼が言う。予想外の反応に、俺は一瞬言葉が出なかった。

「え……そうか、ごめん。嫌だったな、ごめん。分かったよ」

なだめてやるように言って、頷く。するとナオはほっとした表情を見せた。

「じゃあ後で俺一人で行ってくるから、その間留守番して――」

「だから！　ダメだって外に出ちゃ！」

再び声を荒げて彼は俺に掴みかかった。「えっ？」過激な様子に度肝を抜かれ、慌てる。

「で、でも買い物行かないと、ご飯も、ほら、おむつだってもうないし――」

「ダメ！」

そんな俺に、恐ろしいものの存在を伝えるようにナオは強く諭す。

「外に出たら……ダメだ！」

俺も？　頭は疑問符でいっぱいだったが、真剣な表情で体を震わせながら言う彼の様子を見ていると、首を振ることもできない。

まあ、ナオが寝てる間に行けばいいか。

「分かった、うん。出ないよ」そう言うと、今度こそ大丈夫と確信してか、ナオは大きくため息をつく。

「約束だよ」

差し出してきた小指に、自らの小指を絡めて頷いた。

「ああ、約束な」

深夜。ナオが寝付いたのを確認してから、俺はこっそり家を出て、コンビニへと向かった。

本当は色々買えるスーパーで買い物したかったんだけど。

そう思いながら仕方なく自動ドアをくぐる。例によって客は、俺だけしか居ない。

店内を丁寧に物色しながら、日持ちしそうなカップ麺やインスタント麺を籠に入れた。お構いなしにいくつも放り込み、買い物籠二つがすぐに満杯になる。

他に何か必要な物はないか店内を歩き回っていると、雑誌のコーナーで足が止まった。

子供向けの本が陳列されている中に、折り紙の本が一冊見える。

喜んでくれるかな。

手に取って、籠に入れた。

レジのカウンターに買い物籠をどかどかと置くと、店員が機械的にバーコードを読み込み始める。

ピッ、ピッと音が単調に響くのを、意識の外で聞いた。

ナオは、ちゃんと寝てるだろうか。

夜の帳の向こうを見やる。

時々うなされていることがあるから、心配だ。良い夢を見てるといいんだけど。

そわそわと財布を持つ指先が動いた。

どこに居たとしても、心は彼のすぐ傍を漂っている気がする。

「こども、いる？」

話し声に驚いて正面を向いた。

レジの店員と目が合う。その手には折り紙の本があった。

「これ、こどもの、本」

片言の日本語。「えっ、あ、う、うん。子供の……」とっさに口が動かず、つっかえながら返事をする。

答えると店員はニッと陽気な笑顔を浮かべた。

「おれも、こどもいる」

本をピッとスキャンする。

「おれのこども、すき、おなじ本。きのう、五歳、なった」

「そ、そう……」

「こども、かわいい？」

商品を袋に入れながら、店員は話し続けた。

「あ、うん。可愛い」

「こども、かわいい。いい人」

「いい……？　まあ、そう……ですね」

大袋三つに商品が分け入れられ、支払いを済ませてそれを手に提げる。

「酒、たくさんのむ、よくない」

帰り際、背中越しにそう忠告された。振り返ると店員がまたニッと笑う。手を振られた。

会釈を返して、コンビニを出る。

なぜだろう。まだドキドキする。

話し掛けられると思ってなかったせいか、思いのほか動揺が、心臓を鳴らしていた。

早く帰らないと。俺は走りだす。

顔が痛んだ。ただそこでしんと冷えていただけの空気が、駆け抜ける俺の頬に触れた途端に刃のように凍てつく。吸い込んだ空気が冷た過ぎて、喉も痛い。

気分転換、か。

昼間彼に言った言葉。あれは、自分のための言葉でもあった。だけど。

開けた世界から感じたのは、理由のない痛みだけ。


出た時と同じように、音を立てず扉を開いて入った。

真っ暗な部屋は、変わらず静寂に包まれる。

袋を置いて、ナオの様子を確認するためすぐに俺はベッドの方へと向かった。

暗闇に目を凝らす。

そこに有るはずの人影は、なかった。

まさか――。

息が止まる。

頭の先から血の気が引いていく。

慌ただしく腕を振り、電灯の紐を引いた。ぱっと光が空間を染め、部屋の隅に向かって小さくうずくまる彼の姿を照らし出した。

息を吐き出す。焦った。家の外に出ていたらどうしようかと思った。

安堵を感じると同時に、罪悪感も湧いてくる。

怒ってるかな。

理由はどうあれ、外に出ないという約束を破ったのには変わりない。失望されただろうか。裏切られたと思われたら、また振り出しに戻ってしまったら——どうしよう。

「ナオ、ごめんな。そのつもりはなかったんだけど、一人にさせちゃって……」

恐る恐る謝りながら、小さな背中に手を乗せ、撫でる。

「ひっ」

すると彼は、頭を抱えてぶるぶると体を震わせ始めた。

「あっ」慌てて手を引っ込める。「ごめん、驚かせたな」

それでもまだナオは震えを止めない。

「ごめん、もうしないから。だからこっち——」「ごめんなさい」

言葉が震えながらぽつんと響いた。

「ごめんなさい、ごめんなさい」

消え入りそうな声で何度も呟く。

「何でナオが……いや、謝らなくてもいいんだよナオは。俺が約束を破ったんだから」

そう諭しても変わらず彼は謝罪を口にし続ける。

「ごめんなさい……ごめんなさい……。逃げたんじゃないんです……。だから……」

それに気付いて、ぞっとした。

これは俺に言ってるんじゃない。

カズヤに言ってる。

掠れた声で謝り続ける彼の背中を見ながら、俺は愕然とした。

時折遠くを見つめて固まるナオの姿を思い出す。

もう二度とあいつが現れることはない。でも、そうか。ナオの中で、あいつはまだ生きているのか。

「ナオ、俺だ」

振り向かせようと肩に手を掛ける。彼が悲鳴を上げた。

「すみません！　ごめんなさい！　許してください！」

「違う！　あいつじゃない！　俺だ！　ダイゴだ！」

強引に肩を引っ張る。ナオの体がこちらを向いた。恐怖に怯えた目が俺を捉える。

その感情ごと、胸の中に抱いた。

「俺だよ、ナオ」

固まった心を溶かすように、耳元で優しく呼びかける。

しばらくそうやって抱きしめた。体温が混ざり合って等しくなるにつれて、ナオの体は柔くほどける。

「……ダイゴ」

暁の空を目に宿す彼が、呟いた。

「うん。そうだ。俺だよ」

もう一度強く抱きしめ直し、首筋を頬でなぞる。

ナオの香りがする。

「ごめん、約束破った。勝手に外に出て、しかもお前を一人にした。酷いな、ほんと。ごめん」

返事が怖い。あいつだけじゃない。俺だって酷いことをしてきたじゃないか。この手が振り払われる理由なんて、いくらでもある。

「許してくれ……」

そう呟きながら、懺悔は懇願なのだと理解した。

譲歩を踏まえた交渉でもなく、利害をイーブンした取引でもない。

ただひたすらに己の理想を押し通そうとする、醜い行為なのだと。

それでも、赦されなければ、次に行けない。

「……うん」

背中をか細い指先が這った。

「いいよ」

放り出していた荷物を片付けた後、ベッドの上でナオは俺のあぐらの中に座り、こちらに背を預けた。

緊張した様子で口を開いては、声を出せず閉じる。それを何度も繰り返した後に、ようやく「一回、だけ……」と記憶がこぼれた。

「一回だけ。あの家から、逃げたことがある」

話し始めてからは、彼は訥々と語った。

「でも、自分がどこに居るのか、分かんなくて。誰かに聞くのも、怖くて。お金もなかったから、電話もできなくて……。そのうち、警察の人に保護されたんだけど、何を伝えたらいいのか、分からなくて、黙ってた。そしたら何でか知らないけど、叔父さんが来て……」

俺は言葉を遮らず、聞き続ける。

「あいつ、警察の人にはすごく態度がよくて。僕が家族を亡くして不安定なんだって、それをすごく心配してるって言って、警察の人、すごく同情して納得してた。それで、またあの家に連れ帰されて……。家に帰ったらあいつ、滅茶苦茶に怒った。

たくさん殴られて、蹴られて、そのあと、正座の形に縛られて目隠しされた。『分からせないといけない』って言って、煙草の火を、僕の太ももに、押しつけて……。

その日、あいつが寝るまでの間、何回もやられた。目が見えなくて、いつ火が来るか分からないのが、すごく怖かった。僕が痛くて怖くて泣いてる横で、あいつがテレビ見ながら笑ってるのも、すごく、怖くて……。

それからあいつ、僕の目隠しも紐も解かずに寝たから、夜の間ずっと動けなくて。火傷がすごく痛くて、でも声を出して、あいつを起こしたら怒られると思ったから、一晩中黙って泣いてた。ようやく朝になって解いてもらえたけど、あいつ、そんな僕を見て、また笑ってた」

体を震わせて彼は身を縮めた。

「それから僕、家の外に出るのが怖くなって……。逃げようって、あの後も何度も何度も思ったけど、玄関の前に立つと、足がすくむんだ。その時のことを思い出して、どうしても……どうしても怖くて……」

ぽたと、雨のしずくのように涙が手に落ちてきた。

俺は言った。

「怖くて、当然だよ」

「そんな思いをすれば、誰だって外に出るのが怖くなる」

凪いだ海辺のように、静かな口調で。

「酷い……よな。どうして、同じ人間なのにそんなことができるんだろうな。ましてや血の繋がった家族に。……分からないよ」

そう呟きながらナオの太ももに手を置く。布越しに、歪んだ肌の感触が触れた。

何の傷なのかは、最初に見た時から分かっていた。

俺はズボンの裾をゆっくりとまくり上げる。痛々しい傷跡が無機質な電灯の光の下に現れた。

「痛いだろう」

そのまま労るように傷跡を撫でる。

「今はもう痛くないよ」

少しくすぐったそうにしながら、彼は否定した。

「そうか……お前は強いな、ナオ」

後ろからそっと彼を抱きしめる。顔を寄せ、自分の頬と彼のを擦り合わせた。

「話すのも、辛かっただろう。でもおかげでどうして外に出たくなかったのか分かった。ありがとう、よく頑張ったな」

俺は両手を傷跡に下ろし、再び撫でた。今度は擦るほどに強く。手のひらにその形を感じるくらいに、力を込めて。

ナオは不思議そうにその様子を眺める。

これは隠すためではなく、誤魔化そうとするためでもなく。

「今日からこの傷は、お前が強い人間だってことの証明だ」

どんな波にも攫われぬよう、錨を下ろすため。

「もちろんこれだけじゃない。この傷も、これも、これも全部。全部お前が頑張った証拠、戦った証拠、負けなかった証拠だ。お前はすごい。すごいんだよ、ナオ」

そのうちナオも自分の足に触れた。共に撫で擦るうちに、まだ少し強ばったままだった彼の体から、力が抜けていく。

しばらくして、彼は大事そうに自分の足を抱えると、「うん」と小さく頷いた。

何が、『頑張った証拠』だ。

鋭利な感情が心臓を突き破って出そうになった。ぎゅっと唇の端を噛んで留める。

何が『戦った証拠』だ、何が『辛かっただろう』だ！

何も知らなかったくせに！

何もできなかったくせに！

ぶつっ、と犬歯に感触が響いて、血の味が広がる。

その光景をわずかにでも想像すると吐きそうで、手当たり次第、何かを壊したくてたまらなくなった。

でもそんなことできない。

ナオの前でそんな姿、見せられない。

口の中に溜まった血を飲んだ。

どうか。

彼を包んで抱きながら、神か仏か、生まれてこの方信じたことのない、信じる気もなかった存在に心の底から縋る。

どうか彼が幸せになりますように。

俺はどうなっても構いませんから。

ナオだけはどうか、幸せになりますように。

「ねえ、あれからダイゴはどうしてたの？」

陽光が溢れる部屋で、あぐらの中のナオが尋ねた。

「うーん……正直、どうもしてなかったな。ほんとに」

そんな彼へもたれ掛かるように抱きしめながら、俺はナオと別れてからのことを思い返す。

「ボクシングは？」

「辞めた。一回だけ試合に出たけど、ボコボコに負けてさ。なんか、やる気なくなって」

「そのあとは？」

「仕事しかしてなかったよ。仕事して、吐くまで酒飲んで、また仕事して……。うーん、振り返ってみると木当に情けない生活だったな」

下を覗くと、彼もまた上目遣いにこちらを見ていて、「ふーん」と相づちを打った。

「何度かさ、電話してきてたよね？」

「ああ。ナオがどうしてるのか、知りたくて。……教えてはもらえなかったけど」

「でも、そのうち電話してこなくなったよね」

「ああ……。お前が俺を忘れたがってるって言われて、それを真に受けてさ……。俺も、過去を忘れて自分の人生を生きた方がいいのかなって思って……」

「それで、僕のこと忘れた？」

「……忘れなかった。忘れられなかった。結局、お前を忘れた日は、一日だってなかったよ」

何リットル飲んでも、何回吐いても、何をしている時だって、俺の中からナオの存在が消えることはなかった。それが苦しいと思うこともあったが、今は、それでよかったと思う。

「そうなんだ」

呟くナオの声色は、少しだけ嬉しそうだった。

「ダイゴはあの家の場所、知ってたの？」

「いや、知らなかった。全然違う場所を教えられていたんだ。お前に会おうと思ってその場所に行ったら、全く違う人が住んでて、それで騙されてたって気付いた」

「そうだったんだ……」

何かを思い出してか、彼の顔が陰る。

「……そろそろ、飯にするか？」

「うん」

ナオが柔らかい表情に戻って頷き、ベッドを降りた。

床に咲く紙の花が蹴散らされて舞う。

台所でインスタント麺を熱湯に浸ける最中、相変わらず俺の傍にぴたりと彼は寄り添った。

「醤油味ないの？」

彼は不満げにパッケージの袋を見る。

「売り切れてたんだ。でもラーメンと言えば豚骨だろ？」

「売り切れてたってことは、醤油の方が人気なんじゃん。それに、ラーメンと言えば煮干し醤油でしょ」

「煮干しって、意外と舌が肥えてるよなお前……」

出来上がったラーメンを鍋ごと卓上に置く。

「雑っ」

取り皿代わりの茶碗を持ちながらナオが言った。

「ラーメン鉢なんかないよ。洗い物もこれの方が楽だ」

肩を寄せ合い、二人で同じ鍋から麺を取り合う。

日も落ち切った頃には風呂に入った。

「過去最高に狭い」

俺は手足を折りたたんで浴槽の中にぎゅうっと詰まる。

「でもほとんどダイゴだからね」

隣で同じ体勢のナオが言う。確かに浴槽の三分の二は俺が占めてはいるが。

「だからここに二人は無茶だって言ったろ」

「でもやってみなきゃ分かんないし、実際できたじゃん」

「できてるのか？　これ」

足先は湯船の中というのになぜか痺れて冷たい。

寝る時間になると、二人で一緒にベッドに入る。

「僕を捜す時さ、探偵を使ったんでしょ？」

豆電球の明かりの下、彼がこちらを見て尋ねた。

「ああ、何カ所か探偵事務所を回ってな。まあ、最終的にお前に繋がる手がかりをくれたのは、ちょっと素性の怪しい個人探偵だったけど」

「へえー。なんか格好いいね、個人探偵って。どんな人だったの？」

「見た目は、普通のやつに見えたけどな。でもたぶん素は碌でもないやつだったと思う。だいぶ法外な依頼料を要求されたし」

「ふーん。でもそういうところもちょっと格好いいかも」

そうかあ？　と俺は首をひねる。ナオにとっての格好いいがよく分からない。

そのうちに、彼は眠りにつく。温かい世界に浸るように布団の中に潜り込んで。

体が冷えないよう、布団の小さな隙間を俺は塞いだ。

胸元に吐息を感じる。

その心地よさに自身も眠りに落ちそうになった時、ナオが飛び起きた。

冷たい空気がざわっと体に広がる。

「怖い夢見たか？」

慌てず俺も体を起こすと、しんどそうに呼吸をする背中に手を添えて尋ねた。

表情を強ばらせ、彼が頷く。固く閉じた拳が、寄せては返す波のごとく震えた。

「それじゃあ、練習するか」

背中を撫でてやりながらそう声を掛けると、「う、ん」と震えながらもナオは頷いて顔を上げた。

「はい。これ見て。寄せるぞ」

俺は彼の眼前に指を一本立てる。そしてそれを、彼の眉間の方へと近づけた。ナオの両目が指を追って中央へと寄る。

「いいぞ。じゃあそのまま右目だけ元に戻して——」

それは誰かに自慢するほどでもない、ちょっとした俺の特技。昔どこかで見た歌舞伎役者の見得を、試してみたら意外とできたというだけ。

今まで役に立ったことのないそれを、ある夜ナオの気晴らしになればと披露してみたところ、「やってみたい」と言われた。以来、悪夢の余韻が抜けるまでの間を、その練習時間にしている。

「もう、大丈夫」

ゆっくり大きな呼吸をしながらナオが言った。

再び二人で並んで眠る。ただ夜は、まだ長くて。

これを何度か繰り返しながら、遠い夜明けを待った。


「失敗したらごめん」

「いいよ別に」

俺は慎重に、伸びたナオの髪にはさみを入れる。彼の髪を切るなんて、何年ぶりだ。小さい頃にちょっとやってやったくらいだから、緊張するな。

少しずつ少しずつ、整える。

「けっこういいじゃん」

仕上がりを見てナオが褒めた。

「実は意外と器用だよね、ダイゴって」

「意外は余計だな」

あはは、と彼が笑う。

「ごめんごめん。でも、わあ、軽くなったなあ」

頭を振りつつ彼が言った。

「似合ってる」

艶の戻ってきた髪を撫でた。

「自画自賛？」くすりとナオが笑った。「自分で切って似合ってるって」

「いやそんなつもり――になるか」

確かに、出来上がりに満足する美容師だな、まるで。滑稽さに俺も少し吹き出す。

「ていうか、昔とほぼおんなじ髪型じゃない？　まんまじゃん。何も見ずによくできたね、ってかよく覚えてるね」

「そりゃ、お前のことなら全部覚えてるよ」

頬に残る切れ端を取り、耳元の髪をかき上げてやりながら言った。

彼が少し紅潮して視線を逸らす。

「ほんとに？」

「ああ、本当」

「いや、嘘でしょ」

「嘘じゃないって」

「じゃあ僕が四年生の時に行ったキャンプは？」

「湖の近くのな。二日目にお前熱出して、起きたらバーベキュー、ピーマンしか残ってなくてすごい怒ったよな」

　ナオが少し悔しそうな顔を浮かべた。

「僕がダイゴが仕事してる所に遊びに行ったやつは？」

「ああ、お前が二年生の時だな。フロア巡回する時に一緒に回ったよな」

「初めてウナギ食べた時さ――」

「もしかして、ウナギは大きくなったらネッシーになるって言ったやつか？　よく覚えてるな。だいぶ小さかったろ、あの頃」

「覚えてるよ。だってショウちゃんにウナギはネッシーの子供だって言って、すごい笑われた時まで僕信じてたんだから」

　その場面を想像して笑いが込み上げ、すんでのところで堪える。

「それじゃあさ、十四年前。僕が生まれた日のことは？」

「それは、一番覚えてる」

　胸元に温かさが灯る。

忘れないよ。だってずっと、その時の感動が続いてるんだから。

ナオの頬がまたさらに赤みを増す。それから言葉に迷ってか目を泳がせた後、上目遣いに「……ありがとう」と呟いた。

なんだか戻ってきた気がする。

あの頃に。

かつて壁に貼り出していた地図を折りたたむ。二年分の髪の毛の束が、赤く染まった地図と共にゴミ袋の中へと消え去った。同じ袋の中に、紙の花を手向けのようにナオが入れた。

「ねえ、ダイゴ」

「なんだ?」

彼がぽつりと語りかける。

「僕、外に行きたいな」

驚いてナオを見た。こちらを見上げる彼の、和らいだ表情が目に映る。

「大丈夫、なのか?」

「たぶん。ダイゴと一緒なら、きっと」

そして俺の手を握り、はにかんだ。

温かい。

そう。体の奥の、見えない場所だから。

届くのに少し時間がかかるだけだ。

温め続けてやれば温もりは、いつか必ず、心に届く。

「分かった。一緒に行こう」

手を強く握り返した。


服を着替え、鞄に仕舞っていた札束から何枚かを抜き取り財布に入れる。イデへの成功報酬のために稼いだ金は全て現金にしていた。イデとの縁が切れた時点で預け直してもよかったのだが、下ろす手間がなくてこれはこれで意外と利便がいい。要求金額が金額だっただけにかなりの量がある。当分は大丈夫そうだ。

「ねえ、テレビつけてもいい？」

ナオがリモコンを手に言った。

「え、平気か？」以前のこともあり、心配が湧く。「うん。天気予報見るだけだし、たぶん」そして彼が電源ボタンを押した。

「つかない」

画面は暗いまま。

「あ、そうか。コンセント抜いてるんだった」俺はテレビの裏側を覗き込んだ。「何でそんなことしてんの？」ナオの呆れた口調が聞こえる。

「いや、何かの拍子でテレビがついて、お前が怖がっちゃいけないと思ったから……」

「僕のため？」

「まあそうだな、お前のためだ。ほら、もうつくぞ」

顔を上げると彼はリモコンを握ったまま立ち尽くしていた。

「どうした？」

尋ねると、ナオはそわそわした様子で俺を見つめ、「あのさ」と呟く。

「ダイゴは、どうして僕にこんなに優しくしてくれるの？」

「え？　ははっ、それは――」

それはずいぶん簡単な問いで、受験の合格発表を待つかのような彼の表情との差に少し笑いがこぼれた。

「好きだからだよ、ナオが」

彼の前に行き、膝を折って目線を合わせる。

「俺は、ナオのことが大好きなんだ」

心の底から思いを込めて、伝えた。

新生児室で初めて出会った時から。

一日も、一時も。絶えることなく、ずっと。

ナオのことが好きだ。

「……僕も」

感動に涙がこぼれる手前の表情で、ナオが言う。

「僕も、ダイゴが好き……大好き」

首元に腕を回し、彼が俺に抱きついた。

ナオの匂いが濃い。

「嬉しい」ぎゅっと、彼の腕に力がこもる。「何でだろ。泣いちゃうくらい」

温もりを分かち合うようにしばらく抱き合った。

ナオが顔を上げる。

彼は幸福と安心に満たされた微笑みを浮かべ、両手で俺の頬に触れると、唇からその顔を近づけた。

え？

「待て」

彼の肩をぐいと押して体を離す。

「何してる」

「え？　キス……」

キス？

「何で？」

「何でって、好きだから。ダイゴが」

突然知らない世界に迷い込んだような、前後不覚を覚える動揺に襲われた。

「いや、え？　それは……違う。違うよナオ」

「違うって、何が？」

「それは、好きな人同士がやることで――」

「好きな人同士でしょ？　僕たち」

「それは、そうなんだけど、そうじゃなくて……」

しどろもどろな俺を、ナオがきょとんとした顔で見つめる。

「えっと、あ、そうだ、テレビ！　テレビ見よう！」

ナオの手からリモコンを取り、電源ボタンを押した。テレビがつく。

彼がそちらに顔を向けた。

誤魔化せた。ほっと息をつく。それにしても、今のは一体――。

注意が逸れた隙に混乱した頭を整理しようとした時。

「――一昨日、千葉県郊外の住宅で、死亡した状態で発見された男性二人について、千葉県警は殺人事件として引き続き捜査を進めています」

淡々としたアナウンサーの声が耳に入った。

ナオがテレビを凝視している。

「亡くなったのはこの家に住む今井和哉さん、三十三歳と、市教育委員会で会長を務めていた富永真太郎さん、五十二歳の二人です。遺体は死後数日が経過した状態とのことですが、何度も殴られた形跡があり、強い恨みを持つ者の犯行として、二人の交友関係を中心に捜査が進められています。また、死亡推定日に近い十二月二十七日に、現場付近を見慣れない車が通っていたとの証言や、その日に現場付近で大声を聞いたとの証言からも捜査が進んで――」

テレビを消した。

どっどっど、と、あり得ない音量で全身が脈打っている。

小石の混ざる水気の多い粘土を殴った時のような、拳の感覚。

人間の、原型なく破壊された姿。

眼前に広がるあの日の光景を凝視しながら、寸刻前まで感じていた陽だまりに似た希望が跡形もなく消え去るのを感じた。

「ダイゴ……」

震える声でナオが俺を呼んだ。顔が青い。

「ナオ」

すぐに背中を擦った。苦しそうな呼吸が聞こえる。

いや、これは俺の息？

体がガタガタと震えだした。「ダイゴ、大丈夫？」心配そうな声でナオが俺の背中を擦る。

どうしよう。

震えを止められない。息が苦しくて、両手を床へつく。

どうしようどうしようどうしよう！

俺、人を殺していた。ああそうだ俺は人殺しだった！　何で忘れてたんだろう！　二人も殺したのに！

ぞっとする罪悪感が現れる。二人の亡骸が鮮明に蘇った。

あの頃になんて戻ってない。

夢を見ていたんだ。あの頃の夢を。俺はもうとっくに、後戻りできない現実の上に居たのに。

そして、戻ってきた。あの日の夜に。

二人を殺したあの夜の続きに、俺は戻ってきた！

それはまるで恐ろしい怪物のようで、思わず悲鳴を上げて頭を抱えた。

どうしよう、捕まる！　逮捕されるんだ！　捕まったらどうなる？　死刑？　殺されるのか？　でも、でも理由があって！　わざと殺したわけじゃないんだ！　そうだ、自首をするんだ。自首して、理由を話せばきっと、分かってもらえる。だってほら、ナオもいるんだし――。

顔を上げた。

「ダイゴ」

泣きそうな顔で俺の背中を擦り続ける彼と目が合う。

俺は、そうだ。ナオの傍に。ずっと傍に居ないと。そう約束したんだから。

金の入った鞄を掴み、立ち上がる。

「行こう」

「え……？」

彼の手を掴む。「行くって、どこに？」戸惑いながらナオが尋ねた。

具体的な言葉が思いつかない。彼の疑問に答えず、手を引いて玄関へと歩いていく。

「待って！」

扉の前で俺の手を振り払い、ナオが立ち止まった。

「逃げるの？」

「逃げる」

「どこへ？」

「どこか。どこか遠い所」

ニュースでは一昨日、三日前から捜査が始まったと言っていた。まだ犯人については何も言われてなかったが、報道されないだけでもう目星は付けられているかもしれない。

今すぐどこか、遠い場所へ。

身を隠さないと。

「遠い所って、どんな所？」

「山とか、海とか……とにかく人が居ない所。誰にも見つからない所へ行く」

口に出してから考え始める。山にしても海にしても、まず、大雑把な方向だけは決めた方がいいか。北の方か、いや寒いし南の方がいいか――。

「逆、の方がいいんじゃない？」

彼の言葉に思考が少し止まる。

「逆？」

意図が理解できず問い返す俺に、ナオは真剣な顔で思い切ったように言った。

「木を隠すなら、森って言うじゃん？　だから人を隠すなら、人が多い所がいいんじゃないかな？」

そうか、なるほど。

逃げると言うと、真っ先に誰も居ない場所に行くことを考えてしまうが、そうか逆に、人が多い方が目くらましも多いということか。

俺は驚きに目を見開いてナオを見つめる。

そんなことを、今この状況で思いつくなんて。

「それも、一理あるな……。だとしたら――」

思い浮かぶのは一カ所。

「うん」

ナオの口から答えが出た。

「東京、行こうよ」

6

片道分の切符を買い、滑り込んできた新幹線にナオと飛び乗った。

隅の席で、金だけ入った鞄を抱えながら隠れるように二人で座る。

久々の外で緊張しているのか、はたまた昔カズヤに連れられて乗った記憶が蘇っているのか。ナオはずっと俺の手を固く握り一言も話さない。

だがそれは俺も同じだった。誰かに見られてはいないか、疑われてはいないかと、周囲の視線を気にしながら、口を閉じてナオの手を強く握った。

そうして沈黙したまま、一時間半ほどで、列車は東京駅に到着する。

駅構内に降り立つと、芋の子を洗うような人混みに圧倒された。それが駅の外まで変わらず続いているのに驚くと同時に、来たことを後悔する。

こんなにたくさん人がいる所に居て、本当に大丈夫か？

「人、すごいね」

圧巻と言った表情でナオが呟く。

「ああ、そうだな……」

「ねえ、とりあえず泊まるとこ探そうよ」

繋いだ手を引っ張って、彼がそう促す。「そう、だな」頷いて、俺は当てもなくナオを連れ歩きだした。

駅から遠ざかるように、高層ビルが建ち並ぶ見慣れない景色の中をひたすら歩く。

ホテルと名の掲げられたビルを見つけると、何も考えず自動ドアをくぐった。

「いらっしゃいませ」

ホテルマンが当然のように歓待してくる。俺は息を飲み込んで、乾き切った口を開いた。

「ちぇ、チェックインは、どこで……？」

ホテルマンはにこやかに「あちらです」とフロントの方へ手を向ける。

「ありがとうございい、ます」

フロントに立つと、係の従業員が恭しく頭を下げた。

「本日はお越しいただき、誠にありがとうございます」

「あの……泊めていただきたいんですけど、えっと、二人……」

「ご予約の方は？」

「あ、その、してなくて……。泊まれますか？」

少々お待ちください、と従業員は言って手元で何か調べる。

「ご宿泊は、一泊ですか？」

「はい、はいそうです」

「お子様のご年齢をお教えいただいてもよろしいですか？」

「はい。十四歳です」

ふとナオを見る。彼もこちらを見ていて、勇気づけるようにカウンターの下で手をぎゅっと握ってきた。

「承知いたしました。それでは二名様一部屋、一泊のご利用ですね。お部屋のご用意が可能です」

「そうですか」ほっと息を吐く。

「料金はこのようになりますが、よろしいですか？」

電卓を叩いて従業員が宿泊代を示した。あまり旅行慣れしてないが、一泊にしては少し割高に感じる。思ったよりグレードが高かったか。だがまあ、金に余裕はある。

「大丈夫です。お願いします」

かしこまりました、と従業員は頭を下げると、次に枠の印字された紙とペンを差し出した。

「それではこちらに、お名前とご住所、ご連絡先のご記入をお願いします」

一瞬、頭が真っ白になる。

「あ、あの」

「はい」

「これは、絶対……？」

「申し訳ありません、ご宿泊いただくお客様には皆様ご記帳いただいております」

書かなきゃだめ、か。

従業員が見守る中、俺はゆっくりと、ペンに手を伸ばす。

正直に……書くわけにはいかない。

ペンを握る手が汗ばむ。

だが連絡先はまだしも、自分の名前や住所を書くのに、考え込んだり、悩んだりするのもおかしい。

怪しまれちゃだめだ。

どっと心臓が高鳴る。

一気に書き切らないと。

心配そうに見上げるナオの手を一度離す。

俺は片手を紙に添えると、ペン先を名前の欄に置いた。


「ありがとうございます。倉木基親様、本日は当ホテルにようこそお越しくださいました。ごゆっくりお過ごしください」

深いお辞儀に見送られ、俺たちはホテルのエレベーターに乗り、割り振られた部屋へ向かう。

「誰？　倉木基親って」

二人きりのエレベーター内。ナオが尋ねた。

「ボクシングの先輩」

咄嗟に思いついたのはモトさんの名前だった。

そして続く住所欄には、かつてカズヤに教えられた、埼玉の偽の住所を記入した。手紙を送るのに何回も書いていたから、詰まることもなくすらすら書けた。我ながらよく対応できたと思う。

部屋に着くと素早くドアを閉めて鍵を掛けた。ガチャッという音を聞いて、ようやくそこで人心地が付く。

「僕トイレ」

もじもじとしながらナオは一目散にバスルームへと走った。

俺も部屋の奥へと足を踏み入れる。ベッドが二つと、壁際に机。部屋の奥にソファーとローテーブル、テレビが設置されている。何の変哲もない、よくあるホテルの一室。

俺は鞄と共に、手前のベッドに腰掛けた。

これから、どうしよう。

人目から離れ少し落ち着いたが、不安と緊張は未だ心臓を掴んで離さない。

ここに泊まれるのは今夜だけだ。明日の朝には出ていかないと。行く当てなんかもちろんない。明日もまた、泊まる場所を探さなければならないだろう。でも、そんなに動き回って大丈夫だろうか？

俺は——お尋ね者というのに。

バスルームの方からシャワーの音が聞こえてきた。ナオが風呂に入り始めたらしい。

呑気だな。そう思いながらテレビの前へと向かい、リモコンの電源ボタンを押す。夕方の情報番組が映し出された。しばらく見ていたが、事件についての情報は特に流れてこない。

まだそんなに、注目されていないのかな。

人が二人も殺されたというのだから、センセーショナルな事件ともてはやされるかと思ったが、テレビの向こうからは平穏な日常が映し出される。大事になっているなら、すぐにでも荷物をまとめて逃げ出すところだが。

どうしよう、分からない。

考えがまとまらず、俺はソファーに座り両手で頭を抱えてうなだれる。

そのうちシャワーを終えたナオが、タオルを首に提げ、髪を濡らしたままこちらにやって来た。

「大丈夫？　ダイゴ」

風呂上がりの香りをさせながら彼が俺の顔を覗く。

「ああ、うん。大丈夫。明日、どうしようか考えてただけだから」

なるべく元気そうな声で答えつつ頭を上げた。それから首のタオルを手に取り、彼の頭を拭いてやる。

「あのさ、僕思ったんだけど」

がしがしと頭を拭かれながらナオが声を上げた。

「なんだ？」

「もうちょっとさ、旅行っぽくしない？」

「旅行っぽく？」

「だって僕たち荷物、バッグ一つだよ？　格好もさ、その辺に買い物行く感じだし。街中だとそこまで目立たなかったかもしれないけど、さすがにホテルに来たらさ、ちょっと浮いてたよね」

言われてみれば、確かに今の状態は着の身着のまま過ぎる。鞄だって金が入っているだけで、外からでも中身がほとんどないことが見て取れる状態。観光をしに来たようでも、仕事をしに来たようでもない。自分がもしここの警備員だったとしたら、不審者とは思わずとも、記憶の片隅には残るだろう。

「それにさ、どうせなら、本当に東京を旅行したいんだ。僕ほら修学旅行、行けなかったじゃん？見てみたい場所いっぱいあるんだ」

ナオは目を輝かせながら言う。

二年前、小学六年生の時に行くはずだった修学旅行。秋に行われたそれは移動の行程をバスとしていた。事故のトラウマから長時間のバス移動に不安があり、学校側と話し合った末に彼の修学旅行はキャンセルとなった。ナオは少し不服そうだったが、そのうち俺が連れていってやるからと、なだめたのを覚えている。

それがまさかこんな形で来ることになるとは思わなかったが。

複雑な気持ちを感じながらも、どこか楽しそうなナオの様子に緊張が少し解ける。

全く、本当に呑気なもんだ。

「それが目的で東京って言ったのか？」

「隠れ場所としていいと思ったのも本当。むしろそっちが先」

ナオは心外そうに頬を膨らませる。その表情に苦笑しつつ、分かった分かったと、少し乾いた彼の頭を撫でて言った。

「でも、それにしたってまずどこに行けばいいのかさっぱりだ。東京なんてほとんど来たことないし」

彼の提案には納得できたが、あまりにも土地勘がなさ過ぎる。ホテルの場所一つとっても、探すのに苦労しそうだ。

「大丈夫。僕さっき、いい物拾ったんだ」

そう言ってナオは一枚のカードを取り出し、ちらつかせた。

次の日ホテルをチェックアウトした後、俺はナオと一緒にインターネットカフェに向かった。拾い物のカードを提示すると、店はあっさりと俺たちの入店を許した。半個室のブースに入り、慣れないパソコン操作に苦戦しながら二人で周辺を調べる。

「じゃあここ、行ってみよう」

見つけたショッピングセンターへ赴き、スーツケースやそのほか旅行に必要そうな品々を買い揃える。服も何着か購入し、下着も買った。

「ごめん、さすがにおむつは持ち歩けない。代わりにパンツ多めに買っといたから。何かあったらそれでどうにかしよう」

多目的用のトイレで着替えながら、俺は声を抑え彼の耳元で伝える。

「もう要らないよ。大丈夫だから」

ナオは少し恥ずかしそうに言い、それでもパンツは二重に穿いた。

「ダイゴ、はさみ」

同じく買ったばかりのはさみをナオに手渡す。彼はそれで服に付いたタグを切り落とし、すぐに新品の洋服に袖を通した。

「ばっちりだね」

同じように着替えた俺を見て、彼が満足そうな顔で言う。

次にトイレを出た時には、スーツケースを引いた普通の旅行者の親子に変わっていた。

「見た目通り、親子で行こう」

「オッケー。昔と同じだね」

ナオが空いた俺の手を握る。

その格好で俺たちは目星をつけたホテルに向かい、前日と同じ偽名と偽の住所を記してチェックインを果たした。

夜、食事を済ませた後、ベッドの上から旅行ガイドの一ページを俺に見せつけてナオが言った。

「明日はさ、ここに行こうよ！」

「東京タワーか。まあ、定番中の定番だな」

「下に水族館もあるんだよ？」

へえーと、鞄の金を新しく買った財布に移し替えながら相づちを返す。

今日の買い物でだいぶ使ってしまったが……。残った金を数え、俺は頭の中で大雑把に支出の計算をする。でもまだしばらくは持つだろう。もちろん、そんなに長々とではないが、彼に旅行気分を味わわせてやれるくらいには、たぶん。

「あと、お台場にも行きたいよね。浅草とか、原宿も！　ねえ、ダイゴはどこ行きたい？」

「俺？　俺は……別に、どこでもいいよ。ナオの行きたい所で」

財布に入りきらない金をスーツケースの奥に仕舞いつつ答える。

「なんだよ、つまんないな」

ナオはベッドに身を投げ出しながら横たわった。ベッドの弾力に、細い体がぴよんと跳ねる。

「そろそろ寝よう」

そう言ってベッドに入ると、隣のベッドで手足を広げていた彼が、いそいそとこちらにやって来た。

そして当然のように潜り込んできて、俺の体にすり寄る。

「おやすみ」

「おやすみ」

少し狭くなったベッドの上から手を伸ばし、部屋の電気を消した。


「行ってらっしゃいませ」

従業員の見送りとともに俺たちはホテルの玄関を抜ける。

「ダイゴ、早く！」

俺の手を引いてナオは目的地の方へと急かした。

「そんな急がなくても。東京タワーは逃げないぞ」

月並みな返答をしながら、ふと自分たちの立場を思い出し、言葉の皮肉さに顔を歪める。

逃げてるのは俺たちか。

繋ぐ手のひらが少し汗ばむ。

東京タワーの足下に着き、ナオは真上を見上げ「すげー」とはしゃいだ。展望台に上り、水族館も見て回って、近くのハンバーガー屋で昼食を取る。

「やっぱ美味しいね、ハンバーガー」

久々の好物に彼は嬉しそうにかぶりついた。「夜もこれにしよう」あっという間に食べ終わり、包み紙を丸めながらナオが呟く。

「ダイゴ、食べないの？」

包装紙に包まれたままのハンバーガーを前に、身をかがめじっと座る俺に彼が尋ねた。

「ん？　ああ、お腹空いてるなら、食べていいぞ」

そう言って差し出すと、「それじゃあ」と嬉しそうにナオは手に取る。

それから近場でもう一カ所名所を見た後、夕方前には食事を買ってホテルに戻った。「お帰りなさいませ」と、朝とは違う従業員が、変わらず恭しく頭を下げる。

「もうちょっと見たい場所あったんだけどなあ」

早い切り上げに、彼が不満を漏らした。

俺はまだ人気の少ないロビーを見渡してから答える。

「まだあと三日泊まれるんだから、そんなに急がなくてもいいだろう」

「そうだけどさ……」

前日に何泊できそうか尋ねたところ、四泊なら可能と言われたので、その期間で部屋を取った。だからしばらくはホテル探しに往生することはない。その分、ゆっくりと観光できるはずだ。

部屋に戻り、ナオがシャワーを浴び始めると同時にテレビをつけ、ニュース番組にチャンネルを合わせた。

しばらく、何の変哲もない話題が続く。

俺は深く長く息を吐きながら、テレビの前の椅子に深く腰掛けた。その時。

「千葉県で発生した殺人事件について――」

体がびくりと震えた。

心臓がばくばくと鳴りだし、臓腑が絞られるかのようにぎゅうと痛む。

怖い。

目を逸らしたい気持ちとは裏腹に、顔はテレビの画面に吸い付いて離れない。

まるで誰かに、体を操られているようだ。

ニュースキャスターの口から報じられる一言一句が、脳に焼き付いていく。

「――警察は、犯人が県外に逃走したと見て、範囲を広げ捜査しています」

最後にそう締めくくって話題は過ぎた。

手を震わせながらテレビを消す。

合ってる。

県外への逃走。それがどこからどこへのことを示しているのかは分からないが、間違いではない。

捜査の手は、確実にこちらに向かっている。

シャワーの音が止んだのに気付いて、振り返りバスルームに目を向けた。髪を濡らしたままのナオが出てくる。

大丈夫。大丈夫だ。

明日の予定を話す彼の髪を拭いてやりながら、俺は何度も心の中で呟いて自分を落ち着かせる。

まだ俺たちにはたどり着かない。

楽しげなナオが、俺の方を見て笑う。

大丈夫。まだ一緒に居られる。


「その帽子何?」

怪訝そうな顔で俺を見上げるナオが言った。

「何って……寒いから」

俺はそう言って先ほど購入したばかりの帽子を深くかぶり直す。目元まで覆ったそれが、細目の狭い視界をさらに狭めた。

それだけで世界から遠ざかれたような気がして、なんだかほっとする。

「似合わないよ」

「いいだろ別に」

少しぶっきらぼうに答えつつ、繋いだナオの手を引いた。

「ていうか、戻るのちょっと早くない？」

ホテルへの帰路を足早に行く俺の隣で彼が不満そうに声を上げる。

「そんなことないだろ」

「でもまだ三時だよ？　せめて晩ご飯くらい食べて帰ろうよ。まだ全然、明るいじゃん」

さらに上を見上げながらナオが言った。つられて俺も顔を上に向ける。街灯は沈黙し、高層ビルが青い空によく映える。

それはそうだが、でも——。口元を不機嫌に曲げたナオに言い訳しようと視線を戻そうとした、その視界の端。

警官が二人、こちらに向かって歩いてくるのが見えた。

あ。

気付いた途端に体が勝手に強ばった。

足がうまく動かず、もつれて歩き方がぎこちなくなる。

まずい。

冷や汗とともに焦りがどっ湧き出す。

呼吸も荒くなって、肩が大きく動いた。

まずい、こんなに分かりやすく動揺してたら、怪しまれる！

警官の視線がこちらに向く。

落ち着け！　普通にしろ！　じゃないと――！

「お父さん、お父さん！　ねえやっぱ、道間違ってるよ！」

そう言いながらナオが俺の腕の裾をぐいぐいと引っ張った。

「へ、えっ？」

間抜けな声を出し、俺は彼の方に顔を向ける。

「駅、こっちじゃない？」

地図を取り出しナオは指を進行方向とは逆に向けた。

「え、えっと……」

おどおどと俺は地図に目を落とす。

それからナオはこちらに向かって歩く警官に駆け寄って、自ら声を掛けた。

「あの！　すいません！」

「どうしたんだい？」

警官の一人が、親切そうに返事を返す。

「この駅に行きたいんですけど、どっちに行ったらいいですか？」

ナオは彼らに地図を見せ、礼儀正しく道を尋ねた。

「ああ、この駅なら、そこの道を曲がって真っ直ぐ行って、そしたらこの交差点に出るから、そこを右に行ったらいいよ」

地図や道路を指さし、警官は丁寧に答える。

「分かりました！　ありがとうございます！」

しっかりとお辞儀を返し、和やかな笑顔を浮かべた警官たちの元からナオがこちらに戻ってきた。

「こっちだって！　行こう！」

「あ、うん」

「もう、しっかりしてよ、お父さん！」

「ご、ごめん」

俺も警官に会釈を返し、彼らに背を向ける形で歩きだした。

「……もう大丈夫かな」

角を曲がり、しばらく進んで、完全に警官たちと距離が取れたと思った所でナオが呟き、歩みを止める。

俺は深いため息とともに膝に手を置いてうなだれた。

「突然、何をするかと思ったら……」

まだ鼓動が落ち着かない中、ようやくそう言葉を絞り出す。

「ちょっとドキドキしたね」

そうは思えない笑顔でナオが言った。

「よく、自分から行ったな」

「だってダイゴ、お巡りさん見た瞬間から動きおかしくて、向こうもばっちりこっち見てたからさ。

絶対に声掛けられるだろうなって。道に迷ったって言い訳しようとは思ってたけど、聞かれて答えるよりもこっちから尋ねた方が、逆に怪しまれないかもって思ったから。先手必勝ってやつ」

「肝の据わり方が、すごいな」

あのわずかな時間で、そこまで考えたのか。

俺は舌を巻く。ナオは昔から、時々こんなふうに大人顔負けに知恵が働いた。そしてそういうときの彼は、かなり勝負強く、頼りになる。

「賭けだったけどね。でもうまくいってよかった。じゃ、ホテルに戻ろ」

俺たちは振り返り、来た道を戻った。


掴んで引っ張ると、男の後頭部を思い切り柱に叩きつける。「うぎっ」と男のくぐもった悲鳴。すかさずもう一度同じ場所にぶち当てる。「げっ」喉の奥が詰まったような声。

三度目に叩きつけた時、硬い物が砕ける感覚が手に伝わった。男は声もなく白目を剥いて体をぶるぶると震わせる。

四度目。柱の角に頭をぶつけてやると、皮膚が裂ける感触と同時に潰れた脳みそが、裂けた隙間から軽く噴き出した。

死んだな。そう思ったが、男の体はびくんと動く。

傷口にめり込ませるようにもう一度、柱の角に向け頭を叩きつける。また脳が飛び散って、体がびくんとしなった。

ちょっと面白い。

反応に惹かれて、何度もぶつける。と、突然、自分の頭にも衝撃が入った。

パン、と後から音が聞こえて、砕けたガラス片が雨のように周囲に降り注ぐ。

なんだ。勇敢じゃないか。

振り返って、割れたガラス瓶を持つそいつに面と向かう。

ぶん殴ると、ひん曲がった鼻から血を噴き出し彼が床に転がった。

「待て、待て！」

カズヤは歪んだ頬に手を添えつつ、体を震わせながら起き上がる。それから男の死体に一度目を遣り、涙目で俺を見上げ、声を上げた。

「すまん！　俺が悪かった、許してく」

言い終わる前にまた殴る。血と折れた歯が、腫れ上がった唇から噴き出た。

言い訳が通じないと悟ったカズヤはずりずりと床を這い、俺から逃げ出す。それを捕まえて、胸ぐらを掴んだ。

「ごめんなさい！　すいませんでした！　もうしませんから許してくださぎっ」

少しだけ加減して殴る。頭はぐらんと動いたが、ノックアウトほどではない。

「すいません、すいません、お願いだからたす」

もう一度。カズヤの顔が振り子のように揺れる。

「も、やめ」

床に叩きつける。立ち上がって、脇腹を蹴り上げた。「げぼっ」と、気色の悪い声とともに血と吐瀉物を吐き散らして床を転がる。

再び傍に立つ。カズヤはがくがくと震えながら、それでも俺から距離を取ろうと床を這いずった。

もういいか。

のろまな体を足蹴に仰向かせる。

「たす、助けて――」

拳を顔面に叩き落とした。

殴る度に顔の形が変わる。五回殴ったところで凹みだした。十回目くらいで、目玉が飛び出し始める。

数えるのを止めた頃には、カズヤの顔面は肉の塊になっていた。

少し手を止める。

残った下顎の辺りから、ごぼっと空気が漏れた。

感心した。こんな状態でもまだ息があるのか。よく見ると胸も動いてるし、指先もわずかに動いてる。

まだ生きてる。

ゴングも鳴らない。まだ、試合は終わってない。

口元がにやりと歪んだ。

「うわあああっ！」

叫びながら飛び起きた。

「わっ、な、何？　ダイゴ？」

隣で寝ていたナオも驚き、飛び上がって起きる。

俺はベッドから降りると、バスルームに駆け込んだ。そして便器に向かい、せり上がってきた物を吐き出す。

思い出した。

曖昧な靄の中に隠れていた記憶が、はっきりと鮮烈に脳裏に浮かぶ。

やめてと言っていた。助けてと、命乞いをしていた。

それでも俺はやめなかった。

心臓が尋常じゃないほど打ち鳴って痛い。

両手に目を落とす。崩れたカズヤの顔面を殴る感触が、拳に残っている。

俺は洗面台の蛇口を勢いよくひねり、出てきた大量の水に手を突っ込んで乱暴に洗った。

キレイにしなきゃ。キレイに。

何分もかけて手を洗うが、ぬるりとした血の感触は取れない。

擦り過ぎて赤くなった手を見て、体が震える。

あの時と同じ赤。

笑っていた。俺は。人を殺しながら俺は笑っていた。

それが本性？

笑って人を殺すような人間性。まるで鬼か悪魔のような。それが本当の俺なのか？

鏡の向こうから俺が、俺を見つめている。

怖い。自分が。

「ダイゴ、どうしたの？」

びくっとしながら振り向くと、ナオがバスルームの入り口に立ち、こちらを心配そうに見ていた。

近づこうと、彼の足が一歩入り口に触れる。

「だっ、大丈夫！」

慌てて顔を洗い、濡れた手を拭くと、トイレの水を流した。

「大丈夫。ちょっと、食あたりしただけだ」

押し出すように、ナオと共にバスルームから出る。

「えっ、本当？　大丈夫？」

「ああ、吐いたから、もう大丈夫。起こして悪かった。寝よう」

ベッドに戻り、ナオはしばらく心配げな顔で俺を見ていたが、疲れているのだろう、すぐに目を閉じた。

枕元のランプの微光がその穏やかな寝顔を照らす。その光が届く範囲で、寝入ったナオの隣、俺は膝を抱え足下の暗闇を見つめ続けていた。

目を逸らしたが最後、そこから何かが現れ、漆黒よりも暗い手で俺の足を掴んで引きずり、臓腑の臭いが満ちる世界へと連れ去られる。

そんな妄想が頭に取り憑いて離れず、結局、日の光が闇を払うまでずっと、そうしていた。

次のホテルは前とは距離を置いた場所を選んだ。

中心街からも少し離れた、目立たなさそうなくたびれたホテルの一室を、新たに一週間。羽振りよく金を出して、宿泊名簿に名前を書く。

そして連日、ナオの望む東京観光に興じた。

「ねえ、怪しいよそれ」

帽子にマスクを付けて歩く俺を、ナオが指摘する。

「……そんなことない」

俺は小声で答えた。

ふと俯いた視線を前に戻すと、対面を歩く人間と目が合う。

相手の顔が、嫌悪と疑いに歪んだように見えた。

気付かれたか？

脇の下が、じわっと湿る。

すぐさま視線を逸らすが、それでも一歩一歩、距離は詰まった。

マスクで隠れた頬に脂汗が浮かんで流れる。

指先が小刻みに震えた。

怖い。人が。

動揺の割に、特に何事もなくすれ違う。張り詰めていたものが、わずかに緩んだ。しかしまた次の通行人の姿が視界に入ると、体が内側から力む。

見つかる。

おぞましい姿で人を殺すその姿が。

暴かれる。

俺が。

外にいる間、そんな不安が影のようにつきまとう。

誰も見ないでくれ。

誰も、俺を。本当の俺を。

見つけないで。


早々にホテルへ戻ると、俺は部屋の隅で膝を抱えうずくまった。そしてうずくまりながら、部屋の其処此処に潜む暗闇に目を光らせる。

人の視線からは解放されたが、闇からの使者はここぞとばかりに俺を狙う。

半開きのバスルームのドアの向こう。ベッドの下。日の光の届かない部屋の角。

恐ろしい何かが出てこないように、見張り続ける。

「……ダイゴ、大丈夫?」

見かねたナオが俺の前で膝を折り、声を掛けた。

「……大丈夫。全然、大丈夫」

闇を凝視しながら答える。大丈夫なんかじゃない。自分でも分かってはいたが、彼の手前、強がった。

ニュースを垂れ流すテレビの電源を、ナオが落とす。

「……明日は、出掛けるのやめよっか」

それからそっと俺の隣に寄りかかって座った。

「ホテルでさ、のんびりしようよ。ダイゴん家に居た時みたいに。二人で」

触れる箇所が温かい。気を遣われるなんて情けないな。そう思いながらも、俺は頷いた。

何かが限界に達しようとしている。実ったそれの重さに耐え切れず、たわんで幹からへし折れそうな、そんな予感。

「ねえ」

静寂に染み渡る声で、俺と同じように膝を抱えたナオが呟く。

「ダイゴは、悪くないよ」

その言葉は、ただ空間に残った。

肯定も、安堵もできない。

強い光が作る濃い影のような後ろめたさが心に巣くう。

悪くないはずがない。

だって俺は、人を殺したんだ。

「だってダイゴは僕を助けてくれたんだから。助けるために、やったことだから」

確かに。

ちらりと視線を彼に向けた。もうほとんどかすれて消えているが、痣の跡が服の端からわずかに覗く。

確かにそれは、許せなかった。

虐げられ、辱められていた彼のことを思うと、死んで当然のやつらだったと、正直今でも思う。もしやつらがまだ生きていたとしたら、未だもって殺してやりたいと、思っていただろう。

ああでも。

ぞっとするような罪悪感。

二人の亡骸が瞼の裏に見えるのと同時に、それもまた鮮明に蘇る。

それでもその怒りと憎しみは、殺してしまったこの絶望感と喪失感と、等価ではない。

俺は人殺しだ。

「だからさ、大丈夫だよダイゴ」

どんな理由があったとしても、もう昔の自分には戻れない。

「ダイゴは本当は優しいんだって、分かってるから」

あの頃のような日常は二度と戻ってこない。

「みんながダイゴのことを責めたとしても、僕だけは絶対にダイゴの味方だから」

けだもののような憎悪に囚われて失った人間性も、二度と取り戻すことはできない。

一度人に噛みついた犬が殺されるように。

「僕はダイゴのこと、大好きだよ」

罪を犯した人間を、世界は決して許さない。


ずっと眠っていた。

そして何度も何度も、あの時の夢を見た。

笑いながら後頭部を叩き割り、ほくそ笑みながら顔面を潰す。

長い長い眠りの間、壊れたテープレコーダーのように、同じ場面が何度も繰り返された。

「ううっ」

俺はようやくベッドから体を起こした。ずいぶん眠ったはずだが、しかし体は鉛のように重い。

「……ねえ、ダイゴ」

遠慮がちなナオの声が、隣のベッドから聞こえた。顔を向けると、声色と同じくらい申し訳なさそうな顔をした彼が、膝を抱え上目遣いでこちらを見る。

「あのさ、お腹、空いたんだけど……」

おどおどした様子でナオは言った。すぐに時計に目をやる。時刻は、夜九時を回っていた。

しまった、こんな時間。

俺はベッドを飛び出した。朝飯におにぎりを食わせて以降、何も食べさせてないじゃないか。眠気覚ましに急いで洗面所で顔を洗う。タオルで乱暴に拭いた後、顔を上げた。

まるで、何十人も殺した殺人鬼だな。

鏡に映る、より悪辣な顔つきとなった自分を見て思う。

違いない。夢の中ではもう、何十回も殺してる。

「買ってくる」

洗面所を出ると、俺は上着に財布を突っ込んでドアへ向かう。それを見たナオが身を乗り出した。

「あっ、僕も――」

「もう暗いし危ない。すぐに戻るから待ってろ」

そう言い残して部屋を出る。

ホテルを出ると冷たい風に吹き付けられた。辛い寒さだ。彼を置いてきてよかったと思いながら、近くのコンビニに入る。

籠へ適当に弁当を詰め込み、会計をしようと財布を開いたところで、金が全然入ってないことに気が付いた。

入れるの、忘れた。

スーツケースの底に仕舞った札束を思い出しながら、手持ちに足りるよう籠から品を間引く。とはいえあそこにもそんなに残ってない。そろそろ節約しないと。

ナオが食べる分だけを購入して、すぐに帰ろうと足早に歩きだした時。

「ちょっといいですか」

振り向いた瞬間心臓が止まるかと思った。

「急いでそうなとこ申し訳ないんですけど、ちょっとだけお話聞かせてもらってもいいですかね」

警官が一人、俺を見上げている。

どくんと、体中の血が騒ぎ始めた。

そんな、ナオが、待ってるのに。

腹を空かせて一人で。

帰らないといけない。

逃げよう。いやでも、いきなり走って逃げるなんて、人殺しだって言ってるようなもんじゃないか。

どうしよう。一人になる。どうする。そうだナオは――。

「いいえ、大丈夫ですよ。何でもお聞きいただいて結構です」

努めて柔和な顔を作りながら、俺は協力的な様子を見せた。

「そうですか、それはどうも。ちなみに今、何されてました?」

「コンビニで夕飯を買って、ホテルに戻るところで……」

「ホテル？」

「旅行中なんで」

「へえ。お一人の旅行で？」

「はい」

ふーん、と警官が俺の手に下がるコンビニの袋に視線をやる。

「そうですか……でも普通、旅行中ならお店でご飯とか食べません？　わざわざどこにでもあるコンビニの弁当買うかな？」

「いやまあ、そうなんですけど……今お金なくて」

ポケットから財布を取り出し、すっからかんの中身を彼に渡して見せた。警官は丹念に財布を見る。

「本当に何もないですね。ていうか、なさ過ぎじゃない？　カードもないけど。強盗にでも遭ったの？」

「あーいや、その……この間、女の子と遊んでた時、気付いたらなくなっちゃってて……」

俺は気まずそうな表情を浮かべて、夜の店が集うビル街の方に顔を向けた。同じ方を警官も向いて、少し呆れたような、納得した顔を見せる。

「ま、もし盗まれたということでしたら、最寄りの警察署にご相談ください」

警官はそう言って財布を俺に返した。

「じゃちょっと身体検査させてもらいますね」

「はい、どうぞ」

両手を広げると、警官はまた丹念に俺の体を叩いて調べる。その最中、何か連絡が入ったのか、警官の動きが一瞬止まった。

「はい、じゃあもういいですよ」

終盤少し雑に検査を済ませ、警官は足早に立ち去る。

「失礼します」

その背中に一礼して、俺もその場から歩きだした。

「ナオ！」

部屋のドアを開いてすぐ、彼の名前を叫んだ。それから三歩で奥まで進み、ベッドの上に座るナオに迫る。

「お帰り——って、どうしたの？　すごい顔してるけど」

不思議そうに彼が俺を見上げる。

俺はそんな彼の腕を鷲づかみにした。

「行くぞ！」

「へ？　えっ!?」

問答無用に腕を引っ張ると、ナオは引きずられるように立ち上がる。部屋を歩きながら俺は空いた手にスーツケースと上着とをひっつかみ、彼を引き連れて部屋の外へ出た。

「ちょっと何？　どうしたの?!」

足をもつれさせながら後ろを歩くナオが声を上げる。それも無視して、無言のまま俺は廊下を歩いた。

ホテルのロビーに降り、真っ直ぐフロントに向かうと部屋の鍵をカウンターに叩きつけて返す。

「チェックアウトする」

受付に立つ人間にそう一言告げ、出口に体を向けた。

「え！　出るの!?　ねえ、お父さん!?」

「お客様！　まだ滞在日数が残っておりますが！」

受付のスタッフも慌てた様子で言う。

「構わない。もう出る」

そう言うと、それ以上は何も言われず、俺はナオと共にホテルの玄関を出た。

天頂に暗黒が広がるその下、ビルの間を彼の腕を引っ張りながら歩き抜ける。

「……ねえ、ダイゴ。どうしたの」

背後からナオが問うが、俺は黙って腕を引き続けた。

「どこに行くの？」

大きな通りを離れ、電灯もまばらな、人気の少ない暗い路地へと歩を進める。

「あのさ……さすがに寒いんだけど」

立ち止まった。振り返ると彼は長袖一枚の装いで、寒空に身を震わせている。

すぐに彼の冷え切った腕を放し、俺は片手に持っていたナオの上着を着せてやった。彼がほっと息をつく。

「それで、どこに行くの？」

暖を得たナオが今一度俺に尋ねた。

「えっと……」

すぐに答えが出ない。何も考えてなかった。とにかくあそこから逃げないと。それだけで飛び出してしまった。

顔を上げると、そびえるビルに掲げられた電飾が目に入る。

「……そこに入ろう」

そのまま目の前のドアをくぐった。

「なんか、変なホテルだね」

部屋に入ってすぐにナオが呟いた。

「受付もないし、なんかホテルっぽくないね。泊まる部屋選べるのも珍しいし」

「ああ……そうだな」

ナオは物珍しげに室内を見て回る。「うわっ、お風呂広！」浴室を覗いた彼が興奮した様子で声を上げた。

「これならダイゴも足伸ばして入れそうだよ」

「そうか」

無愛想に答えて通り過ぎる。

部屋の真ん中に構える、やたら大きいベッドの傍に荷物を置いた。そのままそこへ腰を下ろす。肘をついて、顔を覆うように頭を抱えた。何度も大きく息を吸って吐くが、どうしても気持ちが落ち着かない。

ナオが傍にやって来て隣に座った。

「……ねえ、何があったの？」

不安そうな声で、俺の顔を覗き込む。

「何かあったんでしょ？　ご飯買いに行った時にさ」

俺が、しっかりしないと。

「何でもない。大丈夫」

そう言って顔を逸らすと、彼はますます不安そうに俺に縋った。

「嘘だ。だってさっき帰ってきてから、ダイゴおかしいじゃん。帰ってきてからだけじゃない。昨日からずっと……。ねえ、本当に大丈夫？　もしかして、捕まりそうなの？　ねえ僕、どうしたら――」

「大丈夫だ！」

声を張り上げ、服を掴む彼の手を引き剥がして立ち上がる。怯えて泣きそうな彼の顔が目に入った。不憫だ。

「……風呂に入ってくる」

そのままその場にナオを残し、俺は浴室へと向かう。

風呂場は彼が言う通り広かった。蛇口から激しく熱湯をぶちまけてお湯を張り、適当に体を洗って入れ立ての湯船に浸かる。

天井を見つめながら、体が温まるのと反比例して頭の中は次第に冷静さが戻ってきた。

馬鹿なことを。

自分の言動を思い返し、歯ぎしりする。

職務質問を切り抜けられたのはよかった。が、焦り過ぎた。別にあの警官は、事件の犯人と思って俺に声を掛けたわけじゃなかったのに。それなのに追い詰められているような気がして。

あそこに居たら、捕まってしまう。

捕まって、ナオから引き離されてしまう。

約束を破ってしまう。彼をまた一人にして――一人になってしまう。

そんな想像と、膨れ上がる恐怖心に歯止めが利かなくなった。

そのくせ戸惑うナオを気遣うこともできなくて。

不安がる彼に大した言葉もかけられず、こうして一人で籠もっている。

不憫だ。彼が。

こんな俺を、馬鹿で、人殺しの俺を頼るしかない彼が、酷く不憫。

しばらく湯に浸かり、のぼせる手前で俺は浴槽から体を起こした。

しかし今更だけど、ここ、ラブホテルだよな。

浴室を見渡して、その構造の意味を悟る。こんな所に来るの、本当に久しぶり——いやそれより、なんて所にナオを連れてきてるんだ俺は。

焦っていたとはいえ、あまりの見分けのなさに恥ずかしさを覚えつつ、風呂から上がる。濡れた体を拭き、髪を乾かした後、洗面所の扉を出た。

部屋の方から声が聞こえた。ナオじゃない。

それが誰の何の声なのか、説明がなくとも本能が理解した。

「ナオ！」

俺は走って部屋に戻ると、ベッドの上のナオの手からリモコンを奪い取る。そしてアダルトビデオを垂れ流すテレビの電源を落とした。

「何見てんだお前！」

怒鳴り声にびくりと彼の肩が動く。

「ご……ごめん、なさい」

怯えた目で俺を見上げながらナオが謝った。しまった、とまたしても悔やんだ。

何見てんだも何も、ここはそういう場所じゃないか。

知らずにたまたまテレビをつけて、思いがけず見てしまったに決まってる。年頃だし興味があっても不自然じゃない。そもそも俺がこんな所に連れ込んだのが原因なんだ。それなのに怒鳴って叱るなんて、理不尽極まりない。

「いや……俺の方こそ、ごめん。怒鳴って」

消沈して謝った。それでも彼はおどおどと、こちらの顔色をうかがう。

ああくそっ。腹が立つ。

「先、寝るよ。ごめんな」

立ちすくむ彼の傍を通り過ぎて、一つしかないベッドに潜り込む。

自己嫌悪に染まり切った心のまま、目を閉じた。寝付ける気分ではない。でも、何かをする気にもなれなかった。

しばらくしてナオがベッドに入ってきた。昨日までと変わらずこちらに寄り添い、背中に生温かい吐息が当たる。

疲れたな、色々。

宿を探し回るのも、人の視線を気にして歩くのも、ホテルで毎回嘘をつくのも、二人を殺す夢を見るのも。

暗がりの向こうから何かが覗く。

怖がることにすらもう、疲れてきた。

押し潰されるような感覚を全身に覚えながら、いつしか眠りの中に消える。

下腹部から刺激が突き上がってくるのに気付いて、意識が深みから浮き上がってきた。

なんだ？　小便か？

まだ睡魔が脳に絡みつく中、ため息を吐く。重い体を引きずり、トイレに立つというのの、なんと面倒なことか。俺は身じろいで気を逸らそうとした。

え、ちょっと待って——誰か居る。

股ぐらに大きな影と気配を感じる。誰だ？　いや、俺以外の誰かなんて、一人しか居ない。

上体を起こす。

そこには、俺の陰茎を咥えて頭を振るナオの姿があった。

「うっ?!　うわっ！」

思わず彼を引き剥がすように突き飛ばす。彼の体が、ベッドの端まで転がり、落ちかかった。

何？　何が？

ナオは今、何をしていた？

突き飛ばした体勢のまま、息を荒げて放心する。

「お前、何してんだ」

そのまま言葉にして問いただす。

彼はむくりと起き上がると、「ごめんね」と申し訳なさそうに呟いた。

「僕の、せいだよね」

話が見えない。

「何、言ってんだ？」

「僕が悪い子だから、ダイゴ怒ってるんでしょ？」

「怒って……？　いや、そんなこと――」

「だから、これで許して」

ナオがひたと四つ這いで近づき、再び俺のそれに向けて手を伸ばす。慌てて身を引き、ずり下がったパンツを引き上げた。

「待てナオ。落ち着け」

「怒ってるの？」

「いや、怒ってない。怒ってないから、落ち着いて」

「でも、舐めさせてくれないし……」

「しなくていい！　しなくていいから！」

そこで何かに気付いたように「ああ」と納得の声を上げ、ナオが笑みを浮かべる。

「大丈夫。僕けっこう上手だよ。あのおじさんに教えてもらってたからさ」

「あのおじさんって――」

「ダイゴが最初に殺した人」

男の死体が眼前にちらつく。

「だからきっと、ダイゴも元気にしてあげられるよ」

彼が目の前にしゃがみ込み、パンツに手を掛ける。

「あいつにも……叔父さんにも、これだけは褒めてもらってたから」

ぞわっと全身の毛が逆立った。

気持ち悪い。

「やめろっ！」

爆発した嫌悪感とともに思い切り彼を突き飛ばした。「わっ」勢いの余ったナオが、ベッドの向こうへと頭から落ちていく。まずい！　と思った時にはドン、と音を立てて彼の体が消えた。

「ナオ！」

俺は青ざめながらベッドから飛び降りる。落ちた方へ回ると、ナオが後頭部を抱えながら床に転がり、うずくまっていた。

「ナオ！　大丈夫か――」

手を差し出した瞬間に彼が自分の顔をかばう。まるで振り下ろされる拳から身を守ろうとするように。

隙間から覗く怯えた目は、恐ろしい怪物の姿を映す。

「あ……」

一歩離れた。

「ちょっと……あの、トイレ」

その場に彼を残し、俺はトイレに駆け込んだ。扉を閉め、鍵をかけ、便座に座る。

何が、起きた。

状況を整理したくても、思い出すのも憚られる。なんというか酷く、悪い夢のような——夢？　そうかもしかして、俺は寝ぼけて夢を見ていたのか？　ああ、きっとそうだ。ナオがあんなことするはずない。あれは夢だ。この股間に残る感覚もそう。全部夢のせい。

納得すると同時に罪悪感も湧く。だとしたらナオに酷いことを。居ても立ってもいられなくなりトイレから出た。

ベッドの方に戻ると、床にうずくまっていたナオは、その場で膝を抱えて座っていた。

「ナオ、ごめんな」

俺は彼の前で膝をつき謝った。

「ごめんな俺、たぶん疲れてて。酷い夢を見てたんだ。それで寝ぼけて、お前を突き飛ばしちゃって……。本当にごめん。頭、大丈夫か？」

そっと彼の後頭部に触れる。「たんこぶ、できてるな……」俺は部屋に備え付けのタオルを冷水で濡らすと、それをコンビニのビニール袋に入れてナオの後頭部に当てた。その間彼は黙りこくり、能面のまま目線をこちらに合わせようとしない。

二十分ほど冷やし終わった後、俺は時計を見た。

「そろそろ、出ないと」ナオに顔を向ける。「立てるか？」

彼は口は開かなかったが、のそのそと立ち上がった。言葉は届いているようでほっとする。服を着せ、荷物をまとめた後、部屋の出口で金を払った。そして彼の手を引いて、いかがわしいホテルを出る。

それ以降も彼は一言も喋らなかった。手はなんとか繋いでいてくれたが、俺の一歩後ろを、俯きながらついて歩く。時折不安と心配で振り返りつつ、俺は次の宿を求めて東京の街をさまよった。

グレードの低いビジネスホテルの一室。煤けた壁に寄せ付けられたベッドの上でナオが眠る。

結局今日は何の会話もなかった。いくら声を掛けても彼は無視し、好物のハンバーガーの前でも無機質にそれを食むだけだった。彼を傷付けてしまった。そう思うと心苦しさに、何も喉を通らなかった。

ホテルの部屋に入ってすぐ寝始めた彼の横顔を覗く。あどけなく、可愛らしい寝顔。昔から変わらず、愛おしさが湧いてくる。

今朝のことは、本当に何か見間違いだったたんだ。改めてそう理解する。あんな場所に泊まったから、つい、変な想像が膨らんだ。決まり悪い恥ずかしさに苛まれながらも、気持ちは落ち着いていた。

俺は隣のベッドに一人入る。傍にナオが居ないのは久しぶりだ。寂しい、と感じなくもなかったが、これが通常。

明日には、元気になってくれるだろうか。そんな望みを心に浮かべながら目を閉じた。

暗闇とともに時間が流れる。

ベッドが、ボロ特有の軋んだ音を微かに響かせた。

目が覚める。体感でまだ深夜と察した。

軋む音が徐々に近づく。

体に手が触れた瞬間に飛び起きた。

ルームライトをつける。

橙色が仄かに照る先、俺を覗き込むようにベッド上にナオが居た。「起きるの早」驚き顔で彼が呟く。

少し鼓動が速い。鎮めようとゆっくり息を吸ってから俺は尋ねた。

「どうした。怖い夢でも、見たのか？」

ナオが、くすりと笑う。

「夢じゃないよ」

どくんと、心臓が鳴った。

「朝のことは、夢じゃないよダイゴ。僕ね、気付いたんだ」

目をうっとりとさせて、彼が話す。

「これが愛なんだって」

柔らかい手のひらを、俺の胸元に置く。

「あのおじさんとか、あいつの相手をするのは、本当は、本当に嫌だった。殴られないし、ご飯ももらえたけど、でも本当に咥えただけでも吐きそうになるくらい嫌で、いつも我慢しながらやってた。でもね、ダイゴのは全然そんなこと思わなかったんだ。むしろもっとしたいって、気持ち良くしてあげて、元気づけてあげたいって。初めてそんな気持ちになった」

そう語る瞳は輝いていて。

「きっとダイゴのことが好きだからそう思えるんだよね。したくないこともしたくなる。汚い物もキレイに見える。この感情が愛なんだ。僕はダイゴを、愛しているんだ――そう気が付いた」

言葉に詰まった。

目を見て、顔を見れば分かる。彼が本気でそう思っていることが。

でも、だからこそ、どう言えばいい。

「あの……あのな、ナオ。そう思ってくれるのは、嬉しいんだけど……俺は、俺はな？　ナオにそんなことしてほしいとは、思ってないんだよ」

慎重に、言葉を選びながら、俺は伝えた。

「何で？　どういうこと？」

困惑した表情をナオは浮かべる。「えっと、つまりな……」説明を重ねようと悩んでいると「あ、そうか」と彼が何かを閃いた。

「僕が男でやりづらいって思うなら、女だと思っていいよ。そもそも、ピョ吉抱いて寝てた僕のこと、女みたいだってあいつが言って、それでお客さんを呼ぶようになったから。気にしないよ」

「違う、そうじゃないんだナオ！」

彼の肩を掴み、起き上がる。真っ直ぐ正面で彼を見つめ、必死さを抑えつつ俺は諭した。

「こういうのは、本当に好きな人同士、愛し合ってる人同士でするんだ。お互いにしたいと思って、されたいと思って、そこで初めてすることなんだよ」

ナオが驚き、呆然と俺を見る。

「ダイゴは、僕のこと、愛してない……？」

「ううん。お前のことは愛してるし、好きだよ。でもそれは――」

「じゃあいいでしょ？　本当に好きな人同士だから。エッチなことしたって――」

「それは違う！　俺は、ナオとは、そんなことしたいと思ってないんだよ！」

「でも朝、あそこ勃ってたじゃん」

「た……それは、生理現象だって」

ナオの顔つきが変わった。

それは怒りに、嫌悪が加わって、醜悪さを漂わせた表情。

「嘘だったんだ」

憎悪。

「ダイゴは、僕のこと好きじゃないんだ」

「違うんだよ、ナオ。そういうことじゃなくて――」

「僕のこと大好きだって言ってたのに……！　嘘つき！」

そう叫んで、ナオは暴れ出した。俺の手を振り払い、両手を振り回して俺を殴る。

「僕が、僕がこんなに好きなのに！　ダイゴは僕のこと好きじゃないんだ！　どうでもいいんだ！」

「違うよ！　そんなことない！　そんなことないから、止めてくれナオ！」

「じゃあどうしてできないんだよ?!　僕のこと好きならできるでしょ！　エッチなことも！」

「違う違う！　好きだけど、それはダメなことなんだ！　そういうふうに好きになっちゃダメなんだ俺もお前も！」

彼はさらに癇癪を爆発させて叫んだ後、ベッドから飛び降りスーツケースに駆け寄ると中身をぶちまけた。「おい何して――」止めさせようと床に立ったその時、ナオが何かを手に持って振り返る。

はさみ――！

柄を両手で握り締め、はさみの刃をこちらに向けたナオが立ちはだかった。

「ま、待て、ナオ。落ち着け」

先ほどとは違う緊張感を感じながら、俺は手を前に出し構える。

するとナオは刃を上にし、自分に向けた。

刃先が指す先は、喉。

「やめろ！」刃が彼の喉を突き破る前にその手を掴んだ。「離せ！」ナオが強く抵抗する。はさみが二人の間で行ったり、来たりを繰り返す。

「離せよ！　死んだってどうでもいいだろ!?　僕のこと好きじゃないんだから！」

「馬鹿！　そんなわけあるか！」

無理矢理取り上げようにも、ナオの指はしっかりとはさみの穴を通っていて引き剥がせなかった。下手を打てば、お互いに怪我をしかねない。無理に奪うこともできず俺は手こずる。

「頼む！　離してくれナオ！」

「お前が離せよ！」

ナオが思い切り俺のすねを蹴飛ばした。「いっ」痛みに怯んだ隙に、はさみを持ったナオの手が逃げる。しまった、と思った時には、ナオは刃先を自分の喉に当てながら俺から距離を取っていた。

「ナオ、よせ」

最悪の展開に青ざめる。

「じゃあ僕とエッチして」

至って平静な声で彼が条件を突きつけた。

「無理だそれは！　ナオ、お願いだからはさみを下ろして——」

「じゃあ死ぬよ。ばいばい」

しゃき、と無機質な音を立てて刃が開く。

「待て待て待て！　分かった！　分かったからナオ！　待ってくれ！」

降参を表すのに両手を上げた。ナオの首から刃が離れる。

「……お前のしたいようにして、いい。ただ俺からは何もしない。……それで、いいか？」

息をのんで返事を待った。

「うん、いいよそれで」

一転、満面の笑みで彼が答える。こちらに歩み寄り、はさみをベッド脇のチェストの上に置くと、

「じゃあここに寝て！」と楽しそうに俺の腕に抱きついた。直前の憎しみに染まった顔との落差に、背筋が凍る。

目の前に居る彼は、本当に俺の知っているナオなのだろうか。

先ほどまで寝ていたベッドに仰向けになる。

「大丈夫。僕に任せて」

俺を見下ろしながら、聖母のような顔で彼が言った。

分からない。

上の服を脱がされ、くすぐるように指先が肌を這う。

分からない、ナオが。

素足が冷たい部屋の空気に触れて震える。

ナオは。

人の気持ちに敏感で、他人の悲しみや喜びに寄り添う、心の優しさを持っていて。

大切な人のためには、どんな相手にでも立ち向かう勇敢さがあって。泣き虫で寂しがり屋なのに、長い孤独に耐え切るほど強くて。

本当にすごくて、偉くて。

ナオは。

こんなこと、する子じゃないんだよ本当は。

パンツの縁に手が掛かる。「ちょっと……」ずり下ろそうとする手を引き留め、片手で顔を隠し視線を逸らしながら、涙声で俺は呟いた。

「待って……やっぱり……」

無言のまま弾かれたようにナオがチェストのそれに手を伸ばす。俺も反射的に手を伸ばした。はさみを互いに掴み、ベッドの上で再び奪い合う。

馬乗りになって取り上げようとする俺を、下から引っ張るナオが恨みがましい目で見つめた。

力いっぱい引っ張り、彼の手を払う。はさみが宙を飛んだ。カシャンと音を立てて床に落ちる。それを拾いに行こうとする彼の体をベッドに押さえ込んだ。

「放せ！　死ぬんだ！」

「お願いだ止めてくれナオ！」

「嫌だ！　死ぬ！　死ぬう！」

腕の中で暴れるナオ。錯乱して喚き、必死に逃げ出そうとするその様子に、重苦しい悲しみが心を覆った。

どうして、こんなことに。

「もう殺してよ！　誰か！　僕を殺せええ！」

苦しみあえぎ、藻掻く姿に、見ていられず目を閉じる。

いや、どうしてもこうしても、元はと言えば俺のせいだろ。

俺がナオを養子に出したせい。

騙されたのに気付かなかったせい。助けるのが遅くなったせい。

家族旅行に行けなんて、言ったせい。

全部、俺のせいだろ。

「ナオ、ナオ。分かった。もう止めないから」

そう言うと彼は暴れるのをいったんやめた。ぜいぜいと、荒い息の音が部屋に響く。

受け入れるんだ現実を。

彼の姿を。自分の過ちを。

忌み事を。

彼のためなら。

押さえつけていた体をそっと離す。

「ごめんな、約束したのに破って。もう止めない。お前のしたいように、してくれ」

ナオが起き上がる。そして真っ直ぐに俺を見つめ「分かった」と一言言った後に、俺の顔に飛びついてキスをした。

そのまま二人でベッドに倒れ込む。


「気持ち良い？　我慢しなくていいんだよ」

耳元で吐息とともに囁く。

「もっと気持ち良くしてあげる」

取り払った衣服が床に落ちた。

「大丈夫。痛くないからね」

あやすように手が撫で。

「僕も、気持ち良いよ……っ」

波打つ。

「ダイゴは……上手だね」

陶酔する刹那。

「もう一回しよっか。まだ足りないよね」

物欲しげに乞う目。

「ダイゴ」

それは神の祝福を受けた瞬間の笑顔に似ていた。

「愛してる」

お決まりのハンバーガー屋。味のしないそれを咀嚼しながら、俺はぼうっと視線をさまよわせる。

「ダイゴってば！」

少し強めの声掛けにびくりとして、意識が目の前に戻ってきた。

「聞いてる？」

「ごめん。聞いてなかった。ごめん……」

「この後ね、ここ行きたいなって」

くたびれてきた地図の上へ彼が指を落とす。そこは有名な仏閣にほど近い小さな遊園地。

「ここ……前にも、行かなかった？」

「そうだね二回目。でももう観光地的な所には行き尽くしちゃったし、ここは楽しかったから、もう一回行ってもいいなって。それに、僕らが居ても違和感ない場所だから」

彼の提案に頷き、店を出る。電車を乗り継ぎ、目的地に向かう道中、彼が足を止めた。

「お団子！　食べたい！」

団子屋の看板を指さし、ナオが俺の手を引っ張る。

「ねえいいでしょ？　お父さん！」

父親に甘える子供の姿で彼が言った。

「うん。いいよ」

俺もそれに応える。

みたらし団子の串を二つ買い、その場で封を開いた。ナオが早速それにかぶりつく。

唇がそれを咥え、吸い付きながらしごき上げた。

やめろ。

「痛っ！」

気が付くと俺は彼の手から団子をはたき落としていた。「何すんだよ！」ナオが怒鳴る。

「あ……ごめ、ごめん」

おろおろと、俺は落ちた団子を拾う。土まみれで汚れていた。もう食べられない。

「ごめん、俺の、食べていいから」

そう言って目は合わさずに自分の分を差し出した。しかし彼の手に渡る直前、震えた指先がそれを落とす。「あっ」べとり、と団子が地面に吸い付いた。

「ご、ごめん。ごめん。買い直すから。ごめん……」

そそくさとしゃがみ込み、落ちた団子を拾う。

「ダイゴ」

膝を折って俺に目線を合わせながらナオが心配げに声を掛ける。

「大丈夫？　疲れた？　もう、ホテル戻ろうか？」

そして優しく労るように俺の背中に手を置いた。びくりと背が跳ねる。

戻りたくない。

「だ、大丈夫。大丈夫だ」

目は伏しがちに視線を逸らし、俺は立ち上がった。

「ごめん、大丈夫だから。行こう」

団子をもう一本買ってやって、食べ終わってからまた歩きだす。

遊園地に着くと、様々なアトラクションを二人で回った。

横長の座席に数人が乗り込むと、機械が乗客を上へと持ち上げる。「お父さーん！」その一席に座ったナオが、こちらに手を振った。手を振り返して応える。

機械は上昇から転じて落下。と思ったらまた上昇し、乗る者を上下に揺さぶる。

ゆらゆらと揺れる彼を、下から眺めた。

ああ、今日もまた――。

空が次第に夕暮れを帯び、暗くなる。

「ねえ、そろそろホテル戻ろうよ」

すっかり日も暮れ、夜の街となった東京。

「もう九時になるよ」

ナオが俺の服の裾を引っ張り訴える。当てもなく進めていた足を止めた。

「ああ、うん。もうちょっと……。ほら、あそこ行こう」

そう言って手前に見える店を指さす。彼が怪訝な顔を浮かべた。

「居酒屋じゃんあれ。子連れで入るとこじゃないでしょ。絶対浮くよ」

「あ、えっと、そうか、そうだな……」

「いいからもう帰ろうよ。寒いし」

ナオは両腕をさすりながら自分の体を抱く。

「そうだよな。ごめん。戻ろうか」

寒がる彼の手を握り、駅に向かって歩きだした。

今日もまた、あの夜を越えなければならない。

歩調が鈍る。

彼はそれを、愛と囁いた。

寝る前、数時間に亘り行われる、性的な接触。

その時の彼は、昼間見せるあどけない少年の様子とはまるで違う。淫猥に腰を揺らす様はまるで娼婦のようで、絶え間なく性欲の海に引きずり込もうと俺を責め立てた。その落差。父親と呼ばれながら、裏で情欲にまみれた関係を持つという臓腑のひっくり返るような背徳感。まともに居られる方がおかしい。だがそれを拒否し抵抗しようものなら、彼は烈火のごとく怒り散らし、自殺を図る。故にできることと言えば、その波打ち際で攫われないよう、必死に砂浜を掴んで嵐が過ぎ去るのを待つだけだった。

ボロボロになった爪の先に目を落とす。

こんなの、愛でも何でもない。

そう分かっているのに、何も言えず、あまつさえ彼を喜ばせている自分も心底汚らわしかった。

足が重い。

駅前の階段を、鈍重な動きで上る。

死刑台に近づくかのように、一歩、また一歩。

「えっ」

小さな声を上げてナオが立ち止まった。それに気付かず、俺は一歩先を踏み出す。

「ねえダイゴ！」

声を潜ませながらも慌てた様子で彼が腕を強く引っ張った。ようやく気付いて振り向く俺に、彼が動揺した表情で少し向こうを指さす。

その先には、駅に掲げられた液晶ビジョン。

指名手配。

そこに、俺の顔が映る。

「あ――」

急に、世界から音が消えた。

道行く人々がみんな立ち止まって、そして一斉に俺の方を向く。

異様な光景にぞっとした。

街中全ての人間の目が俺一人に集まっている。

どこを向いても、ぎょろっとした二つ目玉の中に、俺の姿が映っていた。

怖い。

人殺し！

誰かが叫んだ。それを合図に、次々と罵声が上がり出す。

人殺し！

殺人鬼！

捕まえろ！

悪魔！

死刑にしろ！

殺せ！

死ね！

地獄に落ちろ！

「あ……うわっ」

世界中が怒り狂ってる。俺に。

怖い。

後ずさりし、その場から逃げ出した。

階段を下り、歩道へ降りる。地面に足が着いた瞬間、歩道に居た無数の人間の目がギロッと俺を捉えた。そして口々に罵る。

怖い怖い怖い。

また逃げ出す。しかし行けども行けども、人々の目から向けられる悪意と憎悪は絶えず体を貫いた。

全身を串刺しにされたような、ともかくその痛みの薄れる場所を探して、さまよい、逃げる。

「ダイゴ」

ナオが静かな口調で語りかけた。

「もう電車なくなっちゃうけど、どうする？　ここ、出る？」

抱えた膝の中に伏せていた顔を上げる。俺を見下ろすナオ。その後ろには、壁面に沿ってソファーが設置された狭い空間。

「まだ居たいならいいけど、ここもさ、誰にも見られてないってわけじゃなさそうだから」

彼が見上げる先を俺も見た。小さなドーム状の防犯カメラ。ぎろりと睨まれたような気がして、すぐに顔を伏せた。隣の部屋からは絶えず声が響く。不明瞭でデタラメなその音に、気分が悪くなった。

「もう、少しだけ」

掠れた声で呟く。「分かった」ナオは頷くと、俺のすぐ隣のソファーに座り、カラオケの分厚い目次本を開いて眺め始めた。

どうやってここにたどり着いたのか覚えてない。駅前の液晶ビジョンに指名手配犯として映った自分の顔を見てから、恐怖に支配されて無我夢中で逃げ回り、気が付いたらカラオケボックスの中だった。ただナオの話によると、俺は駅前のあの場所から急に踵を返して歩きだし、彼の呼びかけにも応えず黙々と足早に歩き続け、決めていたかのようにこのカラオケ店に入っていったという。

「お水飲む？」

ナオがコップを差し出した。上目遣いにそれを受け取る。

「……ありがとう」

「いいよ、全然」

彼がにこっと笑う。ほっとした。彼の目だけは、怖くない。

もうしばらくして、ようやく俺たちはカラオケ店を後にした。店員を前にまともに喋ることができない俺に代わり、ナオが会計の手続きを済ませ、深夜の街を二人で歩きだす。

「もう電車ないから、ホテル戻れないね」

白い息を吐きながら彼が呟いた。

「この近くで泊まれる所探すしかないけど、こんな時間に空いてるホテルなんかあるかな？」

ナオは周囲を見回す。夜半を過ぎた街は、さすがに人影がまばらだった。人の目の恐怖は相変わらず気が狂うほどだったが、おかげでそれもなりを潜める。

「心当たり、ある」

俺は微かな声で彼の呟きに答えた。

「え、どこ？」

ナオを連れ、少し歩く。大通りを離れ、路地裏のその場所の前に立った時、「ああ、ここね」と彼が納得した。

ラブホテルの一室。俺は呆然とベッドに腰掛ける。

「お風呂上がったよ」備え付けのバスローブを身に纏ったナオが部屋に戻ってきた。「ダイゴ入る？お湯まだ残してるけど」

聞かれたことには答えないまま、俺は膝に肘をつき、うなだれる。

「もう、ダメだ、ナオ。逃げられない」

完全に人の視線から切り離されたおかげもあってか、順序よく考えられるほどの冷静さが俺にも戻っていた。だが、それで認識するのは現状の手詰まり感。

「一カ月で、もう俺にまでたどり着いてる。捕まるのは、時間の問題だ。職務質問だって受けたし、東京に居るってことは絶対にばれてる。もう、終わりだよ」

これが年貢の納め時というやつか。警察が血眼になって東京中を探している画が浮かぶ。もう捕まるしか道はない。いや、最初から行き着く先はそこだったんだ。ただ、先延ばしにしていただけ。彼と一緒に居るために。

「うーんでも、あの写真髭のない時の写真だったじゃん。ダイゴ髭生えてると印象だいぶ違うからさ、知り合いじゃなきゃばれないいんじゃない？　今だいぶ伸びてるし」

気楽な調子で言って、ナオは俺の隣に座る。

「それにさ、テレビではダイゴのことは言ってたけど、僕のことは言ってなかったんだよね。もしかしたらさ、警察は僕の存在には気付いてないいんじゃない？　だってあの家には僕の物なんて何一つなかったし、ダイゴの家にだって、あったとしても、おむつくらいだよ。それだけじゃ僕って存在に行きつかないってきっと」

つまりね、と明るい表情で彼が俺の腕に抱きついた。

「警察はダイゴ一人が逃げてると思ってる。二人だとは思ってない。だから、僕と一緒に居る限り、ダイゴがダイゴだってばれることはないよ！　絶対！」

確信した様子でナオが言い切る。

相変わらず、賢いな。

でも、現実はきっとそんなに簡単ではない。

「無理だよ……終わりなんだ……」

簡単じゃないんだよ、ナオ。

頭を抱え、震える。

「……そっか、疲れちゃったんだね。大丈夫。僕が元気にしてあげるから」

彼がいつものごとく、淫らな手つきで俺の体を触り始めた。背後から俺の首筋に吸い付き、舌で舐める。片手はシャツをまくり上げ胸の先端を転がし、もう片方の手はズボンのボタンに手を掛け、中に滑り込んだ。

俺は何もしない。

呪文のように心の中で呟き、感覚にじっと耐える。

「愛してるよ、ダイゴ」

ちらりと覗く妖しい彼の目。

やめてくれ、その目は、怖い。

砕けた顔に拳がめり込む。

血に汚れた髪留め。

唇の感触。

波が押し寄せる。

俺は何もしない。

千切れた写真。

でも無理だよ、終わりなんだ。

愛？

手招くように揺れる。

俺は、誰。

「違う」

ぼそりと吐いた声に、ナオが手を止めた。

「こんなの、愛じゃない」

もう一度はっきりと口に出す。

「何それ。じゃあなん――」「愛し合うっていうのは」

彼の言葉を遮り振り返った。

「こう」

唇に食らいつき、ベッドへ押し倒す。

糸の切れた凧のように、滅茶苦茶に乱れて堕ちた。

俺はナオを抱き、本来は排泄のための機能しか有しないはずの彼の肛門に、はち切れんばかりにいきり立ってしまった自分の陰茎を突き立てた。ナオは嬌声を上げながら、易々とそれを受け入れる。当然だ。今までにだって、そこには何度も入ってきた。彼が誘うままに。だが今日は違う。

俺は自分から彼に挿入した。決してそうはしないと誓っていたのに。そんなことをすれば、ナオの体を、散々弄んだあの男どもと同じレベルになる。それだけは絶対に嫌だと、頑なに思っていた。思っていたはずなのに。

たかが外れたように腰を振った。もうそんなこと、どうでもよくなるくらい気持ち良かった。背徳感も、罪悪感も、手詰まりな現状も人の目の恐怖も全部どうでもよくなるくらい。

俺の名前を呼びながらあえぐナオの声。汗で湿った肌の感触。生臭さと便臭が混ざった匂い。なんとなく甘い、唾液の味。

頭が馬鹿になりそうなくらい、全てが気持ち良かった。


「もう、ないよ。ゴム」

呼吸が整い切る前の吐息の中、ナオが伝える。

「そうか」

ベッドに大の字に横たわりながら呟いた。備え付けのコンドームは使い切ったらしい。

「どうする?」

俺の横に寝そべりながら彼が尋ねる。時計を見た。まだ朝の四時前。

「行こう」

俺は起き上がった。

ラブホテルを出て、近場のコンビニへ向かう。コンドームとローションと、必要な物をその場で買った。それからタクシーを捕まえて、宿泊中の宿に戻る。

不思議と人の目は気にならなかった。子連れでアダルトグッズを買う男を見たコンビニ店員の不審そうな視線すら、平気だった。変なタイミングで乗り込んだ客をじろじろと見るタクシー運転手の目も、早朝の帰着に驚くホテルの従業員の顔にも、嘘のように何も感じない。

頭の中はただ、ナオを抱きたい欲求に溢れていた。

部屋の扉を閉めた瞬間に唇を合わせる。キスしたまま彼を抱き上げ、ベッドに連れていった。

「お風呂は？」

「後でいい」

買ったばかりのコンドームの箱を開け、服を脱ぎ捨てる。

夜が明け切るまで繋がった後、そのまま二人で泥のように眠った。昼過ぎに目が覚めて、コンビニで買っておいた弁当を食べ終わると、また深く重なる。

「ここ、明日までだよね」

一緒にシャワーを浴びながら、ナオが言った。

「そうだな」

「じゃ、まだまだできそうだね」

彼がいたずらっぽく笑う。

「ああ」

水に濡れた白い肌は透き通るような美しさだった。思わず首筋に唇を落とす。後ろから抱きしめ、胸を触った。

「あ、ちょっと……。ん、そろそろ中、一回くらい洗わないと……あっ」

怒張したそれを察してナオが諌める。だが、一度高ぶると収まりがつかない。

感じていたい。ずっと。

少しでも考える隙ができると、大きな何かが俺を押し潰そうとする。それは罪悪感や恐怖心や、これまで俺を苦しめた全てを混ぜて、固めたような、巨大な何か。何もしていないと、それが生きたまま俺を押し潰そうとしてきて、気が狂いそうになる。

でもナオを抱いている間だけは、それを忘れられた。

心が平穏で満たされる。そう気付いた。だから考える暇もないくらい、何度も何度も彼を抱く。

その日は、一日中セックスをし続けた。

チェックアウト時間ぎりぎりまで部屋で過ごした後、すぐに最寄りのネットカフェに入る。次の宿泊先を探しながら時間を過ごし、移動の合間に買い物を済ませると、チェックインの後、部屋にずっと籠もった。

部屋では次のチェックアウトの時間まで、行為に耽る。食事も睡眠も、その合間に取るような状態。セックスして、飯を食い、またセックスをし。風呂の合間にも繋がって、気を失って寝落ちするまで彼を抱き続けた。そして目が覚めた途端にまた彼の体へ食らいつく。

そんなふうに、東京中のホテルを泊まり歩きながら過ごした。

ダメだ、このままじゃ。

なけなしの理性が訴える。

このままじゃ、ダメになる。何もかも。

朝日が差し込むベッドの上。温い余韻に浸る中で、俺はナオに言った。

「久しぶりに、どこか見て回らないか?」

俺はナオと二人でホテルの近くを散歩していた。しばらく大きな道なりに進むと、川に突き当たり、そこからは川沿いを、流れが向かう先へと歩いていく。

天気はよかったが、やはり肌寒い。時折吹く強い風に身を縮ませて凍えた。

「ここ、桜が有名なんだって」

ガイドブックを片手にナオが上を見上げる。彼の言葉通り、川沿いには桜の木が立ち並んでいた。春の時期ならば、それはそれは綺麗だったろうと容易に想像つく。が、まだ春には遠い真冬の今は、枝だけの裸の状態。

「あっ、あそこ公園みたいだよ」彼が川の向こう岸を指さす。「ちょっと休憩する?」

立ち寄った公園内に設けられた広場に足を踏み入れた。立木が何本かあるだけで、容赦なく北風が吹き抜ける。人もまばらだ。

「寒いね、さすがに。おかげで人も居ないけど」

ナオが自分の肩を抱いて寒さに凍える。

俺は唐突にその場でしゃがみ込んだ。「ダイゴ?」ナオも続いて膝を折り、俺の背中に手を当てる。震えが伝わったのだろう。彼は心配そうにこちらの顔を覗き込んできた。

「大丈夫? どうしたの? 寒い?」

限界だ。

俺は彼の片腕を掴んで体を引き寄せると、震えながら、荒い呼吸でナオに伝える。

「したい」

その一言で彼は理解する。「ちょっと待って」立ち上がって周囲を見回した後、俺の腕を取った。

「こっち」

閉ざされた空間の中で吐息と粘着質な音が微かに響く。

「ちょっと……寒いね」

晒した肌は、外気と変わらぬ温度の空気に当てられて冷たい。その寒さに、そこもいつもより強ばり、鏡越しに見えるナオの表情も少し険しかった。

「すぐ、終わらせるから」

律動を早める。


「ごめん」

ズボンを穿き直す彼の姿に向かって、俺は呟いた。

「いいよ別に。落ち着いた？」

便器の洗浄レバーを押しながら、普段通りの声でナオが言う。

「うん。ごめん」

「ならよかった」

もう一度、消え入りそうな声でごめんと俺は言った。

自分が情けない。

たった一時間の散歩の間も我慢できないなんて。

俺は己への失望にその場で深くため息をつき、うなだれた。

ナオとセックスしたいという衝動が、込み上げてきてどうしても止められない。

それは時間が経つにつれ、動悸を伴い息苦しさまで感じるほどの、発作とも言える衝動。

ヤバい。絶対に、おかしくなってる。自分の体が、頭が。

こんな状態じゃ、何もできない。

むせ返るような焦燥感に胸が掻き乱される。

どうすればいい。

「とりあえず、ホテル戻ろっか」

公園内の多目的トイレの中から出て、ホテルへの帰路に就く。

でも、ヤバいのはこれだけじゃない。

「金――」

ホテルに戻り、ナオが風呂に入っている間、スーツケースの中に残っている金を確認した。だがどれだけ中を攫っても、そこにあるのは一握りほどの金。

五万。

財布にいくらか残っているが、それを合わせても、あと一カ所でも泊まれば使い切るだろう。

どうする。

「お腹空いたー」

風呂上がりのナオが、呟きながらコンビニの袋の中を漁った。

「コンビニのご飯にも飽きてきたなあ。久しぶりにハンバーガー食べたい」

取り出したおにぎりの包装を剥がし、むしゃむしゃ食べながら彼が言う。

「そういやこのホテルは今日しか泊まれないんだっけ。次はどの辺りにしよっか？　ハンバーガーのお店が近くにあればいいんだけど」

裸のまま、ベッドの中でまどろむ。

隣で、同じく裸で寝転ぶナオが声を掛けてきた。

「ねえ」

「意外とさ、うまく逃げれてるよね、僕たち」

弱めのルームライトに照らされた彼の顔は、楽しそうに微笑む。

「僕たちさ、こうやって生きていこうよ。誰にも気付かれないまま、二人でいろんな所を旅して回るの。東京だけじゃなくてね、日本中、世界中を一緒に旅して回って生きるんだ」

俺の胸に手と、額を付けてナオは目を閉じた。

「そうやってね、いつかみんなが僕らのことを忘れるまで、ずっと一緒に居よう。僕は、ダイゴと一緒なら、何も怖くない。ダイゴさえ居てくれたら——それだけで幸せだから」

7

いつか読んだ本のことを思い出した。

元ボクサーで、借金苦に街頭で殴られる商売を始めた人の本。

あの人が立っていたのが、この街じゃなかっただろうか。


「ナオ。俺ちょっと出てくる」

そう伝えると彼は目を丸くして俺を見る。

「えっ今から?」

ナオが部屋の時計に目を向けた。表示されている時刻は夜の十一時を過ぎる。

「ていうか一人で? 何しに行くの?」

「ちょっと……買い物」

「買い物は夕方に行ったでしょ? ゴムもご飯も買ったじゃん。何買うの?」

「それは――」

口ごもる。嘘は慣れてない。

そんな俺の様子に何かを察したのか、ナオがベッドから飛び降りしがみついてきた。

「どこ行くの」

「すぐそこだよ」

「僕も行く」

「もう夜中だ。危ないからお前はここに居てくれ」

「嫌だ。ダイゴこそ僕が居ないとダメなくせに」

彼は俺の体に顔を埋めて、服を強く掴み抱きつく。

「警察……行くの……？」

「……違うよ」

俺は不安を払うように、静かな声で語りかけた。

「ちょっと金を下ろしに行くだけだ。大丈夫。必ず帰ってくるから」

「本当に？」

泣きそうな顔でナオが俺を見る。

愛おしい。何を投げ打っても構わないほど。

だから。

「本当だ。約束する。だからここで待っててくれ」

あとは全て、瞳に意思を託す。

しばらく二人で見つめ合い、ナオは「……分かった」と、俺との信頼に身を委ねてくれた。

不安げな彼の視線に見送られ、俺は部屋の扉を閉める。

後ろ髪を引かれながらも、ホテルのひっそりとした廊下を一人歩きだした。

宿泊料金を払い、食事を買った時点で、所持金は四桁を切っていた。

明日の飯代すらない。幸い安宿のおかげで部屋は三日取れたが、彼を飢えさせるわけにはいかない。

外に出た瞬間に真冬の空気に襲われる。ナオも居ない。すでに気が挫けそうだったが、俺は奮い立って夜の繁華街へと歩きだした。

「あの」

自分と近い図体をした男に声を掛ける。男が不機嫌そうな表情で振り返った。

「何」

「えっと、俺を、殴っていただけませんか?」

あからさまに柄の悪そうな男に、内心怯えながらもそう伝える。

「殴る?　お前を?」

「あ、はい。俺は、殴り返さないんで。あ、その、千円で」

すると男は状況を理解したらしく、「あー、なるほどね」と言った。

「お前あれか、殴られて金取るやつ」

「あ、はい。そうです」

「俺に声掛けるとはいい度胸してるじゃねえか」

男が俺を睨み付ける。

「ま、いいよ。暇してたからな」

受けてくれた。少し安心する。

「で、どうすんの？」

「一分間、自由に殴ってもらえたら」

「道具は？」

「すみません、持ってないんで、素手でお願いします。俺からは絶対手は出さないので」

男は「ストリートスタイルってことだな」と言ってにやりと笑う。

「あ、はい、そんな感じで」

俺は頷き、街頭の時計を見上げた。秒針が十二に達するのを待つ。

「じゃあ、今から一分」

そう言って始めた瞬間、男はすぐさま距離を詰めて服を掴んでくると、ひざ蹴りを俺の腹に叩き込んだ。

「！」

思わぬ攻撃に呼吸が止まる。その場に膝をついた。視界に蹴り足が映る。

「うっ」

ぎりぎりで腕の防御が間に合った。しかしそれでも強い勢いのまま、体はコンクリートに叩きつけられる。

「なんだ、弱いな」

男がせせら笑った。

「あの……俺は、ボクサーで……」

「でもストリートスタイルでいいって言っただろ」

容赦なく足を振り下ろしてくる。慌てて躱した。「逃げてんじゃねえぞ！」男が怒声を浴びせる。その言葉に足の動きを止めた。男の下から突き上げる拳が、みぞおちにめり込む。

息ができない。

「ゴングはまだだぞ！」

男の拳が飛んできて、体中に突き刺さる。

倒れちゃダメだ。

足を踏ん張る。

絶対に倒れない。

打たれ強いのが、俺の取り柄だろ。

「一分！」

秒針が一回転したのを確認して、俺は人差し指を突き出し叫んだ。

男が舌打ちしながら手を止めた。

「意外と、頑丈なやつだな……」

息が上がっている。それなりにいい勝負になったようだ。俺は絶え絶えの息を堪えながら努めて平静に手を出した。

「お代を」

しょうがないといった様子で男は財布から一枚札を取り出す。しかしそれを俺の手のひらに乗せる前に、その手を放した。

札が宙を揺れる。受け止めようと思わず膝を曲げた。

体に衝撃が走る。

蹴られた。地面に体が張り付いているのに気付いてそれを悟る。

「バーカ」

男は高笑いしながら立ち去っていった。

碌でもない。

やっとの思いで起き上がり、その場に座り込む。全身が痛い。吐き気もする。

だけど、なんとか稼げた。

拾った千円札を眺め、わずかな達成感に浸る。

ああ、やればできるじゃないか。これで、この金で、ナオと——。

「ねえ」

顔を上げると、薄ら笑いを浮かべた若い男が二人、俺を見下ろしていた。

「さっきの見てたよ。俺たちともやってくんない？」

そう言って、それぞれ千円札を放り投げる。はらはらと落ちてくる札を、俺は反射的に掴んだ。男たちが笑う。嘲笑だ。

今の俺は、そんなに惨めな男に見えるのか？

殴られまくった腹がズキズキと痛む。

まあ、人殺しにはちょうどいい痛みじゃないか。

少し口角を上げて、立ち上がる。

「じゃあ、一人一分で」

途端、二人が同時に拳を握った。


黒塗りの空の下、電柱に寄りかかって息を整える。

深く吐くと、胸がズキリと鋭く痛んだ。今日はもう無理そうだ。切り上げよう。

ゆっくりとした足取りで、煤けた道をホテルに向かって歩き始める。

それにしても、さっきは危なかった。

もう少しで警察に見つかるところだった。遠くの角から警官が曲がってくるのが見えた瞬間に客を放って逃げ出したから、なんとか見つからずに済んだけど。それからしばらくその場をうろついていたから、誰かに通報されたんだろう、きっと。

この場所ではもうやれないな。

空を見上げる。今夜は雲一つない晴天のはずだが、星の輝きはちっとも見えない。前に向き直ると道が波打って見えた。踏みしめる地面もなんだか傾いているように感じる。少しよろけて、ビルの壁にぶつかった。

さすがに疲れてるな。今日は帰ったら、すぐに寝てしまおう。

いつものセックスへの欲求も全く湧いてこない。まとわりついていた執着が離れ、久しぶりにまともになった感じがした。

会いたい、ナオに。

歩きながらそればかり思った。

会いたいよ、ナオ。俺さ、ちょっと頑張ったんだ。

永遠に続きそうな道をまた一歩踏みしめる。

だから、笑ってほしい。お前の笑顔がすごく見たいんだよ、今。

気の抜けた炭酸水みたいに、衝動の抜けた感情も甘さばかりが残った。

ホテルに帰り着いて、ロビーに入った。フロントの従業員が目を丸くしてこちらを見るのを無視し、部屋へと向かう。

あと少し、と気が急くのとは矛盾して足取りは一歩ごとに重くなっていった。廊下の壁を支えにして、朽ち錆びたロボットのように足を動かし、前へ進む。

会いたいんだ。すごく。

やっとの思いでカードキーを差し抜いて、激しく揺れる手でドアノブを握った。下へ回して、引いて開けようとしたが、ドアはびくともしない。渾身の力を込めて腕を引き、ようやく少し開く。隙間に体をねじ込ませるように入れ、挟まれる痛みも構わず無理矢理通り抜けた。

がちゃり、とドアが閉まる。

「ダイゴ！」

部屋の隅にうずくまって座り込んでいたナオが、顔を上げすぐに立ち上がって駆け寄ってきた。

ああ、よかった。

生きてて。

その場でドアを背にずるりと崩れ落ちる。「ダイゴ！」慌てた声を出してナオもその場に座り込んだ。

「どうしたの!?　えっ……顔、酷い、ケンカしたの?!」

腫れ上がった唇の隙間からヒューと音が鳴る。目もパンパンに腫れ、狭い視界がさらに狭く潰れていた。その微かな視野の中に、おろおろと慌てふためく彼の姿が映る。

「ダイゴ、ダイゴ大丈夫？　ねえ、ダイゴ！　ねえってば！」

ナオは怯えて泣きそうな顔で、座り込む俺に声を掛け続けた。細い手が肩に触れ、縋る。

ああ違う。こんな顔じゃなくて俺は――。

「だい、じょうぶ……」

顔に力を込め、満面の笑みを作る。それから震える手をコートのポケットに突っ込み、中の紙をぐしゃりと掴むと、「これ……」と彼の体に押しつけるようにして渡した。

ナオがぐしゃぐしゃになったそれを広げる。

「五千……？」

「それで、明日の、飯、買ってくれ……」

体が倒れる。「ダイゴ！」支えようとしたナオが重さに耐えられず一緒になって床に倒れた。

力が入らない。息を吸っても吐いても痛い。全身を巡る血液の拍動すら痛む。

「ダイゴ！　しっかりしてよ！　死んじゃ嫌だ！」

ピクリとも動かない俺を見下ろし、彼は悲鳴じみた声で叫んだ。

そういえば、こんな感じだったなあ、殴られるのって。

「痛い……」

「痛いの？　ダイゴ？　痛いよね！　どうしよう僕、ダイゴ僕どうしたらいい？」

ナオが顔を近づけ覗き込む。重い腕を持ち上げ、その頬に、触れた。

「こんなに、痛いの……お前は、一年も、耐えてたん、だよな……。痛、かった、なあ……。怖、かった……だろ。ごめんな、助けるの、遅く、なって……」

喉の奥から呻き声を漏らす。「……泣いてるの？」彼が驚きに満ちた顔で言った。

痛い。たまらなく痛い。

こんなに痛くちゃあ、笑えないよな。

「泣くなよ……泣くなよ、ダイゴ」

彼もまた目に涙を溜めると、ぽろりとそれをこぼす。

しばらく二人分のすすり泣く声が部屋に響いた。


ナオの手を借りながら、俺はなんとかベッドまで移動し、そこで意識を失った。

時折痛みで覚醒すると、ナオが俺の周りで何やら格闘しているのが見えた。そして気が付く度に、服を脱がされ、布団をかぶせられ、だんだんと寝支度を整えられていくのが分かった。

腫れ上がって熱い顔に、濡れたタオルが触れる。そのひんやりと心地のよい感覚を最後に、俺の意識は深く、深く沈んでいった。

全身を押し潰すような痛みだけが世界の全てだった。

目も見えず、耳も聞こえず、藻掻くこともできない。ただ波間に揉まれる木の葉のように、その身を世界に委ねる。

ああここがきっと地獄なんだ。

溺れるような苦痛の中、何かがほどけて、溶けていく感覚を覚える。

それは加虐的な世界の様相とは相反して、どこか清涼で、純粋で、神聖な反応。

痛みを感じるほどに、心が軽くなる。

これが、償いなのだろうか。

どれくらい眠っていたんだろう。

秋風にくすぐられるような爽快さを感じながら、意識がふわりと浅瀬に浮かんできた。

ここは――。

薄目を開けると、ホテルの部屋の天井が見える。気を失う前と同じ景色。

ということは少なくとも、まだ捕まってはいないらしい。

じゃあナオは？　彼はどこに。

「あ！　ダイゴ起きた!?」

声が聞こえて、すぐに視界の中にナオが飛び込んできた。

「よかったあ本当に。ダイゴ、ずっと起きないから、僕心配で心配で……。何回も息してるか確認したんだから」

心底ほっとした様子で、彼はベッドの端に腰を掛ける。

「ごめん。心配、かけて……いっつ！」

起き上がろうと腹筋に力を入れた途端、激痛が弾けた。呼吸が乱れ、やむなくベッドに沈み込む。

「大丈夫?!　やっぱり、まだ動けないよね。体見たけどさ、酷かったもん。痣だらけでさ」

ナオは痛みに震える俺の体に優しく手を添えた。

「そうだ、水飲む？　喉渇いてるでしょ」

そう言ってナオが一度視界から消える。

「俺……どれくらい、寝てた？」

首をなんとか動かして、その姿を追う。「えーっと、丸々一日。と六時間くらいかな？」彼は水の入ったペットボトルにストローを差し込みながら答えた。

「ダイゴが部屋に帰ってきたのは一昨日、じゃなくて昨日？　の夜中だよ」

ナオがストローの先を俺の口元へと向ける。「飲める？」わずかに開いた唇の隙間にそれを咥えると、俺はゆっくりと吸い上げた。

美味い。

「うまい、すごく」

「ただの水だよ」

彼が笑う。それでも干からびかけた体には天恵とも思えた。一気に飲み干したい気分だったが、いかんせん口の中まで腫れ上がっていて、飲み込むのもうまくいかない。喋るのすら億劫なほどだ。それでも時間をかけ、体の欲するままに飲み続ける。

「わ、すごい。全部飲んじゃった」

空になったペットボトルを振りながら彼が驚いた。

「まだいる？」

「いや、今はもう、いい」

水を飲んだおかげで少し落ち着きを取り戻す。息をゆっくりと大きく吸って、同じくゆっくり吐いた。痛くてたまらない。肋骨が折れてるかもしれないな。

「あのさダイゴ」

ナオは改まって俺の顔を正面から覗き込むと、真剣な眼差しで尋ねる。

「あの夜、ダイゴは一体何をしてたの？　こんなになるまで。教えてよ」

顔を逸らしたくとも、当然できない。俺は観念し、白状した。

「殴、られ屋を、しようと思って……」

「殴られ屋？」

「殴られて、お金をもらう、商売。昔、そんなこと、を、してた人の話を、思い、出して……」

不自由な口を動かして答える。彼は真っ直ぐこちらを見つめたまま、鈍くたどたどしい俺の言葉をじっと聞いていた。

「それで、こんなになったの？　ボクサーのダイゴより、強い人が居たってこと？」

「いや……俺は……殴り、返したりは、しないから……」

「じゃあ、殴られっぱなしだったってこと!?　そんなのサンドバッグと同じじゃん！」

ナオが信じられないと表情で語る。思い返してみれば確かに、あの時の俺はサンドバッグと同じ状態だった。避けると客は興ざめするから、避けずに、受けるだけ受け切って、倒れなければいい。そんなやり方じゃこんな状況になっても当然だ。もっと賢いやり方もあっただろうに、浅はかだった。

「もう……もうダメだからなダイゴ！　もう二度とそんなことしちゃダメだ！」

顔を歪めてそう言った後、ナオは俺の胸元に顔を寄せる。

「ほんとに……！　本当に死んじゃうかと思った……！　すごく怖かった……怖かったんだからな！ダイゴ！」

俺は、どうしようもない馬鹿だ。

「ごめん」

ナオをいつも悲しませて。

「お前と、ずっと、一緒に……居たくて」

腕を持ち上げた。すぐに悲鳴じみた痛みが脊髄を駆け抜けたが、それを無視して、彼に触れようと動かす。

ナオが気付いて、俺の手に自ら頬を擦り寄せた。

傷だらけの手のひらにそこは熱くて。

愛おしい。

「それで、これからどうする？　病院、行った方がいいと思うけど……」

「いや、保険証、も持ってないし、行けない。ただの怪我、だから、寝てれば、治るよ」

「ただの怪我じゃないと思うんだけど……」

ナオが苦笑いで俺の体に目を向ける。

「でも分かった。じゃあしばらくは安静にしてなきゃだね。まあ、そもそも動けないだろうけど。何か要る物ある？　買ってくるよ」

「いや……大丈夫。強いて、言うなら、トイレ、行きたいな」

「オッケー。僕が支えてあげるから、ゆっくり起きよっか」

手際よく彼が布団を剥がす。ナオの手を借りながら、俺はなんとか起き上がろうとした。が、上体を起こすだけでも精いっぱいな上、支えなしにはとても体を起こしてもいられない。そもそも足にも力が入らず、歩くどころか立つことすら怪しそうだった。

「ちょっと、無理そうだね。ほんと、どんだけ殴られたの」

うっすらと額に汗をかいたナオが言う。

参ったなトイレにも行けないとは。限界を迎えようとしている膀胱に少し焦る。いくら体が動かないといっても、大惨事は回避したい。

「あっ、じゃああれは？」

彼が声を上げた。

「えーっとなんて言うんだっけ、ほら、病院にあって、トイレ行けない人が使う容器みたいなの」

「……尿瓶？」

「そうそれ！　患者さんで動けない人は、それにおしっこするんだってお母さんに聞いたことある！そんな感じにすれば？」

「いい、と、思うけど……代わりになる物、なんか、あるか？」

はっとひらめいた顔をして、ナオがベッドから飛び降りる。「これこれ！」それから嬉しそうな声で、部屋に備え付けの電気ポットを掲げた。

なるほどちょうどい……じゃない！

「いやいやいや！　ダメダメ！　ダメだそれは！」

「じゃあちょっと捨ててくるね」

そう言ってナオはペットボトルを持ち洗面所に向かう。

「手……洗えよ」

後ろ姿を見送りつつ、俺は呟いた。

恥ずかしっ。

体が動かないから仕方ないとはいえ、人に下の世話をされるのがこんなにも恥ずかしいものだとは。しかもナオにさせるなんて。「今さら何恥ずかしがってんの？」と、彼には呆れた顔で言われたけど、ソレとコレは別だろう。恥ずかしいものは恥ずかしいし、なんとも情けなく、みっともない。

次は絶対に自分でトイレに行くぞ。

わざと痛むように大きく息を吐きながら誓う。

「じゃ、次はご飯にしよっか」

ナオはご機嫌な様子でコンビニの袋からゼリーを取り出した。

なんか。

「楽しんで、ないか？」

「え？　まあ、確かにそうかも」

彼がゼリーを一匙スプーンに乗せて、俺の口元に運んでくる。

「弱ってるダイゴも、なんか可愛いなって」

「ええ……」

「引くなよ。ほら、はい、あーん」

わずかに開けた唇の隙間に、冷たい何かがつるりと入った。味はよく分からないが、ほんのり甘い。流れるようにそのままごくりと飲み込む。

「美味しい？」

「うん」

腫れた口内にはぴったりの食事だ。そこでようやく空腹を思い出したのか、腹がぐうと鳴る。

ナオが少し笑った。

「大丈夫。いっぱい買ってきてるから、たくさん食べなよ」

そう言って、またカップから一匙掬い上げる。

「ホテルの人にはさ、『お父さんはインフルエンザにかかった』って伝えてるから。だからベッドメイクしにも入ってこないと思うよ」

食事の合間、彼は俺が眠っていた間のことを話した。

「そうか」

飲み込みながらも思う。果たして、それでごまかせているだろうか？　ボコボコになった俺を目を見張って見ていた従業員の姿を思い出す。

「それとね、この部屋、もう一週間泊まれることになったから」

「えっ」

「まあ、インフルエンザって体だし。そのくらいは休まなきゃおかしいじゃん？」

「いや、でも、金が——」

「大丈夫。ダイゴが僕に渡してきたお金さ、よく見たら二枚は一万円札だったんだ。お客さん酔っ払い過ぎてて——ダイゴは殴られ過ぎて、気付かなかったんだよ」

そうだった、のか？　思い出そうとしても、確かに記憶は所々曖昧だ。受け取った額を、勘違いしていた可能性もないことはないが……。

「それに鞄の中からも、もう何枚かお札出てきたしね」

よく見なよ、とナオが俺を笑う。

「だから大丈夫。ゆっくり休んでいいよ」

大丈夫、という言葉に根拠もなく安心感を覚えた。もっとよく考えなければいけない。そうは思うのだが、今はともかく、体がきつい。

「うん、よく食べたね。じゃあ次は薬飲もっか。普通の頭痛薬だけど、打撲にも効くらしいから、ちょっとは楽になると思うよ」

ナオはてきぱきと薬と飲み水を用意し、俺に服用させる。

なんだか、急に大人っぽいな。

ゴミを綺麗に片付け、汚れた服を袋に仕舞う。カーテンが開かれ、部屋に明るい太陽の光が溢れた。

どうしてこんなに雰囲気が違うのだろう。昨日まではまだ、子供っぽい感じがあったのに。今は、まるで一人の大人を見ているよう。

「よしっ。それじゃ、僕ちょっと行ってくるね」

「えっ！」

ナオが上着を羽織り、鞄を担ぎながら言った。

「い、行くって、どこに？」

「コインランドリーと、図書館」

「と、図書館？」

「うん。勉強してくる」

勉強。遙か彼方にあった言葉が、頭の中をぐるぐる回り始める。

「何で、また急に」

「急って言うか、僕そもそも中学生だし。勉強するのは普通でしょ？」

「そう、だけど……」

「とはいえ行く学校も教科書もないっていうね。それで、図書館だったら代わりになる本もあるし、かつ僕みたいなのが居てもあんまり目立たないからさ。ちょうどいいんだよ」

ナオの言うことは、分かる。勉強が本分の年頃だし、本人もそれをしたいというのなら、喜んで送り出すべきだ。それが大人としてあるべき姿勢だろう。

でも、何だ？　この感じ。突然突き放されたようで、少し釈然としない。何というか、ちょっと

——。

「何寂しそうな顔してんだよ」

苦笑して、彼がベッドの上に戻ってきた。そして俺を正面から見下ろすと、腫れた唇に口づける。

ブワッと、熱が全身を駆け抜けた。

「ちょっと血の味」舌舐めずりしてナオが言う。

「大丈夫。暗くなる前にはちゃんと帰ってくるから」

ベッドを飛び降り、「それじゃ、行ってきまーす」と一度振り返って俺に向け手を振ると、バタンと扉の音を残し、彼は出ていった。

「……」

本当に行ってしまった。

呆気にとられながら、視線を天井の方へと戻す。

一人になった途端、急に体中の傷が騒がしくなり始めた。顔面の痛みは頭痛のように頭全体に響き渡るし、肋骨は一カ所から三カ所に痛みの箇所が増えた。痛いと同時に、どうしようもなく全身が怠くて、動けない。

こんな状態の俺を置いて、行くか普通?

薄茶色に汚れた天井を見つめ続ける。面白くもなんともない景色に、醜い顔をさらに歪めた。

どうすればいいんだよ。ナオが帰ってくるまで、このままか?

そんなに勉強が大事かよ。

モヤモヤと浮かんだ苛立ちは、しかし一呼吸の後に霧散する。

いや、大事だろ。何よりも大事だろ普通。

長細いため息を唇の隙間から吹く。

何考えてるんだ俺。ガキみたいに拗ねて。

妙に大人びた彼と、呆れるほど幼い自分に、なんとも言えない決まりの悪さを感じた。

寝よう。

目を閉じて力を抜く。悠久を過ごすのに最適なのは睡眠だけだ。ボロボロの体のためにできることも。

そして、寝て起きたらきっとナオが居てくれる。

「ただいまー。ん？　ダイゴ、起きてたの？　あ、もしかして寝てるの起こした？　だったらごめん」

「具合どう？　……って、たぶん熱あるなこれ。体温計、フロントで借りれるかなあ。あ、口の中まだ痛いよね？　ヨーグルト買ったんだけど、これでもいい？」

「あれ？　ダイゴ？　——寝ちゃったかあ」

「よいしょっと……。うーん、熱、ちょっと高そうだな。傷も、まだ痛そうだし」

「もう、何で殴られ屋なんてしたんだよ。ダイゴの馬鹿。こんなダイゴ、見るの嫌だよ」

「……でも、ダイゴも僕を見つけた時、こんなふうに思ってたのかな。だったら、辛かったよね。ごめん」

「今までも、大変だったよね、僕のせいで。本当にごめんね」

「でも今度は僕がダイゴのこと助けてあげるから」

「だから、もう大丈夫だよ、ダイゴ」


二日ほどで顔の腫れが引き、三日目には普通の食事ができるようになった。

四日経ってようやく熱も下がり、痛むが立って歩けるようにもなって、一人で用を足すこともこなせるようになった。

「まあ、それでもしばらくは出歩かない方がいいかな」

殴られ屋をしてから二週間後。連泊に連泊を重ねた部屋で、出掛けの準備をしながらナオがそう言った。

「何で?」

「今けっこう警察いるから、この辺。なんか近くで事件があったとかで、昨日今日は特に」

俺はベッドの上で足を投げ出して座りながら「そうか……」とため息交じりに呟く。

「それでなくともダイゴは連日ニュースになってるお尋ね者なんだから、下手に外に出たりしない方がいいよ」

「でも、退屈なんだよな……ホテルに缶詰めってのも。だいぶ怪我治ってきたってのもあるし。少しは、体を動かしたい」

その場で大きく伸びをした。まだズキズキと痛む所は多いが、寝込むほどの痛みはもうない。

ナオが笑った。

「運動なら、昨日の夜したじゃん」

「やめろ、そういう言い方するな」

気恥ずかしさに口の端を曲げる。彼はくすくす笑いながら、鞄の中に図書館の本を一冊入れた。

「……俺のも何か借りてきてくれよ」

「えっ」ナオがあからさまに驚いた表情を浮かべる。「ダイゴ、本とか読むの？」

「読むよ、本くらい。むしろ結構読む方だ」

「ふーん。そんな姿見たことないけど」

ナオはちょっと疑わしそうに俺を見た。少し視線を逸らす。まあ、読むようになったのは最近の話だけどさ。

「分かった、じゃあ借りてくる。どんなのがいい？」

「人気がありそうなやつ」

りょーかい、と頷いて鞄の口を閉じる。

「じゃあそろそろ出るけど――ダイゴ、いつもの」

「ええ……今日も……？」

「いいじゃん、減るもんじゃないし。ね、お願い」

片目を瞑って懇願する彼に、俺は渋々頷いた。「わーい」と嬉しそうにナオがベッドに上がってくる。

パンツに手をかけ、股間を晒すと、躊躇なくそれを咥えた。

「うっ……」

舌が先端に絡む。撫でるように、こすり洗うように、緩急を極めた刺激。そこに細い指が、ほどよい力で後押しする。

前々から思ってたけど――。

「うま、すぎるん、だよな……っ」

促されるままに吐き出す。

ナオは待ち構えていたようにそれを含むと、そのまま喉の奥へと仕舞った。

「……それ絶対体に悪いからさ。やめよう」

靄の晴れた清涼な思考で、俺は彼に諭す。

「大丈夫だよ。毎日飲んでるけど、別になんともないよ?」

「いや、今はなんともなくても、後々絶対に何か起きる。もうやめよう。ていうか何でいつも出掛ける前にするんだ」

えーだって、と恥ずかしそうにナオは頬を染め、自分の腹に手を当てた。

「こうやってダイゴのを体に入れてるとさ……いつでもどこでも、ダイゴと一緒に居るような気がして。お守り? みたいな」

うわっ。

「うっわ」

「何でドン引きなんだよ！」

「いやいや、お前それ変態じゃん」

「はあ?!　どこが変態なんだよ！」

「どこって、なんかもう……全部？」

「なんだよそれ！」

「はぁ……俺はお前をそんな子に育てた覚えはないぞ……」

「うるせーなあ！　てかあるだろ！」

ぶすっとした顔でナオが鞄を背負った。「もう行ってくる！」足音を響かせながらドアへと向かう。

「夕方までには帰ってくる！」

「うん、行ってらっしゃい」

バタン！　と強烈な音と風が吹いた。

やれやれ。

ベッドに身を投げる。テレビをつけると、チャンネルを次々送って、めぼしい番組を探した。

ニュース番組に切り替わった瞬間、自分の顔が映る。

あー。やってんなー。

手を止めて少し眺めた。こうして見ると、本当に悪人面してるな俺は。人一人くらい殺してそうだ。

二人だけど。

ニュース曰く、警察は俺が県内外のどこかで潜伏して居ると考えているらしかった。県内外って、そりゃそうだろ。どっかにはいるよ。欠伸をしながら次のチャンネルを表示する。

眠くなってきた。

テレビを消し、抗わずに目を閉じる。意識がふわふわしてきた。俺は誰にも邪魔されることなく、惰眠を堪能する。

ナオ、早く帰ってこないかなあ。

春風に舞う綿毛のような夢を見る。


あとがきまで読み切って本を閉じた。

「どうだった？」

「面白かった」

ベッドの上で寝転び、目を瞑ると物語の世界が瞼の裏に蘇った。

「エルマーはすごいな。りゅうが助かってよかった」

ナオはなんだか物言いたげな顔をしながら「……そう」と一言だけ呟いた。

「お前も読むか？」

「いや、いい。読んだことあるから」

そうか、と差し出した本を下ろす。

「ナオみたいな子だな、エルマーは」

「え」

「優しくて賢くて勇気があるから」

「ふーん」と言って彼はそっぽを向くと「……まあ、面白かったっていうんならよかった」とぼそりと言った。

「それ続きがあと二冊あるけど」

「読む」

「分かった。じゃあ明日借りてくるね」

楽しみが増えた。「二冊なら、二日楽しめるな」わくわくしながらベッドの上に寝転ぶ。

「いや、普通これ読むのに一日かかったりしないんだけど」

「え、そうなの？」

ナオはベッドに上がってくると「はあ、疲れた」と言って、俺の隣にごろんと寝転がった。

「勉強し過ぎた？」

「うん、まあね」

お疲れ、そう言って抱き寄せる。彼も嬉しそうに俺に抱きついた。

そのまま自然と、口づける。

服がはだけ、肌と肌が触れ合い、擦れた。

「痣、薄くなってきたね」

腹の上にまばらに残る淡い紫にナオの指が這う。

「そうだな。でもまだ押すと痛いからやめろよ」

やらないよ、と彼が呟いて、代わりに唇を落とす。

「ねえ、女の人とこういうこと、したことある？」

ルームライトが仄かに光る部屋の中で、マットレスに寝そべりながら裸のナオが俺に尋ねた。

「え？　そりゃあ、な。そういうこともあったよ、三十五年も生きてれば」

その傍で同じく横になりながら、彼の髪を撫でつつ俺は答える。

「へえ、いつ？」

「お前が生まれる前。昔の話だ」

「ふーん……。どんな人だったの？」

横目で探るように俺を見やる。

「なんだよ。妬いてんのか？」

その背中に顔を埋める。「そんなんじゃない……って、それくすぐったいからやめろ」ナオが仰向けに転がって逃げた。

「髭、伸びたね」

「そうだな」

「ダイゴは髭ある方がさ、格好いいよ」

「えーっ！」

「何でそんな驚くの」

「だってお前が泣いて嫌がったから俺、髭伸ばさないようにしてたのに」

「それさあ、いつの話？」

「三歳の時の——」

「いつまでそんな昔のこと引きずってんだよ」

そんなこと言われたって。ショックだったんだぞ、久々に会えたと思ったらギャン泣きされて、ずっと顔背けられてたんだから。

「ていうかさ」ナオは拗ね顔で俺を見る。

「ずるくない？　ダイゴばっかり、僕の覚えてないことまで知っててさ」

「いやずるいも何も、そりゃ仕方ないだろ。俺の方が年上なんだから」

「まあ、そうなんだけど。でもだから、さっ！」

「うおっ」

彼が勢いよく抱きついてきて、俺をベッドに沈ませる。馬乗りになってきて、それからゆっくりと、俺の体の上に寝そべった。

「教えてよ。ダイゴのこと」

地面に生える花を愛でるような目で、俺を覗き込む。

「ダイゴは、どんな子供だったの？　ダイゴのお父さんとお母さんは、どんな人だったの？　誰と何をして、どんな恋をしてきたの？」

甘い声。

「ねえ。教えて？」

温かい。胸が、心が。

「……いいよ、分かった」

ナオがひときわ嬉しそうに微笑んだ。

「じゃ、そろそろ行こっか」

鞄を背負い、上着を手元に持ったナオが部屋の扉の前で言った。

「そうだな」

俺もコートを手に持つ。結局三週間近くも宿泊してしまった。その隙に季節は少しだけ春に近づいて、真冬の厳しさが刻まれた体をわずかにほぐす。

改めて部屋を眺めた。

薄汚れた天井。小さなテレビ。部屋の割に大きな、古くさいベッド。

「行こう」

スーツケースを握り締め、彼の後ろを付いて歩き、振り返らずに出た。

「長い間、お世話になりました」

フロントで俺は深く頭を下げる。

「いえ、お元気になられてよかったです。ご利用ありがとうございました」

従業員の女性がにこやかな笑顔で言った。「元気でね、僕」それから傍らのナオにとびきりの笑顔で声を掛ける。

「うん。今まで色々ありがとう」

彼も親しそうに返事をして「またね」と手を振った。

「あ、掃除のおばさん！」

ナオが誰かを見つけて駆け寄る。

「僕、今日チェックアウトなんだ」

「あら、そうなの？　寂しいわねえ」

「僕も。でもまたいつか遊びに来るから」

そう言って、じゃあねと別れの挨拶を交わすと、俺の元へと戻ってくる。俺は清掃員の女性に一礼をした。

同じようにロビーを抜けるまでに何人かと挨拶を交わし、最後に玄関前の警備員と楽しげに会話をしてから手を振って別れる。

「ずいぶん可愛がってもらってたんだな」

「うん。みんな優しい人だったよ」

噛みしめるように言い、「また来たいな」と彼がこぼした。

電車に乗り、しばらくそのまま揺られる。

地下を抜け、そのうちに、海が見える。

「わあ、見えたよ！」

ナオが嬉しそうに車窓の向こうを指さした。

大型テーマパークの前は人で賑わっていた。「やっぱ東京と言えばここだよね！」とわくわく顔の彼が隣に立つ。

「はい、チケット」

ナオが俺に入場券を一枚手渡した。

「ありがとう」

「お礼は図書館の司書さんにね」

それはプロポーズ前に振られてしまった男性司書から、「お焚き上げ」という名目で譲り受けた品だという。

「そう……だな」

いや気の毒だな。

いたたまれなさを感じながらも、二人で入場ゲートを越える。

「わあー！　すごい！　ねえあれ見てよ！」

ナオが興奮した様子で俺の手を引き、あちこちを指さした。

「あれ乗ろうあれ！」

そう言って早速、勢いよく落下する乗り物の前に引っ張る。

「……おう」

ナオのためなら何でも。

定期的に悲鳴を聞きながら、家族連れの間に挟まって順番を待つ。出番が回ってきて、座席に座ると安全バーがカシャンと下りた。

緩くない？

乗り物が動き出す。隣でナオが楽しそうにはしゃぐ。安全バー、緩くない？　徐々にゴールが近づく。緩くない？　緩いよな？

進行方向の先に空が広がるのに気付いた瞬間。俺は彼の手ごと、手すりを強く掴んだ。

「痛!?　いたたた痛い痛いダイゴ離して離してってばダイ――」

退場口近くのモニターの前に立つ。「何これ」ナオが画面に映る写真を見上げながら呟いた。

「酷いね」

「ああ」

「いる？」

「いや……俺はいいかな」

「僕も」

そのまま出口に向かっていると、わっと大きな笑い声が背後から響いた。振り向くと、大学生くらいの男性数人が記念写真を見て笑っている。指をさし、ゲラゲラと、心底楽しそうにはしゃぐ姿。

ナオがその場にしゃがみ込んだ。

「ナオ?」

すぐに俺も足を止めて膝を折る。彼は自分の腕を抱きながら、顔を青ざめさせ震えていた。険しい顔で目を閉じる。

「大丈夫か?」

そう言って背中を擦っていると、女性の従業員が一人、走ってやって来た。

「どうされました?」

「あ、ちょっと……気分が悪いみたいで……」

少し顔を隠しながら俺は返事をする。「そうですか……僕、大丈夫?」従業員は膝をつき、ナオの様子を覗き込んだ。彼の額に、脂汗が浮かぶ。

「救護室がありますので、そちらをご案内しますね」

分かりました、と頷こうとした時「い、いえ……」と弱々しく彼が答えた。

「すみま、せん。大、丈夫です……」

彼がゆっくりと立ち上がる。「ナオ」倒れないようすぐに腰に手を添えた。

「無理するな。休ませてもらおう」

しかしナオは首を振る。

「ち、ちょっと、で、大丈、夫……」

ガタガタと震えながら、それでも彼は従業員を真っ直ぐ見つめて尋ねた。

「近く、で、座れる所、あり、ますか……?」

「もちろんあるよ。案内するね」

たどたどしく一歩一歩あるくナオの横に、俺はぴたりと寄り添う。そんな彼のペースに合わせ、従業員もゆっくりと案内してくれた。すぐ近くのベンチにたどり着くと、他の客に断りを入れながらそこに腰を下ろす。

「無理しないで。どうしても辛かったら言ってくれていいからね。すぐに横になって休める所に連れてってあげるから」

眉間に皺を寄せ震える彼の背を、従業員が撫でた。「ありがとう……ございます」ナオが信頼した様子で強ばった顔を少し和らげた。

「飲む物買ってくる」

俺は従業員にその場を任せ、自販機を探しに走りだした。エリアをまたいで、ようやくホットのミルクティーを見つけると、すぐに購入し全力で走って戻る。

ベンチに座るナオたちの後ろ姿が見えた。彼の体の震えが落ち着いてる。ほっとして、歩調を緩めた。

近づくにつれ、彼らの会話が耳に入る。

「足、痛いの？」

隣に座る従業員は心配そうに彼に尋ねた。

「ううん。こうしてると少し、落ち着くんだ。大丈夫って気持ちになる。……ダイゴが教えてくれた」

そう言って、ナオは自分の太ももをゆっくりとさすり続ける。

「ナオ」

血色のいい顔で彼がこちらに振り向いた。「大丈夫か？」しゃがんで、蓋を開けたミルクティーを差し出す。「うん、もう大丈夫。ありがとうダイゴ」微笑んで受け取ると、ナオはすぐにそれを飲んだ。

「ありがとうございました」

従業員に向かって深く頭を下げる。もう大丈夫と判断した従業員が、ベンチから立ち上がった。

「いえいえ、また何かありましたら、いつでもお声掛けください」

それからナオの方を向いて視線を下げると、とびきりの笑顔を見せる。

「元気になってよかったね。お父さんと一緒に、いっぱい楽しんで」

「お父さんじゃないよ、ダイゴは」

言葉をナオが否定した。従業員は少し面食らった表情を浮かべ、俺も驚いて彼を見た。

「でも、すごく大切な人。ありがとう。いっぱい楽しむね」

体調の戻ったナオと、園内を歩き回り、菓子を食べ、時折アトラクションに乗った。

そのうち夕闇が降りる。ライトアップされた園内が、昼間にはない幻想的な表情を見せた。

「夜もいいねー」

池のほとり、橋の欄干にもたれながらナオが言った。

「そうだな」

そんな彼の背後で、彼を包むように立ち俺も言う。

「楽しかったか？」

「うん、楽しかったよ。ダイゴは？」

「俺も楽しかった」

夜になり、園内の人影は男女が目立つ。

「ねえ、これってデート？」

彼が冗談とも本気とも取れない声音で尋ねた。

「ばーか」

はぐらかして、でも彼の頭の上に顎を乗せて、抱きしめる。

口を閉じ、温もりと雰囲気に身を任せた。

「来てよかったね」

「ああ」

「また……二人で来たいね」

「……そうだな」

行こっか。彼が言った。


テーマパークを出て、予約していたホテルに向かう。

部屋に入り大きなカーテンを開け放つと、ナオはそう感嘆の声を上げた。

「うわー高い！」

「今まで泊まった中で、一番景色いいかも」

電気消してみて、との頼みに応え、部屋のライトを切る。真っ暗な部屋が夜景の光でぼんやりと照った。

「キレイ……」

窓辺に乗り出し、ナオが光の海を見下ろす。

輝きが、瞳の中にちりばめられて映った。

「最後に泊まるとこが、いい所でよかった」

最後。

「そうだな」

思いのほか平静な声で頷いて、彼の隣に腰掛けた。

東京タワーが見える。お台場も。浅草や原宿なんかも、見分けは付かないがきっとこの夜景の一色を彩っている。

　彼と過ごした日々が、走馬灯のように脳裏に浮かんでは去った。

「実はさ……もうお金すっからかんで」

　窓の外を眺めながら、ナオが話しだす。

「あんなにあったのに、ちょっと贅沢し過ぎたかなー。ご飯なんかは大した金額じゃないかと思ってたけど、積み重なると結構かかるんだね。あっという間になくなっちゃった。僕、お金の使い方、下手なのかも」

　はにかみながら、少しばつの悪そうに頬を掻いた。

「東京出てきてからさ、どのくらいお金使った？」

「まあそうだな……一年分くらい、かな」

　貯め込んでいた現金がそのくらいだったはず。「マジで？　やっぱ」彼が笑った。

「まあ僕、だいぶわがまま言ってたしね。でも楽しかったなー。ダイゴといろんな所に行けて。ちょっと特殊な状況だったけどさ。でもすごく、楽しかった。幸せだった。一生忘れない」

　噛みしめるように目を閉じる。

「お金ってさ……やっぱ、大事なんだね。ないとご飯食べられないし、寝るとこもない。いい物も手に入らないし、楽しい場所にも行けない。……お金のせいであいつに騙されたから、なんか嫌なものに見えてたけど、お腹が空いて泥棒する人の気持ちも、贅沢したくて人を騙す人の気持ちも、今ならなんとなく、分かる気がする。だからって、犯罪する人を許すわけじゃないけどさ」

決意に満ちた瞳で、ナオが俺を見上げた。

「ダイゴ。明日一緒に、警察に行こう」

澄み切った声が静かな部屋に波紋のように広がった。

「罪を償うんだ、ダイゴ」

俺の手を取り、力強く言う。

「僕、ダイゴが犯罪者のままなんて嫌だ」

それから酷く悔しそうに顔を歪めた。

「ダイゴは悪いことをしたけど、悪い人間じゃないんだ。僕のために、全部僕のためにやったことだから。僕は知ってる。ダイゴは本当はいい人で、優しい人だって。でも、みんなから見たら、ダイゴは、ただの人殺し……。僕はそんなの、耐えられない」

痛みを堪えるように彼は自身の胸に手を当て、目を瞑り身をかがめる。

そしてそのまま押し黙った。その沈黙が少し長くて、心配になり声を掛けようとした時、彼は顔を上げて再び俺を見据えた。

「自首しよう。自首して、みんなに分かってもらうんだ、ダイゴのこと。どうして人を殺してしまったのか、話せばきっとみんな分かってくれる。僕も証言するよ。知ってること全部話すから。だから――」

悟った顔。すなわち離別を。

「今日まで、僕の傍に居てくれてありがとう。ダイゴが一緒に居てくれて、すごく嬉しかった。安心できて、心強かった。でもそのせいでダイゴを苦しめてもいたよね。本当に、ごめんね」

全てを赦すような、優しい微笑み。

「いや……俺は、俺はただ……」

喉の奥が詰まった。肩が震え、涙が出てくる。

「謝り、たくて……。ナオに、たくさん……」

手の甲にしずくが落ちて、跳ね返った。

「ごめんな。ナオは、何も悪くないから……。俺が、俺が人を……殺したりしたから。逃げたりしたから。お前を……すぐに、見つけてやれなくて……養子に、出したりして……」

尽きることのない後悔。

「俺が……旅行に行けって、言った……」

消えることのない後悔。

「ごめん……。ごめん、なさい……」

もしも時間を巻き戻せるなら。

余計な一言を言う前の自分を、殴って止めるだろう。そして二度と彼らと関わることのないように、そのまま遠くに消える。そうすれば、きっとこんなことにはならなかった。俺一人が居なくなってさえいれば。俺さえ居なければ、誰も死ぬことなんて、なかったのに。

「……あのね」

みっともなく泣く俺の頬を、彼がそっと触れた。

「あの旅行、楽しかったよ」

そう言って、懐かしそうに目を輝かせて微笑む。

「お母さんとね、何回もジェットコースター乗ったんだ。おばあちゃんとたくさんお土産屋さんを見て回ったよ。それとね、お父さんとたくさん話したんだ。行きの車と、レストランと、ホテルの部屋で。帰りの車の中でも、ずっと話してたんだ」

目の輝きが、涙に変わって頬を伝う。

「すごく楽しかったよ。行ってよかった。最後になっちゃったけど、みんなで楽しい時間が過ごせて、本当に、よかった……っ！」

そのまま彼は嗚咽を漏らして泣きだした。

「僕の方こそ……ごめんなさいっ。ダイゴのせい、なんて言って……。本当は、違うって、分かってた……！　だ、誰のせいでも……ないって、分かってたけど……！」

抱き合って、二人して、声を上げて。

泣いた。

この胸に溢れる感情を何と呼べばいいのか、分からない。

悲しくて、でも、ほんのりと嬉しくて。

後ろめたくて、だけど、愛おしくて。

「いつか……もう一度ダイゴと一緒に暮らしたいな」

涙が落ち着いた頃に、胸の中でナオがそう言った。

「まだ先のことだけどさ、ダイゴが罪を償い終わったら、また前みたいに二人で暮らそうよ。その頃は僕も大人になってるだろうから、僕が稼いで、ダイゴを養ってあげる」

ませたセリフに笑いが漏れる。しかしすぐ暗澹たる気持ちが覆った。

「でも……二人も殺してるから。もしかしたら一生、刑務所から出られないかもしれない」

相手が誰であれ、二人の命を奪った罪がそう簡単に赦されるわけがない。無期懲役、終身刑だってあり得る。

そうなればもう二度と、こうして抱き合うこともない。

「大丈夫」

表情の陰る俺とは対照的にナオは明るい顔を見せる。

「絶対に出られるよ。僕が出してあげる」

「えっ？」

「僕、弁護士になるよ」

俺を見つめながら彼が言った。

「弁護士になって、ダイゴの弁護をする。それで、量刑を少しでも軽くしてあげるから」

窓辺から降り、部屋のライトを点けるとナオは、ベッドの上に軽やかに飛び乗って立つ。

「再審請求ってのがあるんだ。明日ダイゴは逮捕されて、裁判されて判決を受けちゃうけど、それでもう一度裁判をやり直せるんだよ。その再審請求で僕がダイゴの弁護をして、ダイゴの刑を軽くするんだ」

両手を広げ悠々とナオは語る。

「事件から何十年も経って再審請求した例もあるし、僕が弁護士になってからでもきっとできる。まあそもそも、明日自首した時点で僕からしっかり事件の真相を話せば、情状酌量ってことで最初の裁判でも無期懲役は免れると思うよ」

胸を張ってにやりと不敵に笑った。

「ずいぶん、詳しいな」

「そりゃ調べたからね。弁護士の仕事とか、なる方法も。まず司法試験っての受けなきゃいけなくて、そのために大学院っていう大学より上の学校に行かないといけなくて。大学へ行くには高校に行かなきゃいけなくて、高校に入るためには中三の時に高校受験をしなきゃいけない。僕二年も学校行ってないから、あと一年で三年分も勉強しないといけないんだよ？　焦るなあ、本当はもう今すぐ学校に行って勉強したい」

少し不安そうな表情をしつつも「だからね」と吐き出すように彼は言葉を続ける。

「僕には時間がないから。ダイゴが逮捕されて一人になったとしても、そんなことで落ち込んでられないんだよ。勉強しないといけないから。高校受験の後だって、弁護士になるために、たっくさん勉強しなきゃいけないし。だからね別に平気だから。ダイゴが居なくても、僕は全然」

一瞬何かを飲み込むように、唇を噛んで閉じた。

「全然、平気だから」

震えを抑えた声。

ライトに照らされた瞳は、表面に少し揺らぎを見せながらも真っ直ぐに俺へ向かった。

そして、ふわっと笑う。

ああ。

心が、温かい色に。

落ちる。

「ナオならできるよ」

その姿を見上げながら俺は言った。

「ナオなら、大丈夫」

それから強く頷く。彼の顔が、自信と安心に満ちていくのが分かった。

「お父さんの言ってたこと、正しかったね」

ベッドの上に腰を下ろして、ナオが呟く。「言ってたこと?」その隣に俺も座り直した。

「やりたいことがない人は、やるべきことがある人なんだって、お父さん言ってたんだ」

「ああ、俺もその話聞いた」

「僕は、いろんな人の気持ちが分かる。交通事故に遭った人の気持ち。親が居ない子供の気持ち。大人に虐待された子供の気持ち。事件に巻き込まれた人の気持ち。それから——人を殺してしまった人の気持ちも、少し」

彼の指が、俺の指先に重なる。

「みんなね、助けてほしいって思ってる。声にできなくても、言葉にできなくても、助けを求めてる。そんなみんなみんなを助けてあげる人が必要なんだよ。そしてそれは、みんなの気持ちが分かる僕がするべきなんじゃないかって。だから、弁護士になろうって。助けてって言えない人のために、僕が助けに行ってあげるんだ。ダイゴが僕を助けてくれたみたいに。僕も、誰かを助けたい」

「いいな。すごく立派な志だと思う」

改めて、ナオはすごい人間だと思う。あんなに辛い目に、苦しい目に遭って、それでもその経験を、こうして自分の目標に昇華できるなんて。

「もちろん、ダイゴのことも必ず助けてあげるからね」

なんて素晴らしい人なんだろう。

「ありがとう」

誇らしい気持ちで胸が満たされる。

「と言っても、ちょっと待たせちゃうんだけどさ。少なくともあと……十一年くらいは」

指折り数えながら彼が言って、少し申し訳なさそうな顔をした。

「大丈夫。待つよ、ずっと」

何年だって。どれほど遠くに離れてしまったとしても。ずっと。

忘れない。

そこでナオが「うーん」と難しい顔を浮かべる。

「どうした？」

「いや明日さ、警察に行ったら、ダイゴとの関係について絶対聞かれると思うんだけど、何て言おうかなって思って……」

「別にそのまま言えばいいんじゃないか？　自分の両親の友人の男性……って感じで」

「まあそうなんだけど、でもそれじゃ一緒に居る理由は説明できないよね。親子とか、一緒に居るのが当たり前な関係じゃないからさ。僕が自分の意思でダイゴと一緒に居るってことをちゃんと分かってもらわないと、ダイゴが無理に僕を連れ回してるって思われるし」

「そうか……」

「僕、ダイゴの何だろう。友達、だとなんか軽いっていうか……。家族って言葉は近い気はするけど、血が繋がらない時点でそう思ってくれないよねきっと。それに、家族もちょっと違う気がするんだ」

再び思案顔でナオが呟く。

「何て言えばいいんだろう。すごくすごく大切な人って、言いたいだけなんだけど。誰にも何にも代えられなくて、一生ずっと傍に居たいって思う、大切な人」

探るように上目遣いでこちらを見る。

「……恋人？」

「いや、それはちょっと……なんかそれだと、俺が変態っぽいし」

「ダイゴはもう十分変態じゃん」

いやそんなことないだろう?

と、突然ナオが俺に抱きつく。「ナオ?」胸の辺りに押しつけるようにぎゅっと彼が顔を埋めた。

「……やっぱり寂しい。ダイゴが居ないと」

か細く、泣きそうな声が言葉を紡ぐ。「うん」そのまま内側へ仕舞うように抱きしめ返す。

「俺も」

そして頬に手を添え、引き寄せた。

わずかに開く隙間を埋めるように、唇を重ねる。

「僕ね」

もうそれは、酷い渇きを癒やすための行為ではなく。

「あの話も本当だと思うんだ」

ただ言葉より深い場所で語らうだけの、淡い感動をもよおす、日常の景色に似ていて。

「花びらが五枚の、ライラックの話」

覚えていよう。この眼差しを、この声を。

肌の匂いを、髪の毛の柔らかさを、指先の形を、唇の味を。

陽だまりのような、体の熱を。

彼の全てを。きっとそれが、これから訪れるだろう長い夜を、満月のように照らしてくれる。そしてその光だけで、俺は十分に生きていける。

不運は多かった。

人としての道を違えもした。
でも何にも代えがたいこの瞬間を思うと。
生きていて、よかったと思ってしまう。
生まれてきたことに意味を感じてしまう。
贅沢だな、俺は。
罪を償った後に、待ってる人が居るのだから。
ナオが居れば、もう何も怖くない。
ナオさえ居てくれれば。
俺は、幸せだ。

良い夢を見たような気がした。
でも目を開けた瞬間に全て忘れてしまった。
横を向くと、俺の腕の中で半分埋もれながらナオが目を瞑っている。
ああ、もう朝か。
その顔がはっきりと見えたことで、最後の夜が終わってしまったことを理解した。
行かないと。

行くべき所に。

ベッドの壁に埋め付けられた時計を見る。

「うわっ！　やばっ！」

俺は布団を蹴飛ばして飛び起きた。もうチェックアウトぎりぎりじゃないか！　慌てて服を拾い、素早く体を通して着る。

「ナオ！　ナオ起きろ！　もうチェックアウトの時間だ！」

未だ布団の中で寝たままの彼に俺は呼びかける。

荷物が大してないのが幸いだ。小物をスーツケースに投げ込み、忘れ物がないかチェックしてそれを閉じる。

「おい、ナオ！　起きろ！　いつまで寝てるんだ！」

準備の全く進まない彼にしびれを切らし、俺はベッドに駆け寄って彼の体を揺さぶった。

え？

思わず離して自分の手を見つめる。

なんだ、この感触。

硬い？

「ナオ？」

もう一度揺さぶる。

硬い手応え。揺さぶりに合わせて、彼の体がコロンと上を向いた。

まだ起きない。

「ナオ？　おいナオ？」

何度も揺り動かす。眠り続けるのが難しいくらいに激しく。

「なあ冗談はやめろ。もうチェックアウトの時間なんだからさ。早く起きてくれよ、ナオ！」

それでも彼は目を開かない。

急に心臓の音が激しくなる。

まさかそんな。

そんな、馬鹿なこと。

恐る恐る彼の胸に耳を当てる。

騒ぐ俺の鼓動以外に、何も感じない。

自分でも聞いたことのないような声の悲鳴を上げた。

「ナオ！　ナオ！」

肩を掴み呼びかけながら必死に揺する。口元に耳を当てる。何も感じない。

息！　息してないよ?!　何で！

その時部屋の電話が鳴った。誰か……！　藁にも縋る思いで受話器を掴む。

「お客様、チェックアウトの時間が迫――」

「あの……！　ナ、その、息が……！」

思うように言葉が出ない。「はい？　どうかされましたか？」電話越しにぽかんとした様子の従業員の声が返ってくる。

「ナオが息をしていないんだ！　救急車を！　早く呼んでくれ救急車！」

なんとか言い切って受話器を放り出す。

「ナオ！　今救急車呼んだからな！　もう大丈夫だぞ！　ナオ！」

青白い顔のままで彼は目を覚まさない。ああ、何で、どうしよう！　このままじゃナオが……！

俺は枕や布団をなぎ払い、彼の上にまたがると胸に手を重ねて置いて、押した。

人工呼吸と心臓マッサージ。いつか講習で受けた救命救急の方法を思い出しながらそれらしい処置を彼に施す。「お客様！　どうされましたか?!」ホテルの従業員がやって来た。「息が止まってるんだ！　早く救急車を！」叫ぶと、状況を察した従業員が慌てて出ていく。

「もうちょっとだからな！　頑張れ！　ナオ！」

そう何度も励まして、心肺蘇生を続ける。どのくらいやり続けたか、そのうち汗が流れ落ち始めた。だんだんと息も上がってくる。それでも手を止めず、続ける。

「苦しいよな、ごめんな！　大丈夫、必ず助かる。必ず助けるからな！　ナオ！」

だってお前は、こんな所で死んでいい人間じゃないから。

部屋の外が騒がしくなって、再び扉が開かれた。水色の服を着た救急隊員がなだれ込んでくる。

「こっちです！　ナオを――」

傍を明け渡すとすぐさま彼の状態を見始め、そして隊員の一人が「すぐ搬送！」と叫んだ。

「ナオ……！」

テキパキと担架に乗せられ、運び出される彼の姿を追う。

「ナオ！」

救急車に乗るとさらに色々な装置や管を取り付けられた。サイレンを響き渡らせ、車が街中を走り抜ける。あっという間にどこかの病院に到着して、今度は駆けつけた医者や看護師に囲まれながら、彼は病院の奥へと運ばれていった。

「ナオ！」

「すみません、ここで！」

両開きの扉の前で制止される。その隙にナオの姿が扉の向こうへと消えた。

「お願いです、お願いですナオを助けてください！」

目の前の看護師の女性に必死に頼み込む。「落ち着いてください。今先生に診ていただいていますから。そちらでお待ちになって」そう通路脇のベンチに案内され、促されるままに座った。

何なんだ、一体。

どこだよここは。

顔を両手で覆い、肘をついて俯いた。

俺は、ナオと一緒に警察に行くんじゃなかったのか。

どうしてこんな所に。ナオは、どうしちゃったんだ。

ナオ。

両手を今度は顔の前で組み合わせる。

神様。

神様どうか、彼を助けてください。彼は生きるべき人なんです。たくさんの人を救おうと志す立派な人なんです。代わりの命が必要なら俺のを使ってください。だからどうか、助けて。

ナオを助けて。

しばらく祈り続ける。すると思っていたよりは早く、キイと静かな音を立てて扉の向こうから医者が現れた。

「先生！」

安堵して俺はその男の医者に駆け寄る。

「先生ナオは！　どうですか元気になりましたか？」

医者はチラリと俺を見上げて「えー」と難しい顔で言葉を濁らせながら言った。

「残念ですが、搬送された時点でもう――」

お亡くなりになっていました。

「は？」

何を言ってるんだこいつは。

「いや、今そこの扉に運び込まれた男の子のことですよ？　どうなりましたか？」

物分かりの悪い人間に諭して聞かせるように、俺は医者に伝える。

「大変、申し上げにくいのですが、その男の子は先ほど、死亡を確認しました」

はあ？

「いや……そんなことあるわけない。だってまだ、十四歳ですよ？　死ぬわけないじゃないですか」

医者は難しい顔のまま、ゆっくりと首を振る。

「非常に、珍しいですが、絶対に、ということは……」

「な、昨日まで、全然元気だった。具合が悪そうなところもなかった！　持病だって持ってない！　死ぬなんてあり得ない！」

「死因については、詳しく調べてみないと分からないので、今は何とも……」

「……話にならないな」

医者の横をすり抜ける。「あ、ちょっと！」慌てた声で腕を掴まれた。

「いいからナオに会わせてくれ！」そう怒鳴って掴んできた手を振り払う。

「そっちは駄目です！　お気持ちは分かりますがお父さん！　どうか落ち着いて——」

「父親じゃない！」

ひときわ声を張り上げた。

「俺はナオの父親じゃない！　違うんだ！　俺は——」

俺は。

俺は——誰？

医者の訝しげな顔が目に入る。

「……そうか、分かったぞ。俺の正体に気付いてお前たち、俺とナオを引き離してるんだな？」

「え？　正体？　一体何のはな——」

医者がこちらを見つめ、何かに気付いた様子で顔を青ざめさせた。

「ちょっと待ってくれ、あんたまさか——」

「警察ならまだしも、お前たちにそんなことをする権利はないだろ。ナオに会わせろ。今日が、最後になるんだ」

医者を押しのけて扉を目指す。背後で「警備員呼んで！　警察に連絡！」と声がした。

「駄目だ！　そっちには入るな！」

医者が果敢に俺の腰に掴みかかって止める。

「何もしない！　ナオに会うだけだ！」

「だからその子は死んだんだって言ってるだろ！」

「そんなわけあるか！　死ぬわけない！　ナオが死ぬわけ——！」

「搬送、されてきた時点で、もう死後硬直が始まってた！　調べなきゃ分からないけどたぶん、朝方には何らかの理由で死んでる……！　あんた、本当に分からなかったのか?!　死んだ人間見るのは……は、初めてじゃないだろ！」

そうだ。初めてじゃない。

死んだ人間なら、もう何人も見てきた。

父親、母親、ケンジ、ヨウコおばさん、エミ。

今井和哉と、もう一人知らない男。

全身が震えだす。

「嘘だ……」

だから知ってる。人が死んだら、どうなるのか。

「嘘、だ……」

思い出したくないのに、頭が勝手に、光景を再生した。

硬い手応え。揺さぶりに合わせて、彼の体がコロンと上を向いた。

あのナオは、あれは、中身のないただの――入れ物。

その場で膝をつく。「嘘だあ」頭を抱えて呟いた。

嘘だ、信じない。ナオが死ぬなんてあり得ない。絶対に、絶対に――。

大勢の人が駆け寄る音。振り向くと警棒を持った警備員が何人も居て。

掴まれ、引っ張られ、腕をねじられ。床に叩きつけられる。

そのうちに警官が手錠を手にやって来て。

俺はその場で、逮捕された。

「いい加減にしろよお前！」

怒声とともに机を蹴り上げる音が小さな室内に響き渡る。肩がビクつき、体が勝手に縮こまった。

「ガキは死んだんだって、何回言わせりゃ気が済む！」

仁王のような面の刑事が、その顔を存分に生かした表情でこちらを睨み付ける。

「う、う、嘘……です。ナオは、死んでな——」

言いかけて再び刑事が机を蹴った。ガンガンガンと、耳が壊れそうな音を響かせる。

「さっさとガキを殺した方法を白状しろ！」

叱責に俯いた額から、冷や汗が垂れた。しずくとなって落ちたそれが、両手首を繋ぐ手錠の鎖を濡らす。

「……ナ、ナオに……会わせてください」

「お前なあ！」

衝動的にか、刑事が拳を振り上げた。咄嗟に防ごうと身をかがめて手を構える。

「クソっ」

振り上げた拳を、刑事は机に叩きつけた。

「もう何日もそればっかり言いやがって！」

そう言ってため息をつきながら立ち上がると、室内を歩きだす。

「二人を殺したということは、認めてくださってるんですけどねえ」

机の向こうでもう一人、年老いた刑事が呟いた。

「お兄さんどうして、坊やが生きていると思うんですか？」

好好爺然とした口調で老刑事が尋ねる。

「だ、だって……前日まで、すごく……元気で」

頭の中で言葉を拾いながら、なんとか伝えようと口に出す。

「べ、弁護士になりたいって、言ってたんです。助けてって、言えない人のために……。だから、死ぬなんておかしい。刑事さんたち、俺に、隠してるだけなんですよね……？　ナオは、もう退院して、児童養護の施設、かな？　そういう所に、居るんですよね……？　そこで今、一生懸命勉強して、頑張ってるんだ。きっと、そうだ……。あ、じゃあ、会うのは邪魔に、なるかな……止めます。その代わり、刑事さん。俺が頑張れって、応援してるって言ってること、彼に伝えてもらってもい——」

ドカン！

「妄想も大概にしろ！　お前の言うナオって子供はもう死んでるんだよ！」

急にカッと怒りが湧き上がった。

「死ぬわけないだろ！　だってまだ十四歳なんだぞ！」

立ち上がり、刑事に負けない怒声を上げる。

「だから！　お前が殺したんだろうが！」

「俺はナオを殺してなんかない！」

「じゃあどうして元気だった子供が急に死ぬんだよ！」

「知らない！　死んでない！」

刑事が机の上に書類を叩きつけて置いた。

「死体検案書だ」

さらに何枚かの写真を目の前に撒く。

「司法解剖の写真」

目を逸らす。

「見ろ！　死んでるだろ！」

刑事が襟首を掴み、無理矢理机に顔を近づける。それが目に映らないよう、俺は瞼を固く閉じた。

「違う！　知らない！」

「知らないじゃねえ！　こっちは分かってんだよ！」

今度は持ち上げられ、椅子に体を押しつけられる。襟足を掴んだまま刑事が憤怒の顔で上から俺を覗き込んだ。

「この子供の体内からお前の体液が検出されてんだ。ガキ手込めにして殺したんだろ!?　ああ!?　このド変態野郎が！」

「ちが、ちが……」首元が絞まる。息が。

「まあまあ、二人とも。落ち着いて」

老刑事が猫なで声で言って、俺を掴んでいた刑事がその手を雑に離した。その瞬間に咳き込んで、空気を吸い込む。

「じゃあお兄さん、ちょっと聞き方を変えましょう。何か、心当たりはないですか？」

「心、当たり……？」

「お兄さんの主張は分かりましたから。じゃあ何か他に、死因になりそうなこと、なかったですかね。例えば……転んで頭をぶつけてしまったとか」

「あっ……そう、いえば」

脳裏にその日の出来事が再生される。

「一回、ナオを突き飛ばしたことが……その時、ベッドから落ちて、頭を打って……」

老刑事が目を鋭くさせ「それだ」と言って目配せする。先ほどまで怒鳴っていた刑事が頷いて、部屋を飛び出た。

「ちょ、ちょっと待ってください！」

不味いことになった気がして俺は慌てて声を上げた。

「確かにあの時、たんこぶはできたけど……でも一カ月以上も前の話だ！　それが原因なんて、さすがに――」

「あー、大丈夫ですよ、分かってますから。確認するだけですよ、念のために」

老刑事は再び優しい声音で言う。

「今日のところは、終わりにしましょうか。お疲れでしょ。ゆっくり休んでください」

どこかに向け老刑事が合図を送ると、制服を着た警官が三人室内に入ってきた。

「いや、待ってくれ、違うんだ。俺はナオを殺してない」

一人は腰縄を持ち、二人に両脇から抱えられ、取調室から引きずり出される。

「待って、ナオは――教えてくれ！」

薄汚れた服のまま、コンクリートが囲む小部屋に戻された。

「お願いだ！」

檻の戸が、ガシン、と鈍く冷たい音を立てて閉まる。格子にしがみつき、俺は立ち去ろうとする看守へと縋るように呼びかけた。

「誰か、教えてくれ！　ナオは今――」

ナオが今、どこに居るのかを。

もう何度目の取り調べだろうか。

「まだ認めないのか、自分の罪を」

もう何時間やってるのかな、このやり取りは。

――ナオはどこに居ますか？

「そうやって狂ったフリしても無駄だぞ。専門家が見りゃ、責任能力があるかないかなんてすぐにバレる」

――別に、罪を認めないわけじゃない。

「それなら、本当のことを話してもらえますかね。本当に罪悪感があるのなら、正しい真実の下、公正な裁きを受けるべきです」

――本当のことは話した。全部。嘘は言ってない。

「そうですか……。あなたがお話ししたことが本当なら、あなたは、亡くなった坊やから誘われて、淫らな関係に至ったということになりますが」

――……はい。

「お前……子供を犯しておいて、それを子供のせいにしようって言うのか？　ふざけるなよこのゴミクズが！　どれだけ死者を愚弄すれば気が済むんだよ！」

「……もしあなたの言うことが本当だったとしても、良識のある大人なら、そのまま子供に手を出そうなどとは考えません。特に辛い経験によって、心に傷を負った子供であるのなら尚更」

――……。

「君はどうも、自分の都合の良いように物事を捉えてしまう節がある。少しそれを自覚して、実際にあった出来事を、話してくれませんかね」

――もう言った……何度も話した。あと何回言えば、信じてくれるんだ。

「あなたが、真実を語ってくれさえすれば、すぐに信じますよ」

真実。一体何が真実なのだろう。
鉄格子とコンクリートに囲まれた部屋に窓はない。
電気はいつもぼんやりとついていて、今が昼なのか、夜なのか、分からなくなる。
だからだろうか。有り余る悠久を塗り潰すように、思考が頭を埋め尽くす。
真実って、何？

昔ナオへ手紙を書いている時に辞書で引いたことがある。真実とは、「まことのこと」と字があてがわれている通り、嘘でないこと。本当のこと。じゃあ何で刑事は俺の言うことを信じないのだろうか。俺が話していることは真実だ。なぜなら、俺自身が体験し、覚えていることだから。その一つも偽りなく話している。なのに、刑事が俺の言うことを真実でないと言うのはなぜだろう。いや、全ての話を否定はされていない。俺がカズヤと男――確か富永と言ったか――を殺した話はすんなり受け入れられた。その違いは何だ？　俺が二人を殺したことと、ナオのこと。そもそも、何で刑事はナオが死んだと思ってるんだ？　だってナオはまだ十四歳で、病気もしてないのに寝て起きたら死んでるなんてあり得な——そうか、あり得るか、あり得ないか、その違いか。確かに俺とナオの間に起きたことは、世間一般の、常識から見たらあり得ないことかもしれない。でも、それじゃあなんだ、真実というのは、常識的にあり得るかどうかで決まるということか？　俺が人を殺すのはあり得ることで、俺自身も認めるところだから真実と見なされる。でもナオと過ごした日々のことは、あり得ない。どうして？　子供の方から肉体関係を迫るなんて考えられないから。それに大人が応じることも、大人と子供の間で合意が取られることも、常識的にあり得ない。だから、俺の言うことは、嘘？　いや待て、いくら何でも常識なんてそんな平均化された善良性のような曖昧なものだけに判断が委ねられるはずはない。つまり、証拠。二人を殺したことについては証拠があるから、俺の言うことも信じられる。だが、ナオと合意の関係があったことは、証拠がない。だから真実と認められないのかもしれない。と言っても、関係の証明をするものって何だ？　せめて、ナオが俺と同じ証言をしてくれたなら——あれ？　どうしてナオの証言の話がないんだろう。ナオは警察に、事件の真相をしっかり話すと言っていたのに。そうすれば、情状酌量で無期懲役はないだろうって……。ナオなら絶対俺と同じことを証言してくれてる。俺の不利になるようなことは言わない。なのに、何で。ああもしかして、ナオも警察に脅されてるのか？　そんなことはあり得ないから、真実を話せって。何度も何度も同じ質問をされて、何時間も拘束されて……。嫌だ。ナオはもう十分苦しい目に遭ったんだから、こんな辛い思いしてほしくない。でも、相手は警察だよな？　ナオが虐待を受けていたことも知ってる。その上で、俺と同じ目にナオを遭わせるなんて、考えられるか？　ヤクザみたいな悪党ならいざ知らず。いやヤクザだって子供にはそれなりに手加減するだろ。じゃあ、警察が、ナオに酷い尋問をすることはない？　だとしたら、ナオの証言がないのは——ナオが、居ないから？　ナオが居ない？　ナオが居ないって何だ？　自首するつもりの前日まで、夜寝るまで、ナオは居た。朝起きて、ナオが息をしていなくて、救急車を呼んで病院に行って、そこから――ナオが、居なくなった。病院に行って手術室に入るまでは居たんだ。でも、そこから出てこなかった。医者が、死んだって言った。警察も、刑事も、みんなナオが死んだって。……やっぱり嘘だそんなはずない。前日まで元気だったのに、急に死ぬなんてあり得ない。そんなの真実じゃ――。あり得ないから、真実じゃない？　はは、それって、今の俺じゃん。いくら真実を話しても、あり得ないから、真実じゃないって、何度も同じ質問されて……。もし。もしも、ナオが本当に死んでしまっているのなら。するとナオの証言は存在しないから、誰も俺を信じない。今の状況は説明できる。でも、何でナオが死ぬんだ？　何が原因で？　ナオを突き飛ばした時にできた傷は、もうとっくに治ってた。頭の怪我って、一カ月も経って症状が出ることなんてあるのか？　もしそれが原因だとすれば、ナオを殺したのは、俺ってことになるよな、やっぱり。他の可能性は？　そういえばパーク内に居た時に一度具合が悪くなったけど……。でもあれは男の笑い声、学生たちの笑い声を聞いて、昔のことが頭に蘇ってきたからって、ナオが後から教えてくれた。どこか体に不調があったわけじゃなかった。俺が、気が付かなかっただけで、もしかしてどこか痛い所か、具合の悪い所があったのかな。あったとしたら、何で俺、それを見過ごしちゃったんだろう。俺がちゃんと気付いていればナオが死ぬということはなかったはず――。いや、俺ちゃんとできてなかったな、あの時。ずっと寝込んでて。だから隠してたのかな？　俺に心配かけたくなくて、具合が悪かったのに、我慢してたのかな。我慢……させたのかな、俺。ああ、やっぱり俺のせいだな。俺が殺したようなもんだ。ごめん、エミ。ごめんケンジ、ごめんヨウコおばさん。みんなの代わりに俺がナオを守らなきゃいけなかったのに。ごめんな、ナオ。解剖なんかされて、嫌だったろ？　お前のことなら、エミの次に分かってるつもりだったのに。俺、最期までお前に甘えてたな。ごめんな、俺のせいだな。俺が馬鹿だったせいだ。情けなかったせいだ。もし本当にナオが死んだというなら、俺のせいでナオは死んだ。俺がお前を――。

照明を背後にした刑事たちの顔は、闇からの使者のように黒く潰れる。

朦朧と意識が揺れる中、彼らの言葉を、俺は繰り返した。

「俺がナオを、殺しました」

終

「それ以降については、あなたもご存じの通りです」

死刑囚、大川大悟(おおかわだいご)はそう言って話を締めくくった。

記者の野々丘凛々子は息をのんで、アクリル板越しの男を見つめる。その姿は、齢四十七を数えるにしては白髪が目立ち、くぼんだ目はおどろおどろしく、人殺しと言われればなるほど、それに違わぬ人相に見えた。

十二年前に発生した、千葉民家襲撃殺人・未成年誘拐致死事件。犯人の大川大悟は、千葉の郊外にあった平屋建ての住宅において、知人の男性、今井和哉と、その場に居合わせた男性、富永真太郎の二人を殴り殺し、今井和哉が養育していた当時十四歳の少年、丹守直哉(にもりなおや)を誘拐。およそ二カ月半に及んだ逃亡生活の中で、被害少年に対し性的な暴行を繰り返したあげく死に至らしめたとして、殺人と傷害致死により、死刑判決を受けていた。

そんな人のインタビューをしてこいなんて編集長から言われた時には、何で新聞社辞めたんだろう、マジで騙された、二年前に戻りたい、と後悔したものだけど。

ペンを握る手がじわりと汗ばむ。蓋を開けてみればこれは、警察による違法捜査やねつ造、量刑不当などなど、重大なスクープを秘めた話だった。

「大川さんは、ご自身の現状を今、どう思っていらっしゃいますか？」

鼓動が早鐘を打つのを感じながらも、凛々子は平静を装って問う。

「現状、というと」

「今、死刑囚として収監されていることを、不当なこと、とは思いませんか？　犯した罪に対し、量刑が重過ぎる……そうは思いませんか？」

大川はわずかに視線をさまよわせ、考える様子を見せる。

「特に、そうは思いません。命を三つ奪ったのに、代償が私の命一つというのは、むしろ公平に欠けているなと」

窓辺でコーヒーを嗜むように自然な様子で、彼は答えた。

「では、あなたに刷り込まれた世間のイメージに対してはどう思われますか？　言葉を選ばずに言ってしまえば、あなたは凶悪な殺人鬼で、しかも同性に対する小児性犯罪者でもあります。それを不服とは思いませんか？」

「特に。事実です」

「ですが……あなたのお話では、殺人の経緯は直哉君を助けるためで、小児性愛に関しても、生来のものではなく、事件前後の厳しいストレス環境が影響した可能性があります」

大川は静かに彼女の言葉を聞く。

「ですからつまり――」

凛々子の手が固くペンを握り締めた。

「あなたは生粋の悪人なんかではなく、真面目で、優しい、普通の人。ただいくつもの歯車が狂ってしまって、結果、凶悪な犯罪者へと仕立て上げられてしまった。……それを、世間へ釈明したいとは思いませんか？」

彼女は語気を強め、問いただすように尋ねる。

「それでも、罪は罪です」

対して彼は、変わらずひっそりとした雰囲気で答えた。

「あの二人は確かに酷い人間だった。直哉を傷付け、辱めた。罰を受け、罪を償うべき人間だった。でもそれは私の手ではなく、司法の手によって、あるいは神の手によって行われるべきことです」

何度も口に出したセリフを言うがごとく、淀みなく大川が言う。

「あなたの言う通り私は普通の人間。それを為す資格も、権限もない。だから私の行為は、人も神も罪と呼ぶでしょう。直哉とのことに関しても、私が話したのは私の記憶。実際に何が起きたのかは分かりません」

「でも、あなたと直哉君の間には信頼関係が――」

「それこそ、厳しいストレス環境が見せた私の幻想かもしれない」

凛々子は返す言葉を途切れさせた。

「本当は暴力的で支配的な関係だったにも関わらず、精神の安定を求め自分の記憶を都合良く変えた可能性もある。それに、直哉は私が二人を殺すところを見ていた。目の前の殺人鬼から身を守るために、まずもってその相手に迎合する、そういう心理が直哉の中で働いたのかもしれない。そしてそれを、彼と信頼関係があったと、私が勘違いしている。彼が居ない以上、何が真実なのか、それはもう、誰にも分からない」

わずかに沈黙が挟む。

「……それで、お聞きしたいことがもうないようでしたら、お約束した通り、教えてもらってもいいですか？」

そこで初めて、両目がぎろりと凛々子を捉えた。

「直哉が今、どこに居るのかを」

暗闇の底から忍びよるような、大川の声が響く。

「居る……？」

「ああ、すみません。直哉の遺骨が、今どこにあるのかを」

自身の正常性を示すように、彼は強調して言い直した。

それは嘘やはぐらかしなどは決して通用しないという、意思表示にも等しい。

本当に、教えてもいいのだろうか。

凛々子は一瞬、言葉をためらう。「凛々子さん」そのわずかな間も大川は逃さない。

「別に、あなたからの取材など、いつでも止めることはできたんです」

聞き分けの悪い子供を諭すように、彼は凛々子を睨め付けながら言った。

「いくら死刑囚で時間があるとはいえ、六通も手紙を書く羽目になるとは。正直苦労でした。ただ、あなたは直哉のことを尋ねてくれたから。彼がどんな人間だったのか、それを知ろうとしてくれた。そんな人は今までいなかったから。だから凛々子さん。あなたの信念と覚悟、婚姻してまでここへ来たその覚悟に、私は応えた。──今度は、あなたが応える番だ」

そして大川は、じっと凛々子を見つめる。

この人はどう思うだろうか。現在の彼の状況を知って。

静謐に佇む泉のような、澄み切ったその瞳の奥を眺める。

凛々子は口を開く。

「丹守直哉君の、遺骨は──」

神々がその姿に荒々しさと和やかさを持つように。

この慈しき殺人鬼は。

「無縁仏として、東京の寺院に納められています」

どう思うのだろう、その真実を。

「司法解剖の後、遺体の引き取り手が居なかったために、行政により荼毘にふされて、東京都内の無縁納骨堂に納められました。今、現在もそこに安置されています」

大川大悟は、世間で思われているような醜悪な変態男ではない。

取材を通して、そしてこの場で彼と対峙して凛々子はそう確信していた。

それを私は、世界に伝えなければならない。

記者として。そして、永遠の愛を誓った者として。

この人は悪い人じゃないんだって。

凛々子が胸の中の強い決意を伝えようとした時。

大川が大粒の涙を流し、声を上げて泣き始めた。

「ナオ……！」

誰もがその急変ぶりに驚き、固まる。しかしすぐにアクリルの向こうに立つ刑務官が「大川、落ち着け」と彼の肩を叩いた。

「ナオは！」

大川は顔を上げ、ぐしゃぐしゃの泣き顔で凛々子を見ながら訴える。

「ナオは、無縁仏じゃない！」

アクリル板に食いつくように額を打ち付け、大川が凛々子に迫った。

「家族が居ます！　静岡の浜松にある墓園……！　みんなそこにいるんです！　お願いします凛々子さん！　ナオを、どうか彼の遺骨を家族の下へ帰してやってください！　どうか、どうか！」

そう言って彼はアクリル板に何度も頭をぶつける。その迫力に、凛々子はしばし呆然とした。

「ナオは家族が大好きで！　母親のことも父親のことも、おばあちゃんのことも大好きで！　みんなもナオのことを待ってるはずだから！」

見かねた刑務官たちが彼の両脇を抱え、彼女の前から引き離す。

「無縁仏なんかにしないでくれ！　死んでまで一人ぼっちにさせないでくれ！　寂しがり屋なんだ。なのに、一人で、知らない所で……！　もうやめてくれ！　もうナオを、みんなの所に帰してやってくれ！」

刑務官が抵抗する大川を引きずって、面会室の出入り口に連れていき始めた。

言わなきゃ。凛々子は立ち上がり、アクリルの壁に手を添える。

言わなきゃ、私はこの真実を必ず世間に――。

「あなたにとって、直哉君って何ですか⁈　大悟さん！」

扉の向こうに彼の姿は消えた。

その朝は雲一つない快晴で、春の訪れを感じる暖かな陽気に包まれていた。

格子の向こうの窓から差し込む光が、部屋に陽だまりを作る。その下で、彼は日課の読書の手を止めると、陽光に顔を向け、目を閉じた。

口元がわずかに緩む。その表情はまるで、懐かしい写真でも眺めるような、あるいは、何かを心待ちするような幸福感に満ちていた。

そして部屋の扉が開かれる。

拝啓　野々丘凛々子様

凛々子さん、お元気でお過ごしでしょうか。先日は、ご足労いただいたにもかかわらず、お見苦しいところを見せてしまい、大変申し訳ありませんでした。

今まで、私のような者の話を真剣に聞いてくださり、ありがとうございました。いかんせん、人に自分のことを伝えるのは苦手な方で、理解の苦しい部分も多数あったかと思います。それでも凛々子さんの辛抱強さに支えられ、全てをお伝えし切ることができました。私自身、この取材を通し、自分の人生について、客観的に見つめ直すいい機会になったと思います。本当にありがとうございました。

取材条件ではありましたが、直哉のこと、お調べいただき、そしてお教えいただいたこと、深く深く感謝しております。終わり際に無理なお願いをしたこと、申し訳ありませんでした。あのことは、聞き流してしまって結構です。凛々子さんには全く関係のないことで、ご迷惑でしたね。熱心に私と向き合ってくれたあなたに、少し甘えておりました。反省しております。

直哉の居場所が分かっただけでも、よかった。納骨されたお堂に向け、日々手を合わせることができるのも、凛々子さんのおかげです。刑に服すその日まで、直哉の冥福を祈り続けたいと思います。

凛々子さんにおかれましては、これから私との取材を元に何か記事を書かれるものと思われますが、どうぞ、私に何か断ることなどなく、あなたのご意志のままに、ご自由にお書きください。その結果、どんな誹りを私が受けようと、私はあなたを恨みません。全て身から出た錆。悔い改めるための試練と理解して、受け入れる所存です。

最後に、取材のためとは理解していますが、凛々子さんと夫婦になったこと、今更ながら、なんだか嬉しくなってきました。

末筆になりますが、あなたのこれからのご活躍とご健康を、心よりお祈りしています。

大川大悟

凛々子は丹守家の墓前で手を合わせていた。

「別に今日が命日ってわけじゃないだろ?」

彼女の傍らで、編集長の田辺京介が不思議そうな顔をしながら言った。

「そうですけど、今日は今日で特別な日なんです」

彼女はそう言って立ち上がると、墓石の裏を覗き込む。「うん。ちゃんと書いてある」そこに丹守直哉の文字が刻まれているのを確認して、よしよしと頷いた。

「人様の家の納骨をしてやるなんて、お前もお節介なやつだな。安くなかっただろ」

田辺もそこを見て、からかい半分、呆れ半分で言う。

「全部この本の収入でやったことなんで」と書き上げた自著を片手に凛々子は言い返す。

「だから半分は、彼が成し遂げたことでもある」

彼女は誇らしげに胸を張った。

『真実』と題された一冊の本。それは大川大悟の事件に関するスクープ記事と、彼へのインタビューを元に凛々子が執筆した本だった。その売り上げは予想を遥かに上回り、彼ら弱小出版社に大きな業績をもたらしている。

「ま、確かにこのくらいのことはしてやっても罰は当たらんかな」

田辺はにやりと笑って、まんざらでもない顔を見せた。

凛々子はもう一度墓の前に視線を落とすと、今度はその表情を悲痛なものに歪める。「……だけど、もっと早く、記事を出せてたら……」言葉の端から、悔しさと悲しみが滲む。

「そしたら、まだ生きてたかもしれないのに」

大川大悟の死刑は、彼女がスクープを出す、その三カ月前に執行された。社会の闇を曝いた彼女の記事は、世間の大きな注目の的となり、その後に出版した本も大川大悟のイメージを大きく回復させるに至ったが、その恩恵を享受する人間はもう居ない。

「……仕方ねえよ。お前はできる限りのことをした」

田辺が少しぶっきらぼうに、彼女を慰める。

凛々子は一通の手紙を取り出した。自分宛に記された手紙の差出人には、大川大悟の文字が書かれてある。

もう何度も読み込んだ彼の最期の手紙を、彼女は開いて読んだ。

「……あの二人は、愛し合ってたんですよね？」

やるせない気持ちを拭うように、凛々子が言った。

「男女だったり、親子だったり、誰かと誰かが育む愛と同じように。まやかしでも気の迷いでもなくて、真に、愛し合ってた……」

「さあな」

田辺は煙草を取り出し、ふかす。

「まあ少なくとも、愛だと思うやつが居れば、愛なんじゃないか？」

吐いた煙が線香のと混じって、風に流れた。

「俺は、愛だと思うよ」

凛々子が笑い声を上げる。

「その言葉似合わない」

「やかましい。給料減らすぞ」

すいませんでしたーと、欠片の反省の色もなく彼女が謝る。

それから手紙を仕舞って立ち上がると、清々しい顔で言った。

「でも私も、愛だと思います」

墓前のライラックが、頷くように揺れた。

追伸

先の取材終わりに、凛々子さんから、私にとって直哉が何であるのか、というご質問を頂いていたかと思います。

それは私自身、これまでずっと考え続けてきたことでした。ですが、この手紙を書いている今でもまだ、その答えは出せていません。きっと、学のない私には、適当な言葉が思いつかないのでしょう。

ただ、それは友情に似ている気がしました。

父のような、母のような、親心に似ている気がしました。

神が人に与えるものに、似ている気がしました。

恋に、似ている気がしました。

それはこの世界中のどこにでもあって、でも、私の中にしかないものでした。

彼に対する、私のこの感情を何と呼ぶのかは分かりません。

でもそれは、いつまでも私の心の傍に居続けてくれるのでしょう。


きっと、悠久の先の永遠まで。

あとがき

私は『それ』が、水に似ていると思った。
だって、それなしには生きていけないのに、ありすぎると人を殺してしまうから。

回り道にも意味はある。
そう思うのは、私が背理法的なアプローチを好むからだろう。
問いに対し、逆張りして反証を導き出す、少し天邪鬼を気取ったそのプロセス。
でもその後に残るのは、金属が精錬された時のような、純度の高い本質。
私はこの物語で、愛の本質に触れたかった。
友情のそれ、家族のそれ、無償のそれ。
そんな色分けを取り去った先に現れる、愛の姿を知りたかった。

だから、全部否定した。

物語の中で主人公ダイゴはナオとの愛情関係の破壊と構築を繰り返している。初めは友愛の域にあった彼らの関係は、交通事故をきっかけに崩れた。ナオを養育する中で彼の父親たる立場を目指したダイゴだが、それに失敗。次に母親を模した愛情で傷ついた彼に接するが、それもナオの歪んだ認知によって失敗に至る。そして彼らは性愛の関係を持つ。しっくりとはまったように見えたそれは、しかし運命と世間の常識によって拒絶された。

博愛と呼ぶにも、もうそれはあまりに、罪深い。

結局、私は何かを知り得たのだろうか。

いや、何も得ていない。ただ言葉を奪っただけに過ぎない気がする。間接的な輪郭でしか表せない何か。『それ』に、形を変えただけだ。

「愛と思えばそれは愛」と、登場人物たちの言葉を借りて結論づけることはできる。というより、たぶんそれこそが、この長大な物語が辿り着いた、真の愛の姿だと思う。

あまりにも平凡で、何の代わり映えもない答えだろうか？

でもね。

それでも、静謐は生まれる。

一度裏を経た表はただの表じゃない。見た目には変わらなくても、「表しか知らない表」と、「裏を知る表」との間には絶対的な情報量の差がある。その差から伝わる感動を、私は静謐と呼んでいる。ただそこにあるだけではない。何かを経て至った静けさ。全てを否定し、残ったこの平凡な愛の中にも、それは存在すると感じている。なんとも遠回りな話だけど。

そういえば、愛が時と場合により名を変えるように、水もまた状態によって姿形を変える存在だった。

氷は包むものの姿を永く残し、水は何をも溶かして和合させ、水蒸気は見えずとも世界を循環し、プラズマたればその激しさは命を生み出す程。

何となく、本質の一つを見ているような気もしなくはない、かな?

まあそれはともかく、私の書いた物語を読んでくれてありがとう。

ここに描いた愛が、あなたの中に静謐を生むものでありますように。

著者プロフィール

山根 虹子（やまね にじこ）

1989年、広島市生まれ。同市在住。
広島市立庚午中学校　卒業。
広島県立広島観音高等学校　卒業。
広島国際学院大学　工学部生物工学科　卒業。
広島大学大学院　理学研究科　中退。

2018年、文芸社より『黄色い鬼』を出版。

経歴の広島を括弧でくくれないかと思う今日この頃。

カバーイラスト
イラスト協力会社／株式会社ラポール イラスト事業部

情誰何（じょうすいか）

2024年3月15日　初版第1刷発行

著　者　山根 虹子
発行者　瓜谷 綱延
発行所　株式会社文芸社
〒160-0022 東京都新宿区新宿1－10－1
電話 03-5369-3060（代表）
03-5369-2299（販売）

印刷所　株式会社フクイン

ISBN978-4-286-24973-5